启蒙意识形态
鲁迅的家国理想与文学隐喻

宋杰 著

西南大学出版社

图书在版编目(CIP)数据

启蒙意识形态:鲁迅的家国理想与文学隐喻/宋杰著.—重庆:西南大学出版社,2024.3
ISBN 978-7-5697-2306-9

Ⅰ.①启… Ⅱ.①宋… Ⅲ.①鲁迅研究 Ⅳ.①I210

中国国家版本馆CIP数据核字(2024)第030758号

启蒙意识形态:鲁迅的家国理想与文学隐喻
QIMENG YISHI XINGTAI: LUXUN DE JIAGUO LIXIANG YU WENXUE YINYU

宋 杰 著

选题策划:段小佳
责任编辑:段小佳
责任校对:畅 洁
装帧设计:殳十堂_未 氓
排　　版:瞿 勤
出版发行:西南大学出版社(原西南师范大学出版社)
　　　　　网址:http://www.xdcbs.com
　　　　　地址:重庆市北碚区天生路2号
　　　　　市场营销部:023-68868624
　　　　　邮编:400715
印　　刷:重庆美惠彩色印刷有限公司
成品尺寸:170 mm×240 mm
印　　张:16.5
字　　数:245千字
版　　次:2024年3月 第1版
印　　次:2024年3月 第1次印刷
书　　号:ISBN 978-7-5697-2306-9
定　　价:68.00元

宋 杰

西南大学教师教育学院博士研究生、重庆市巴蜀中学校语文教师

序

鲁迅研究已是一门"显学",体现着中国现代文学研究的高度和深度,所以具有较高的研究难度。近年来,鲁迅研究主要沿着思想性和学理性两条路径和方向前行。一是基于鲁迅文学的思想价值,将其植根于近代以来中国思想文化运动的内在逻辑,勾连鲁迅思想和精神与现代中国社会、文化、思想的复杂联系,带有明显的"思想阐释"特征。二是将鲁迅思想和文学作为学术研究对象,将鲁迅还原于历史场景,彰显鲁迅研究的客观性和学理性以及学科意义。众所周知,中国新文学主要起源于五四新文化运动,尽管近年来的学术界对文学史的时间长度和空间容量甚感焦虑,提出延长时间、扩大容量等主张,但都无法圆满解释中国现代文学的思想和文学并置,历史事实与审美价值双重身份的统一问题。显而易见,鲁迅作为新文化和新文学的旗手之一,在他的身上聚集着思想和文学的双重标识,因此,鲁迅研究也不应简单将其思想史和学术史价值切割开来。

在我读到宋杰著的《启蒙意识形态:鲁迅的家国理想与文学隐喻》之后,更生出不少感慨和思考。鲁迅研究正处在学术转型之际,它与中国现当代文学研究范式相似,也面临着学术凸显、思想退后的演进趋势,鲁迅研究日益走向史料化的时代。当然,不能简单否定史学化、文献学对鲁迅研究以及中国现当代文学研究的巨大贡献和作用,但也不应否认思想阐释对于中国现当代文学研究,特别是鲁迅研究的学术价值。宋杰主要讨论鲁迅的家国理想、殖民体验、国民性批判及其文学隐喻等问题,重点分析了鲁迅的民族主义与启蒙主义思想的矛盾和张力。

晚清以降,民族主义日益隆盛,被高高地供奉起来,它试图解决积弱不振的社会颓败之势,但它必须回答另一个内部问题,就是"个人"。当"民族"作为最大集合体被推崇以后,作为集合体的无数个人,是否也应被收编，或具有什么样的价值。在启蒙主义看来，中国之所以贫弱不堪，根本原因就是封建统治者的专制和压迫，所以要救亡保种，最重要的事情就是立人，还是思想启蒙。这样，个人的价值就被凸显出来了，民族主义与启蒙主义就先在地存在矛盾和分裂。鲁迅作为新文化的代表、新文学的奠基人，他对传统有很激烈的批判，但是他又具有强烈的民族国家情结，立人与立国是相统一的。他激烈地批判传统，力主思想启蒙，但启蒙又通向民族国家的重建。毋庸置疑，民族国家的最大凝聚力是传统文化，是民族情感和心理。这样，鲁迅就陷入了价值和情感的矛盾和纠结之中。这种矛盾性给鲁迅精神心理带来了痛苦，显示了鲁迅思想的多面性和复杂性。宋杰敢于正视这种矛盾，并对其加以系统分析，成为该作最有深度和创新之处。该作并没有忽略鲁迅思想的细密处，对鲁迅租界生活与杂文关系的考察，对鲁迅小说呓语现象和疾病氛围的分析，均能见出作者运斤成风的功力。

在我的记忆里，这是宋杰第二本关于鲁迅研究的著作。他曾在学位论文基础上，修改完成出版了《矛盾与困境：鲁迅的民族意识和国家观念》，反响很好。后来，他在繁重的教学管理工作之余，在鲁迅研究领域，孜孜矻矻，深耕细作，成绩斐然，再出续集。这也令我非常欣喜。我曾在前著"序"中说："前面的路还长，无论是人生，还是学问。但既然走出了第一步，难道不想迈出下一步？一步又一步，它是人生的行迹，也是学问的页码。"宋杰在人生和学问的路途上，不断行走，收获了如此坚实而厚重的学术成果。这带给我的不仅是欣喜，更是惊喜之至了。

这部大作放在我这里已有一段时间了，中途忙这忙那，事后又说不出来忙啥了，拖延了时间，好在他宽容了我的惰性，只嘱咐我时间空了写上几句。恰好有了一个相对空闲的时间，给了我拜读著作的机会。阅读之后，为其问题的敏锐，思路的严谨，行文的大气而佩服。特此序之，表示祝贺。

2023 年 11 月 22 日

前　言

　　晚清以降，经历中国社会变迁的知识分子在思想文化领域掀起一场以现代西方视角审视中国传统文化为基本逻辑的启蒙运动。启蒙知识分子通过东西方文化二元对立的激进思维促成了中国社会现代民族意识和国家观念的建构。以启蒙作家为代表的文学创作，也打上了鲜明的民族意识和国家观念烙印。启蒙作为一种"最具威力的意识形态"，它伴随着现代文学的发生，也确定了现代文学最为核心的思想主题。在现代民族国家语境中，文学的生成机制与表达方式，也与传统社会形成巨大反差。文学形象、文学语言、文学主题常常以某种隐喻的形式呈现。这种隐喻又在一定程度上传达出现代作家在家国理想与个体生存状态之间某种不确定的焦虑与反抗。毫无疑问，鲁迅的家国理想和生命体验在他的文学作品中呈现出一种既怀疑又坚定的状态。这种状态的思想根基，也恰是启蒙意识形态的症结！

　　为探索这种文学隐喻背后的社会思想文化的矛盾与困境，本书选择从启蒙意识形态对于民族意识和国家观念的宏观建构，与社会转型时期中国民众的生存现状及思想变化角度，来梳理与发现20世纪二三十年代中国社会普遍存在的"东方/西方""传统/现代""国家/个体"等多方面的复杂情形及其产生的社会机制。

　　近代中国，民族意识的形成和国家观念的确定，始终伴随着民族主义思潮与对西方文化的想象。二者交相辉映，形成相对稳定的启蒙意识形态。启蒙知识分子通过对自我个体思想观念的更新，引领广大民众从传统乡土中国的视角出发，艰难建构现代民族国家这一"想象的共同体"。它必然涉及晚清以来西方国家及文化的侵略与殖民，东方民族寻求民族独立的反抗与妥协；现代西方民主政体与传统中国封建政体的角逐与博弈;现代知识分子西化立场与传统中国民众的乡土差序立场的矛盾与游离;普罗大众建构民族国家的宏大时代命题与个体生命在动荡复杂的社会背景下自我生存的切身利益纠葛等多维度的社会命题。

从"触摸历史"的角度"进入五四",我们会发现上述所有社会命题在整体上虽有"启蒙"作为意识形态,但依然观点不一,众说纷纭。本书试图以鲁迅为中心,梳理并发现鲁迅在民族意识和国家观念建构过程中呈现的独特思想,并通过文本细读的方式发现其文学表达中的社会疗救及政治隐喻。

第一章梳理中国现代民族意识和国家观念生成的时代背景与东西方文化根基,探讨传统中国封建社会的乡土差序伦理观念如何在晚清民国逐渐崩溃,而建立在个体"自由""平等"观念基础之上的西方现代民族国家,又怎样一步步完成"想象的共同体"的建构。在这个历史演进的过程中,除了西方列强侵略带来的亡国灭种危机感之外,思想启蒙运动也在很大程度上促进了现代民族国家观念的生成。从这一维度上说,作为"想象的共同体"的现代民族国家建构与作为"最具权威的意识形态"的启蒙价值观密切关联,相辅相成,最终通过思想启蒙与文学革命等方式在现代知识分子的观念中建构起现代民族国家的想象性图景。值得注意的是,陈独秀、鲁迅等新文化运动的旗手和主将在引领现代知识分子建构家国理想过程中的认知与选择是不同的。这种认知上的差异不仅是新文化运动式微的主要原因,也是新文化运动以来的启蒙意识形态不断遭遇矛盾与困境的思想根源。

第二章讨论西方语境下作为另一种意识形态的租界体验及文学表征。新文化运动退潮后,作为思想启蒙运动的主战场,北京逐渐失去了"五四"时期兼容并包的文化基因,作为"启蒙"与"救亡"双线并进的现代文学主题,也逐渐走向多元,最终归于宁静。而20世纪30年代的上海作为现代西方国家在中国的重要殖民领域,一定程度上意味着新文化运动以来逐渐形成的现代民族国家理想在上海得以呈现在中国民众眼前,尤其成为现代知识分子家国理想建构与现实批判的双重对象。从这个角度看,以上海为中心的租界,成为一种更加直观的东西方文化杂糅,传统文化与现代观念并存,民族屈辱与家国重构交互的复杂场域。在这个场域中形成的现代民族国家建构困境,或现代家国理想与个体生存体验的复杂交织,也成为一种特殊的意识形态。这种意识形态既有对启蒙意识形态的助推,也有反向的驳斥。在以租界为代表的西方文化语境下,现代文学的形成机制与呈现样态均发生了一系列变化,主要表现在文学期刊对文学题材的选择与厘定更多地集中于在西方文化语境下对中国民众生存状态的揭示。文学题材上的殖民语境特征,文学表达上的西化语言特征,文学主题上展现出的现代民族国家理想与殖民地民众生存困境之间的矛盾,都交织成另外一种现代西方意识形态。它一定程度上超越了启蒙与救亡的主题,也超越了政党意识形态,成为一种相对西化的个体视角。鲁迅的最后十年主要寓居上海。殖民语境和租界体验使得鲁迅的民族意识和国家观念与新文化运动时期有所不同。这一时期,他既在寻找如何让思想启蒙运动后逐渐形成的民族意识,在代表西方政体与文化的租界中,通过政党的革命斗争转化为国家力量,同时又对西方殖民者采取"以华治华"的政策而催生的各类奴隶与买办产生一种深刻的"国民性"反思与批判。鲁迅的租界体验总体呈现出民族屈辱和现代性反思的双重特征,也以不同于"五四"时期的文学样态呈现出思想的深刻与文风的戏谑表征。

第三章探讨新文化运动以来,在现代民族国家理想建构过程中,中国现代文学如何参与并重构基于启蒙意识形态的文学图景。中国现代文学的"新",集中体现在与中国传统文学相比,其社会功用不同,生成机制不同,表现形式不同,思想主题不同。文学成为思想启蒙的重要工具,承担"立人"的社会功能。并且以现代启蒙知识分子为主体的现代文学作家,也有意识地在文学作品中呈现东西方文化之间的对抗与抉择。这些综合因素的叠加,使得现代文学呈现出一幅追求异质化审美取向和隐喻性表达特征的新图景。从五四文学起,中国现代文学的语言表现形式就存在一定程度的异质化倾向,在白话文的基础之上,许多新文学作家选用欧化语,甚至西方的词汇与句法直接入文,借此表达一种与中国传统文学截然不同的审美倾向。值得注意的是,这些西方语汇有的并没有多少表述上的差异与深意,只是简单地呈现出一种陌生化、异质化的审美追求,而有的作家则明显地借助西方语汇表达启蒙意识形态下"向西走"的文化自觉。这一表象的背后,也表现出中国现代知识分子对中国封建社会政治制度与乡土中国民众生存状态的批判,以及对西方现代家国理想与个人生存状态的认同与追慕。鲁迅小说也明显呈现出现代西方文学影响印记,特别是通过描写社会转型时期特殊个体,如狂人、孤独者、卫道士、病人等民众个体的生存状态与心理反馈,来揭示社会变迁,思想变化给个体生命带来的失衡与焦虑。这种直面社会转型时期个体精神状态的文学作品,也必然选择与传统文学表达方式截然不同的艺术手法。鲁迅小说多通过描写特殊人群在现代社会中的"孤独"与"失语",以"呓语""疾病"等饱含隐喻性的艺术手法或展现社会的病态,或批判国民劣根性。

第四章聚焦于现代民族国家视角下半殖民地半封建社会中国国民性批判,探求以鲁迅为代表的中国现代知识分子的"立人"使命。在建构现代民族国家尝试性探索中,新文化运动的领袖陈独秀、胡适都有不同的见解,其基本思路为通过社会革命或变革,依靠觉醒的现代知识分子群体,学习西方的现代国家民主政体,依托社会制度和政府组织的变革来建构现代民族国家。而作为新文化运动主将的鲁迅,从逻辑根底上,就与陈独秀、胡适等人有显著差异,主张通过"立人"实现"立国"。值得注意的是,鲁迅的"立人"思想并不是启蒙意识形态的产物,而是建立在中国传统社会崩溃,以及中国人这一族群在民族进化链条上出现退化后而引起的深刻反思。这种反思,即"国民性批判"贯穿了鲁迅一生的文学活动。鲁迅通过对比东西方社会及民众个体的思想意识与精神状态,反思中国历史及封建思想文化对国民性的影响与塑造。尤其是在20世纪30年代的上海,这一思想又与殖民语境下中国国民劣根性的揭露与批判相统一,形成国民个体奴性导致民族集体衰弱退化的因果链条。因此,鲁迅的国民性批判,不仅仅是对国民个体的批判与警醒,更是对通过改造国民性来建构现代民族国家的自觉尝试。

总之,以鲁迅为代表的现代知识分子,在思想上追求通过改造国民性进而实现现代民族国家的建构,在文学上通过极具现代文章观念与艺术手法的表达与隐喻,传递某种指向西方现代社会的价值认同。这一过程无可避免地遭遇了许多不同层面的矛盾与困境,但也恰在这种想象性追求与未完成的遗憾中成就了中国由传统社会向现代社会的艰难转型。

目录

序 / 1
前 言 / 1

第一章　家国理想：想象的共同体与启蒙价值观
　　第一节　近代中国民族意识的形成和国家观念的确立 / 8
　　第二节　启蒙意识形态下陈独秀的"民族国家"理想建构 / 15
　　第三节　鲁迅民族意识和国家观念的个性化认知与表达方式 / 44

第二章　租界语境：作为另一种意识形态的文化体验
　　第一节　《良友》画报的租界文化品格及东西文化张力 / 53
　　第二节　租界语境下鲁迅民族意识的双重视域 / 65
　　第三节　租界语境下鲁迅杂文的异化与坚守 / 75

第三章　文学世界：异质化的审美追求与文学隐喻
　　第一节　启蒙语境下文学观念的转型——"五四"小说的异质化审美追求 / 95
　　第二节　压抑场域下的无意识符码——鲁迅小说中的"呓语"现象 / 120
　　第三节　疾病氛围与鲁迅小说的文本隐喻——以《药》《弟兄》为例 / 155

第四章　国民性批判：民族国家背景下的"立人"使命
　　第一节　民族国家观念的生成与国民性批判的立场 / 197
　　第二节　生命进化与历史语境的双重规劝 / 206

参考文献 / 235
后　记 / 246

第一章

家国理想:想象的共同体
与启蒙价值观

中国现代民族意识与国家观念的生成,一直伴随着本土性的民族主义思潮与西方现代国家机制双重"影响的焦虑"。在鸦片战争及其后续耻辱的触发之下,中国社会逐渐地开始关注并讨论民族与国家的问题。正是在这一问题域的牵引下,民族意识与国家观念开始进入中国知识分子的思维视野。中国近代知识分子针对传统的乡土中国与西方现代民族国家所呈现出来的二元对立问题做出了理性而痛苦的选择。然而,对自我民族身份的认同又使得他们背负起某种超越理性的民族意识。于是,就如何在中国建构现代民族国家的问题,几代知识分子给出了自己的答案。对于这些问题的思索以及获得的答案无疑是复杂的,但这些结论都指向了一种理论之外的意义,即试图通过自觉的思想意识来激发全民性的政治热情,由此使积贫积弱的中华民族摆脱殖民制与封建帝制的双重束缚,建构西方式现代民主共和制国家政权。然而,在启蒙意识形态的笼罩下,中国现代民族国家的建构面临着一系列困境与危机。包括启蒙者在内的中国民众缺乏现代意义上的国家观念,所以无法形成完整统一的爱国主义精神;作为民族凝聚物的传统文化遭受前所未有的批判,使得启蒙者在打出民族主义旗帜的同时不得不尴尬地修补其自身的逻辑缺陷;而作为启蒙主义着眼点的个人,在救亡图存与建构现代民族国家的双重任务之下,显得毫不重要,甚至成为一种手段;那种被放大了的"自由""平等"在西方民族国家中也并非合法地存在着,这又导致启蒙旗帜下的中国民众集体性地臣服于意义含混的民族意识与国家观念,成为其专制对象。

启蒙是20世纪初中国社会变革的最大语境。它并不仅仅指新文化运动以来的思想革命,而且还以一种恒定的话语逻辑将社会历史、政治文化、文学艺术、宗教伦理等一系列相关的问题框定在某种全景式的意识形态霸权中。从某种意义上说,启蒙以其颇为强势的姿态出现后,便在一段相当复杂的历史语境中发挥了意识形态的功能。美国学者杜维明教授将"启蒙"视为一种意识形态,认为随着现代西方的兴起"出现了一种可能是最具威力的意识形态"①,即启蒙心态。这是西方理性精神的复苏,它伴随着一套现代的话语符号进入中国启蒙知识分子的视野中,并以一种中国式的表达方式参与到社会运动中来,如"德先生""赛先生"对中国社会变革的巨大影响。不难看出,那时的中国社会无论面临什么样的困境,解决问题的主流思路只有一个,就是在二元对立的话语立场中,站到启蒙者的阵营。只要时时以"进化论""民主""科学""西化"作为自己的理论武装,便可以与社会进步的期待方向保持一致。虽然也有一些相对保守的知识分子,对这种狂热的激进与理性精神的背离表示反对,然而并不能获得那一特定时期的社会话语权,从而成为被批判的对象。启蒙以其反传统的姿态出现,它背后是一套象征西方现代性的话语机制,不论西方的现代性是否以其真实的面貌出现在中国社会面前,但那种被视为启蒙结果的强势力量已经成为中国知识分子追求的目标。所以,20世纪初中国的启蒙思想不单是一种思想文化领域的文艺复兴策略,而且还成为一种救世心态,一种普泛化的意识形态,"它的背后是紧迫的民族危机、社会危机、政治危机意识。启蒙是中国文化人的政治!是用文化的方式谈论政治!"②

在启蒙意识形态下,民族国家的建构是必然的。无论是对西方现代民族国家的企慕、对中国传统社会小共同体本位的愤恨,还是对辛亥革命后成立的中华民国的失望,都将促使中国启蒙知识分子开始关注民族国家问题。也正是在这一政治问题的牵引下,启蒙主义开始主动向民族主义与国家主义展现自己的思想变迁。启蒙思想的着眼点是"个人",而民族国家则是大共同体,二者之间必然存在相互侵犯的关系,那么其中的关系便值得探究。西方的启蒙主义并不直接面对民族国家建构的问题,而中国社会的特定语境则要求启蒙知识分子同时肩负起"立人"与"立国"的双重责任。"中国现代性历史显露,意识形态化的政治落实为实际的政治

---

① 哈佛燕京学社主编.儒家传统与启蒙心态[M].南京:凤凰出版传媒集团·江苏教育出版社,2005:36.
② 哈佛燕京学社主编.儒家传统与启蒙心态[M].南京:凤凰出版传媒集团·江苏教育出版社,2005:9.

行动时,服从于一个全体性的目标——建立现代民族国家。民族国家既在历时向度上对立于王朝帝国的统治,又在共时向度上对抗别国的殖民与侵略。"①只有建构现代化的民族国家,才可能实现中国社会真正的进步!然而,"意识形态是超越情况的思想,它们事实上从来没有成功地实现自己所设计的内容"②。

中国现代民族国家观念的生成,一直伴随着民族主义思潮与西方现代国家机制双重"影响的焦虑"。晚清社会思潮在引导知识分子"向西走"的同时,又不断受到民族灭亡危机的提醒,而其直接的源头就是西方国家。所以如何在中华民族与西方世界之间建构一个具有号召性的理论工具,既显得十分必要,又殊为不易。中国启蒙知识分子在借鉴改良派与革命派理论的失败经验后,试图在民族与国家的概念之间寻找一个策略性的平衡,既要在西方现代国家体制中寻找"人"的权利,达到启蒙的效果;同时又要唤起民族情绪实现救亡的目的。然而,启蒙意识形态下的民族国家观念的生成实际上是虚假的,启蒙知识分子自觉地使用"民族""国家"的概念,本质上却又不完全相信这些概念对中国社会语境发挥功效的能力。

民族国家概念的生成,是建立在启蒙知识分子对中国传统社会小共同体本位的批判基础之上的。中国传统社会是一个家族社会,乡土中国,是韦伯所说的"家产制"政治与"氏族制"伦理的结合物。③而辛亥革命后,中国资产阶级在吸收西方国家理论后组建国家,废除专制,实施宪制,第一次让中国社会有了现代国家的雏形,但革命的失败,袁世凯的专权,转眼让中国民众对"国家"的认识陷入误区。"鸦片战争之后,中国人首先觉醒的是民族意识,中国本来没有民族意识,中国人只有'家',只有'国',只有'天下','民族'是什么?没听说过。所以,民族意识与国家意识往往是

---

① 魏朝勇.民国时期文学的政治想象[M].北京:华夏出版社,2005:19.
② [匈]卡尔·曼海姆.意识形态与乌托邦[M].黎鸣,译.北京:商务印书馆,2000:198-199.
③ [德]马克斯·韦伯.儒教与道教[M].洪天富,译.南京:江苏人民出版社,2003.

无法区分的。而中国人对于国家,也没有一个清醒的概念,'国'是什么?"[1]

所以,启蒙知识分子开始着眼于西方的民族国家建制,试图通过吸纳西方相关的民族国家学说,来唤醒中国民众救亡图存的本能意识。然而,在中国当时的社会语境下,提倡民族国家具有不可避免的言说困境。而这一困境正是启蒙意识形态对民族国家观念规训的结果。启蒙意识形态标示出中国社会的发展方向是西方化,直接表现是对传统的激烈否定与对国民性的深刻批判,试图达到的目标是从改造个人出发,推己及人,将沙聚之邦转变为人国。从这套启蒙话语中,我们不难看出其"中体西用"的改良传统。从来没有建构起现代国家观念的中华民族是以传统文化作为凝聚力而存在的,尤其是以儒家为代表的民族性格已经成为中华民族自我认同的必然方式(虽然儒家文化在中国启蒙运动中再一次充当了替罪羊的角色)。对以儒家文化为代表的传统社会的否定,也必然地将思想之舵引向对中华民族族性意识的解构。启蒙者自身也无法将具有号召力的民族意识与极力批判的传统社会完全分离开来。也就是说,民族概念的提出,必须建立在对传统社会的认同基础上,否则无法实现唤起民众情感的目的,但这一思路是有悖于新知识分子价值逻辑的。"在这里,现代民族主义显出矛盾百出,一方面为了实现民族的富强,也需要彻底破除传统的束缚;另一方面有关民族存亡的认同意识,似乎又要求充分信赖历史上民族文化成就的内在价值。"[2]此外,西方启蒙主义对个人主体的关注,在中国社会语境下也成为一种外在的言说策略。从晚清开始,中国最具启蒙精神的知识分子都将"个人"观念作为唤醒国民的关键口号,但这一口号在某种意义上并不真正地指向"个人",而是符号性地指向其背后的西方现代性话语以及在此话语机制下生成的民族、国家。启蒙者对国民弱

---

[1] 李新宇.愧对鲁迅[M].上海:上海三联书店,2004:150.
[2] [美]费正清编.剑桥中华民国史·1912—1949(上卷)[M].杨品泉,等译.北京:中国社会科学出版社,1994:407.

性的批判,并不是建立在自由、平等的个人主义的崇拜基础之上的。相反,它的背后是另一种对个人主体的扼杀形式。面对中国被列强瓜分的生存危机,启蒙者清醒地认识到对个人主体的标榜无法凝聚全国民众之力救亡图存,而以殖民者身份出现的西方民族国家又成为中国启蒙知识分子的企慕对象。所以,建设西方式的现代民族国家才是整个启蒙主义的最终目标,而用"民主""科学"的理论武装个人,不过是西方强大的民族国家历时生成的话语符号。也正是在这一意义上来说,启蒙意识形态下的中国民族主义者顺理成章地认为民族平等大于个人平等。由此形成的中国启蒙伦理观与西方的极为不同:"中国更着重于民族和国家的独立与振兴和西方单纯从个人价值方面着眼不同。"[①]最后,中国的启蒙知识分子寄希望于通过对国民性的改造来引导民众主动建设现代民族国家。他们认为只有在现代民族国家中,人民才可能享有自由平等的权利,而欲实现个人的自由平等就必须以这一"想象的共同体"作为依托,暂时性地忽略作为个体的人,而投身建设大共同体的运动中去。然而,事实上西方现代国家中的个人虽有明确的"自由"观念,但实际上很少能享受到个人"主权"意义上的自由。"他的主权是有限的,而且几乎常常被中止。"[②]中国的启蒙知识分子却有意无意地忽略了这种现代民族国家制度上的骗局,无论西方世界如何地宣称"民主""自由",他们的国家政体依旧处在一种专制之中,只不过这种隐形的专制依托于对东方世界颇有诱惑力的现代强权之中。从这个意义上来看,五四启蒙者在建构民族国家时,往往寄希望于西方现代民族国家的强势姿态能够顺利地转嫁到中国,并瞬间发挥除旧布新的作用。但这只是知识分子的一种先验理想,它往往造成另一种形式的专制,从反对封建帝王的专制到主动屈服于现代民族国家这一概念的专制之下。"大共同体本位条件下摧毁小共同体并不意味着个性的解

---

① 张岂之,陈国庆.近代伦理思想的变迁[M].北京:中华书局,1993:297.
② [法]贡斯当.古代人的自由与现代人的自由:贡斯当政治论文选[M].阎克文,刘满贵,译.上海:上海人民出版社,2005:35.

放,反而意味着一元化控制的强化并最终导致个性的更严重地萎缩"。①

总之,启蒙意识形态下,民族国家的建构面临着一系列困境与危机。包括启蒙者在内的中国民众缺乏现代意义上的国家观念,所以无法形成完整统一的爱国主义精神;作为民族凝聚物的传统文化遭受到前所未有的批判,使得启蒙者在打出民族主义旗帜的同时不得不尴尬地修补其自身的逻辑缺陷;而作为启蒙主义着眼点的个人,在救亡图存与建构现代民族国家的双重任务之下,显得毫不重要,甚至成为一种手段;那种被放大了的"自由""平等"在西方民族国家中也并非合法地存在着,这又导致启蒙旗帜下的中国民众集体性地臣服于意义含混的民族意识与国家观念,成为其专制对象。

第一节　近代中国民族意识的形成和国家观念的确立

中国社会大规模地自觉树立民族意识,建构现代国家,是由改良思潮与革命思潮双重合力作用而促成的。改良思潮试图用现代西方政治、经济体制及其所代表的民族国家来挽救垂危的清朝政府。革命思潮则以推翻守旧没落的封建王朝为契机,希望在重新建设新的民族国家过程中引进现代西方政治经济体制,建设一个全新的代表中华民族的国家机器。正是这两种社会思潮及其所带来的社会实践积极推进了近代中国民族意识的形成与国家观念的确立。

然而,需要强调的是民族主义与民族意识的区别。盖尔纳判定"民族主义不是民族自我意识的觉醒:民族主义发明了原本并不存在的民

---

① 哈佛燕京学社主编.儒家传统与启蒙心态[M].南京:凤凰出版传媒集团·江苏教育出版社,2005:177.

族"。①这一看似极端的说法实质上正是民族主义的精髓,也即民族主义是一种凭借想象而建构起来的激情,它可以凭借某种实有的民族进行扩张,也可以凭空创造出一个并不存在的全新的民族。退一步说,如果说民族主义是一种全民性地、自觉地对自我民族的身份进行甄别定位的话,那么民族意识还远远没有上升到这个高度,它只是民众个体对其身处的某个民族进行有意识的认同,包括自我民族的认同界限、自我民族的排他性特征、自我民族的文化内核及自我民族的历史凝聚力。"即这样一种信念:首先,人们属于某个特殊的人群,这个群体的生活方式不同于其他群体;组成群体的个人的特征是由该群的特征所塑造的,离开群体便也无从理解,因此对它的定义要根据共同的疆域、风俗、法律、记忆、信念、语言、艺术及宗教的表达、社会制度、生活方式等等,有人还加上了遗传、血缘关系、人种特征;正是这些因素塑造了人类,塑造着他们的目的和他们的价值。"②也就是说,当民族主义已经形成一种深刻的民族信仰并成为一种正义的或非正义的全民力量时,民族意识还仅仅停留在论证是否可以形成全民性的大共同体本位的阶段。"坚持归属一个民族是压倒一切的需要;坚信在构成一个民族的所有要素之间存在着一种有机关系;坚信我们自己的价值仅仅因为它是我们的;最后,在面对争夺权威和忠诚的对手时,相信自己民族的权利至高无上。"③这是民族主义最基本的信仰,也是其最极端的思维方式,但民族意识却不能表现出如此巨大的凝聚力,它只意味着民众开始尝试使用"民族"这一大共同体概念进行思考。对这些涉及民族本质特征的范畴进行有意识的鉴别,并能够将个体置放到民族的群体中进行集体性思考,为了民族大共同体利益而放弃家族及个体小共同体的利益,是民众民族意识觉醒的主要标志。

正是在民族意识逐渐觉醒的前提之下,中国近代知识分子开始放眼

---

① [美]安德森.想象的共同体:民族主义的起源与散布[M].吴叡人,译.上海:上海人民出版社,2005:6.
② [英]伯林.反潮流:观念史论文集[M].冯克利,译.南京:译林出版社,2002:407.
③ [英]伯林.反潮流:观念史论文集[M].冯克利,译.南京:译林出版社,2002:412.

西方,试图借鉴西方民族国家的政治组织形式对腐朽的清朝政府进行改良或者革命性推翻。无论是何种形式的考量,都使得中国近代知识分子开始以民族的名义对国民集体意识进行重新定位,希望在中国民众的头脑中移植西方强大的民族国家所象征的某种意识形态——其根本目标是建构现代国家。然而,具有民族意识的知识分子头脑中却缺乏成熟的国家观念。他们只是主观地希望在中国大地上建构一个能够代表中华民族历史与现代的国家政权,以和给中国社会造成瓜分危机的西方现代民族国家相抗衡。但历史摆放在他们面前的最大难题是:他们"必须回答这样一系列首先关系到社会内部的敏感问题:这个新的现代民族和国家,是否仅仅属于汉族？如果不是,那在新的民族和国家的框架里面,其他民族有怎样的位置？"[1]毋庸置疑,刚刚从传统士大夫队伍里走出来的近代知识分子无法对这一问题做出明晰的回答。他们或者前后矛盾,或者顾此失彼,总之对这个敏感的问题没有做出有效的历史结论。也正因如此,中国民众对这一自上而下的社会变革及思想意识的转型没有做出积极的响应。他们和占据话语权的知识分子一样,喜欢用"中华民族""华夏""中国"等名词来叙述自己身处其中的民族及国家,他们凭借儒家文化历时性生成的某种信仰维持着自己的"天下",并对一切可能导致"乱天下"的运动本能地持有一种戒备。于是,近代中国社会最尴尬的一幕出场了:具有启蒙意识的知识分子和作为被启蒙对象的中国民众共同使用着一套关于民族国家的建构的语词,但相互之间却无法沟通。也就是说,国家观念业已形成,但更为关键的问题是在这个理想中的新的国家政体中应如何避免清朝政府所存在的极端民族主义思想,以及其对西方现代民族国家的软弱姿态。毫无疑问,直接采用经济、政治领域的改革并不能顺利过渡到现代民族国家的历史范畴之内,中国社会需要一个核心力量的牵引,引导全民族对自我民族意识和国家观念进行论证性认同,并积极地为中华民族建构现代意义上的共同家园。在当时,这个核心力量被认定是"文化"。

---

[1] 王晓明.半张脸的神话[M].桂林:广西师范大学出版社,2003:265.

当清朝政府内部进行的一系列经济、政治改革在东方岛国的炮火中宣告失败时,知识分子开始将民族国家的建构目光聚焦于文化领域。从某种意义上说,民族赖以生存并得以聚合的力量其实是一种无形的文化力量,由此文化力量凝聚而成的民族也便成为一种文化本位共同体。"民族是借由共同的历史及政治目标,以人民的心智及集体记忆所建构的文化共同体。"[1]也就是说,只有唤起中国民众集体性的历史文化记忆,才可能唤起他们重新崛起建构现代民族国家的激情。然而,近代知识分子随即又遭遇了一道难题,我们民族的历史记忆中保留下来的许多东西,根本无法在当前的社会语境中获得某种全民性的认同资格。从历史文化领域来看,儒家思想无疑是最具号召力的文化力量,"儒教传统统治中国已达数百年之久,是人们广泛接受的信仰和价值体系"[2]。然而在这一传统与现代、东方与西方文化权力激烈碰撞的历史背景下,"儒教却未能创造性地回答来自西方的冲击,而是对国家生存所必须的改革起了抑制作用"[3]。这就意味着,具有文化民族主义思想的近代知识分子在试图回归中国传统文化中去寻找凝聚力的道路上再一次地遇到了挫折。不仅如此,接受了新思想的知识分子至少在观念上并不希望回到过去,而是试图将民族的救亡图存之路引向现代西方。从这一意义上说,象征文化符号的近代知识分子内心承受着巨大的冲突。戊戌前后的知识分子是新旧思想激烈碰撞的中心,他们在建构现代民族国家之路上遭受了民族身份及自我意识的双重束缚。他们"一方面作为民族资产阶级的政治代表,积极要求发展资本主义;另一方面又站在民族的立场上,反对外国资本主义的侵略,

---

[1] [美]曼纽尔·卡斯特.认同的力量[M].夏铸九,黄丽玲,译.北京:社会科学文献出版社,2003:57.
[2] [美]林毓生.中国意识的危机:"五四"时期激烈的反传统主义[M].穆善培,译.贵阳:贵州人民出版社,1986:53.
[3] [美]林毓生.中国意识的危机:"五四"时期激烈的反传统主义[M].穆善培,译.贵阳:贵州人民出版社,1986:53.

在一定程度上代表着全民族的利益"[1]。这一问题,是中国社会在建构现代民族国家的历史进程中始终悬而未解的难题,它也给其后的启蒙知识分子的民族意识和国家观念的形成带来了困惑。不论如何,具有文化民族意识的知识分子在其力所能及的范围内,将中国社会建构民族国家的集体语境设定成如下情形:一方面,他们强调民族记忆,同时却避开了儒家文化的困境与含混的汉民族中心主义;另一方面,他们积极将西方的现代民族国家观念介绍给民众,同时却不忘警醒中国正处于危亡的状态。本质上,这是一种向东向西同时寻求文化力量的逻辑,但却是一种都无法深入的浅层次探析。因为向传统文化寻求民族记忆,唤起的却是中国民众的国粹意识,然而"民族主义不该是文化的闭关主义"[2]。那么,借鉴西方现代民族国家的政治经济体制,又本能地冲淡了中华民族族群的凝聚力。或许正因为这二者的矛盾不可调和,某些知识分子机智地利用了这一矛盾,将其转化成一种含混的民族意识,其特征是只管唤起民族激情,无须展示论证逻辑。所以具有现代革命思想的章太炎在东京留学生欢迎会上发表演说时明确号召:"用国粹激动种性,增进爱国的热肠。"[3]同时,将建构民族国家的热情转换为另外一个能够被民众广泛接受的词——"爱国"。他不去论证国粹中勾勒出来的"国"是否等同于西方的现代民族国家,更不去阐释现代民族国家的本质内涵。当然,他之所以持如此见解,是因为其国家观念的影响。章太炎认为:"国家初设,本以御外为期。……无外患,亦安用国家为?""今之建国,由他国之外?我耳。他国一日不解散,则吾国不得不牵帅以自存。"[4]在他看来,国家不过是一种代表全体民众集体意志的暴力工具,是为了抵御外侮而设的,其他国家的侵略危机一旦解除,国家便须自行解散。虽然这种论述方式的合理性有

---

[1] 吴雁南,冯祖贻,苏中立,等主编.中国近代社会思潮(1840—1949)(第一卷)[M].长沙:湖南教育出版社,1998:506-507.
[2] 齐志航编.闻一多学术文化随笔[M].北京:中国青年出版社,2001:196.
[3] 转引自张永泉.在历史的转折点上:从周树人到鲁迅[M].北京:文化艺术出版社,2001:20.
[4] 汪卫东.鲁迅前期文本中的"个人"观念[M].北京:人民文学出版社,2006:164.

待于进一步考证,但是在当时特定的社会语境下,这种含混的爱国观念却成为最有效的论证方式。"爱国"口号所涵盖的"国",既是传统观念中的"华夏""国""天下",也是现代观念中的"民族""国家",甚至是"公共空间"。鉴于概念含混导致的言说便利,中国近代知识分子的民族意识和国家观念便在一定的意义范畴之内发生了策略性偏移。他们更多地使用"爱国"这一概念来凝聚民族力量,使用"国民性"这一概念作为对传统文化进行批判的直接对象。

按照现代西方社会的民族观念来看,具有代表性的是"想象的共同体"说。安德森认为,民族"是一种想象的政治共同体——并且,它是被想象为本质上是有限的,同时也享有主权的共同体","它是想象的,因为即使是最小的民族的成员,也不可能认识他们大多数的同胞,和他们相遇,或者甚至听说过他们,然而,他们相互联结的意象却活在每一位成员的心中"。[①]然而,中国近代社会对民族意识的唤醒却不能通过这种有效的想象方式进行,中国民众不愿意将其想象的界限扩展到家族之外,他们甚至不相信这种"享有主权"的大共同体会给其个人或家族小共同体带来利益。于是,安德森所谓的按照某种印刷语言来唤起的"独立记忆",在中国社会特殊的历史语境中并不具备十足的阐释效力。同理,按照黑格尔的说法:"国家乃是绝对精神的一种表现形式,因为绝对精神是万物的本质,'国家是存在于世界上的神圣的观念。'因为'人的全部价值——一切精神的现实性,都要通过国家才能具有。'"[②]然而,中国民众并不能依赖这种极具震撼力的理论来认识所谓的国家。数千年的封建统治,让中国的百姓深深地认识到,国家大事是帝王之家事,与己无关。那么此时,通过倡言国家是个体全部价值的实现来唤起民众对国家的强烈需求,在本质上并不奏效。不仅仅是民众,就是接受了现代西方文化的知识分子也无法按

---

① [美]安德森.想象的共同体:民族主义的起源与散布[M].吴叡人,译.上海:上海人民出版社,2005:6.
② [英]L.T.霍布豪斯.形而上学的国家论[M].汪淑钧,译.北京:商务印书馆,2002:13-14.

照这样一种逻辑来思考问题。

　　以梁启超为首的维新志士,"提出民族主义的概念和民族主义的建国目标,从理论上论证了救亡图存的必要性和迫切性,唤起民族的觉醒"①。他认为"今日中国之现状,实如驾一扁舟,初离海岸线,而放于中流,即俗语所谓两头不到岸之时也"②。他担忧中国之危亡,提倡爱国,宣扬伯伦知理之学说,认为"国也者,非徒聚人民之谓也,非徒有府库制度之谓也,亦有其意志焉,亦有其行动焉,无以名之,名之曰有机体"③。然而,他虽强调"国家者人格也"④,但也不无疑虑。随着认识之深入,梁氏将民众视为国家有效与否的核心。1915年前后,梁启超持"只论政体,不论国体"的观点,力求政治体制之改革。他认为只要是中国人建立的政府,"无论以何人居政府,其人要之皆中国人民也。恶劣之政府,惟恶劣之人民乃能产之;善良之政府,亦惟善良之人民乃能产之"⑤。所以国之好恶,皆在于政府,而政府之好恶,皆在于人民。这样一层层推进,所得的结论便是,以国家之名义进行国民性的批判与拨正。而章太炎在刘师培、张继等创办的社会主义讲习会中发表的演讲,针对的则是梁启超所宣扬的伯伦知理和波伦哈克的国家主义学说,但章氏却按照自己的理解对梁氏所宣扬的国家理论提出反驳。他认为,"一、国家之自性,是假有者,非实有者;二、国家之作用,是势不得已而设之者,非理所当然而设之者;三、国家之事业,是最鄙贱者,非最神圣者"⑥。也就是说,具有文化民族主义思想的中国近代知识分子虽在一定程度上为全民性的民族意识和国家观念的建构做出了某种理论上的引导,但其本身的历史局限性又导致其所引用的理论与

---

① 吴雁南,冯祖贻,苏中立,等主编.中国近代社会思潮(1840—1949)(第一卷)[M].长沙:湖南教育出版社,1998:264.
② 梁启超.过渡时代论[M]//李华兴,吴嘉勋编.梁启超选集.上海:上海人民出版社,1984:168.
③ 梁启超.政治学大家伯伦知理之学说[M]//李华兴,吴嘉勋编.梁启超选集.上海:上海人民出版社,1984:397.
④ 梁启超.论立法权[M]//李华兴,吴嘉勋编.梁启超选集.上海:上海人民出版社,1984:296.
⑤ 梁启超.痛定罪言[M]//李华兴,吴嘉勋编.梁启超选集.上海:上海人民出版社,1984:654.
⑥ 章太炎.国家论[M]//吴铭峰编.章太炎论学集.北京:商务印书馆,2019:177.

其身处的中国社会历史性的体验产生了偏差。这种偏差,正是理论与现实的差距,也正是中国社会语境中民族国家建构的价值悖论。

第二节　启蒙意识形态下陈独秀的"民族国家"理想建构

作为新文化运动的旗手和领袖,陈独秀的民族国家观念在中国启蒙知识分子中具有一定的代表性。早年的陈独秀虽然关注中国历史语境中种种不合理的社会现象,但也多是从国民性角度进行批判,并未涉及民族国家概念。而其后,随着启蒙意识形态的生成,陈独秀的民族国家观念开始直接地与个人主义相互参照,在个人主义的维度中寻找适合中国社会语境的现代民族国家理论,极力调和民族国家与个人之间的矛盾。"集人成国,个人之人格高,斯国家之人格亦高;个人之权巩固,斯国家之权亦巩固。"[①]五四运动让陈独秀开始怀疑国民性改造对建构现代民族国家的作用,并开始推崇以革命手段代替改良手段建设民族国家的雄强方式。此时,陈独秀的民族意识与国家观念逐步分开,并开始接受马克思主义的影响,以阶级观念取代大而含混的民族国家观念。从无阶级的国家之别,到无国家的阶级之别,中国的社会革命也理所当然地与世界无产阶级革命联系起来,超越了民族国家的界限。因此,这一时期,陈独秀的民族国家观念开始对从前极力宣传的西方民族国家理论持否定态度,认为国家不过是一种对内调和人民内部矛盾,对外侵略其他弱小国家的工具,其所谓

---

① 陈独秀.一九一六年[M]//任建树,张统模,吴信忠编.陈独秀著作选(第一卷).上海:上海人民出版社,1993:172.

的民主与自由不过是帝国主义自我标榜的伪装。而组建中国共产党以通过阶级斗争手段来建立真正属于中国人民大众的国家政府,也成为其这一时期民族国家观念的核心思想。但本质上,陈独秀对政党的作用并没有一个清醒的认识。他反对党争,认为不同的政党没有本质的区别,只要它是代表人民大众的,就应该不分党派全力支持。"陈独秀是以政党是否代表多数人利益的尺度来决定个人与政党的关系的。"[1]他认为,一国之内的党派之争必然会影响国家的发展、社会的进步,应该竭力避免。"新兴国家,党争自所不免,然党争逾轨,实为进步之障碍。"[2]因此,陈独秀在中国革命历史上犯了右倾机会主义的错误,并在后期成为托派,与斯大林主义唱反调。这一时期,陈独秀的民族国家观念中又掺杂了早期对中国民众愚昧与不觉悟的悲观情绪,而中国共产党发动群众全民性地参与武装革命又使得他对暴民政治产生了一种本能的阻拒心理。他担心的实际上正是启蒙意识形态下民众会被另一种形式的专制征服的问题。陈独秀骨子里的启蒙意识与知识分子的身份让他不但对此问题的解决丝毫不抱希望,而且对中国在抗日战争时期的前途极度悲观。也就是说,陈独秀在他生命的最后阶段,依旧无法对其一生努力建构现代民族国家理想的实现持肯定态度。这既是启蒙知识分子建构民族国家理想的落空,同时又在另一个层面上反映出启蒙意识形态下民族国家建构的盲目性与复杂性。

(一)启蒙意识形态下陈独秀的民族国家观念

1902年冬,陈独秀与张继、蒋百里、潘赞化、苏曼殊等人发起组织"静会",其会约规定该会"以民族主义为宗旨,以破坏主义为目的"[3]。这是陈独秀最早关于民族国家观念的认识。他直接将"民族主义"作为其行动的宗旨,并将传统文化作为落后势力对其进行清除与破坏。而较早着眼于

---

[1] 王福湘."革命的前驱者"与"精神界之战士"——陈独秀与鲁迅比较观(一)[J].鲁迅研究月刊,2005(1).
[2] 陈独秀.对德外交[M]//任建树,张统模,吴信忠编.陈独秀著作选(第一卷).上海:上海人民出版社,1993:270.
[3] 唐宝林,林茂生.陈独秀年谱[M].上海:上海人民出版社,1988:21.

东西政治文化对抗中民族国家问题的是其成立"安徽爱国会"时发表的演说。陈独秀站在觉醒的中国人的立场上,用东西方"人性"之差异来唤醒民众,以达到救亡图存的目的。他说:"各国将来瓜分我中国,其惨状亦何堪设想!我中国人如在梦中,尚不知有灭国为奴之惨,即知解而亦淡漠视之,不思起而救之。盖中国人性质,只争生死,不争荣辱,但求偷生苟活于世上,灭国为奴皆甘心受之。外国人性质,只争荣辱,不争生死,宁为国民而死,不为奴隶而生。"①从这段演说中,我们可以看出陈独秀早年的民族国家观念实际上是作为一个集体性的国民参照系来建立的,西方因为有民族国家的意识,所以其民众称为"国民",这是一种现代意义上的个人身份;而中国民众因为没有民族国家的意识,所以称为"奴隶",这是一种丧失人性的个人身份,其最大限度的人生目标是生存需要,只争生死,不争荣辱。从某种意义上说,对于做惯了奴隶的中国人来说,荣辱的观念是一种高级形态的需要,是不必要的,所以才呈现出弱国民众的集体心态,即只知个人生死,不知国家存亡,无大共同体观念。而陈独秀认为西方之所以能够建立现代民族国家,一个重要的因素就是其国民性格的强健,只争荣辱,不争生死,甘愿为了大共同体利益而牺牲个人利益,这与传统社会"小共同体"本位下的宗教礼法是不一样的。"妄欲建设西洋式之新国家,组织西洋式之新社会,以求适今世之生存,则根本问题,不可不首先输入西洋式社会国家之基础,所谓平等人权之新信仰,对于与此新社会新国家新信仰不可相容之礼教,不可不有彻底之觉悟,猛勇之决心;否则不塞不流,不止不行!"②从陈独秀此时对民族国家的认识中,我们可以发现,他的着眼点并不是现代意义上的民族国家之民众,能丢弃"奴隶"的身份而享受到"人"的权利。相反,他的目光集中于依靠民众觉醒,在民族国家大共同体的理想中,积贫积弱的中国能摆脱被列强瓜分的危险命运,在东西政

---

① 陈独秀.安徽爱国会演说[M]//任建树,张统模,吴信忠编.陈独秀著作选(第一卷).上海:上海人民出版社,1993:14-15.
② 陈独秀.宪法与孔教[M]//任建树,张统模,吴信忠编.陈独秀著作选(第一卷).上海:上海人民出版社,1993:229.

治格局中占有一席之地,而其针对的"国"也在很大程度上指涉为"中华民国"这一政体。其同人成立"安徽爱国会",提倡"爱国主义"的前提,正在于号召中国民众,放弃卑微的个人利益共同建设强大的现代民族国家。"安徽爱国会"的宗旨为:"发爱国之思想,振尚武之精神,使人人能执干戈卫社稷,以为恢复国权基础。"而其会员义务为"凡一应利国利群之事,皆量力之所及,徐图建设"。其戒约中也有"戒不顾国体""戒主张个人自由,放弃国家公益""戒盲目仇洋"等[①]。由此可以看出,陈独秀早年的国家观念中并没有掺杂民族主义思想,其所指的"国",均为"state",即表示国别的行政组织。辛亥革命后成立的中华民国即属于世界各国的成员之一,是现代意义上的民主国家。陈独秀号召国民"爱国",就是爱这个革命之后组建的具有创新性的国体。"吾人理想之中华民国,乃欲跻诸欧美文明国家,且欲驾而上之,以去其恶点取其未及施行之新理想。"[②]陈独秀此时的国家观念中已经包含了另一种意义上的社群主义思想。也就是说,他并没有深刻地领会西方启蒙运动以来重个人的思想倾向,只是粗略地区分了"国民"与"奴隶",将中华民国的"国民"与西方国家中的"个人"等同起来,并冠以民主、自由的身份,而将封建社会的"奴隶"冠之以愚昧、耻辱的身份。然而值得注意的是,民国建立以后,中国的民众并没有实质性地脱离封建时代养成的"蚁民"气质。不难看出,陈独秀既痛恨西方列强对中国的瓜分,又不得不将救亡图存的出路寄托于西方现代国家的政治模式。所以,他反对盲目仇洋,而试图将"列强的西方"与"现代的西方"区分开来。

中国传统社会中,家族是普通百姓最大的社群组织。处于东西文化碰撞的历史洪流之下的近代中国,倘若依旧以家族为本位,无法在民众的

[①] 陈独秀.安徽爱国社拟章[M]//任建树,张统模,吴信忠编.陈独秀著作选(第一卷).上海:上海人民出版社,1993:17-19.
[②] 陈独秀.时局杂感[M]//任建树,张统模,吴信忠编.陈独秀著作选(第一卷).上海:上海人民出版社,1993:319.

思想中植入大共同体概念，救亡就无法成为号召全民的有效工具。陈独秀深谙此论。他在《说国家》中，将"家"与"国"用一种循循善诱式的论述方式结合起来，让中国民众的视野从家族移向国家。他先说国破家亡是自古之道，而今日之中国之所以被列强欺侮，此中的缘故就在于国人只知道保全身家性命，不肯尽忠报国。为了缓和说教与批评的气氛，增强说服力，他又援引了波兰、埃及、印度等殖民地国家受欺侮的缘由，证明了欲在列强的瓜分面前保存自己的家族，就必须先保卫更大的共同体，即国家！除此之外，他总结了西方大国如英、法、德、俄等富强的原因，"人人都明白国家是个人大家的道理，各人尽心国事，弄得国富兵强，人人快乐，家家荣耀"。并由此断言："当今世界各国，人人都知道保卫国家的，其国必强。人人都不知保卫国家的，其国必亡。"[1]从陈独秀的论述中我们可以发现，他并没有严谨的论证过程，只是采取二元论的方式将东方受奴役的殖民地半殖民地国家与行使强权的西方大国进行对比，得出趋向明显的结论。实质上，陈氏的国家论的目的是要给中国民众输入一种普遍意义上的国家观念，以此作为对抗一切内忧外患的意识基础。

> 一国的人民，一定要是同种类、同历史、同风俗、同言语的民族。断断没有好几种民族，夹七夹八的住在一国，可以相安的道理。所以现在西洋各国，都是一种人，建立一个独立的国家，不受他种人的辖制，这就叫做"民族国家主义"。若单讲国家主义，不讲民族国家主义，这国家倒是谁的国家呢？原来因为民族不同，才分建国家。若不是讲民族主义，这便是四海大同，天下一家了，又何必此疆彼界，建立国家呢？照这样看起来，凡一个国家必定要有一定的人民，是万万不可混乱的了。[2]

---

[1] 陈独秀.说国家[M]//任建树,张统模,吴信忠编.陈独秀著作选(第一卷).上海:上海人民出版社,1993:55-56.
[2] 陈独秀.说国家[M]//任建树,张统模,吴信忠编.陈独秀著作选(第一卷).上海:上海人民出版社,1993:56.

此处,陈独秀又借西方的民族国家学说提出了"民族"的概念,并认为凡是国家就定然是民族国家,即英文"nation"。然而,陈独秀的局限之处却在于,他认为一个国家只能有一个民族,否则便不称其为国家。他着眼于西方的单一民族国家在世界格局中的强势地位,试图在中国国体问题上引入民族的概念。这既说明陈独秀在运用西方的国家理论上存在与中国国情的错位问题,也反映出他对以何种意义上的国家概念来唤起民众觉醒不能确定。如果说政体意义上的国家是针对西方列强的瓜分而提出的应对策略,民族意义上的国家则是继承了辛亥革命深化了的汉民族主体意识,这正是对内对外的两个维度。至于西方国家理论中提出的"主权"概念,陈独秀清醒地认为,只有代表全国国民的政府才有资格行使这一至高无上的权力。"通常我们讲到国家,或者是指政府,或者也许更准确一点说是指靠法律的政府维持的组织。"[1]这又涉及另外一个问题,即陈独秀建构民族国家的方式,在此时是改良的而不是革命的! 他认为一个国家的主权应属于该国家全体国民共同所有,而其合法的代表就是宪法规定下的国民政府! 辛亥革命后成立的中华民国政府虽然存在种种弊端,但毕竟是唯一代表中国民众共同利益的合法政府。陈独秀认为,"中国的政治革命,乃革故而未更新"[2]。辛亥革命最大的功绩就是推翻了专制的封建制度,建立了民主共和制国家。然而,与过去的政治局面相比,中国社会并未出现多大意义上的改观。陈独秀提倡民族国家,实质上是把持着一个严格的尺度的,即在承认国民政府合法性的前提之下,唤醒中国民众献身大共同体,以达到救亡图存,甚至迅速崛起的理想目标。 在这一思路的牵引下,陈独秀认为中国民众最大的问题,还是其"不觉悟",而不是政府的不作为!"今吾国之患,非独在政府。国民智力,由面面观之,能否建设国家与二十世纪,夫非浮夸自大,诚不能无所怀疑。"[3] "中国人民

---

[1] [英]L.T.霍布豪斯.形而上学的国家论[M].汪淑钧,译.北京:商务印书馆,2002:69.
[2] 陈独秀.答卓鲁[M]//任建树,张统模,吴信忠编.陈独秀著作选(第一卷).上海:上海人民出版社,1993:333.
[3] 陈独秀.爱国心与自觉心[M]//任建树,张统模,吴信忠编.陈独秀著作选(第一卷).上海:上海人民出版社,1993:118.

简直是一盘散沙,一堆蠢物,人人怀着狭隘的个人主义,完全没有公共心,坏的更是贪贿卖国。"[1]这是他对中国民众的一贯认识。也是在此认识基础上,陈独秀走到了启蒙主义的大旗之下,想利用西方"民主""科学"的观念来改良中国民众的劣根性。但总体上来说,陈独秀早期的民族国家观念中,混杂着不同的逻辑维度。一方面,是由于他本人对西方民族国家观念了解不够深入;另一方面,则是在启蒙意识的规训中,他主动地选择了一种极具号召力,但内涵模糊的民族国家观念。

从陈独秀早期的民族国家观念来看,其逻辑指向是明显的,即以国民性改造来实现保国强种,建构现代民族国家的理想。这是典型的启蒙心态。也就是说,启蒙意识形态已经成为中国启蒙知识分子建构民族国家的主要理论手段。以陈独秀为代表的启蒙知识分子目标明确地向西走,并在二元对立的思维中将西方与先进的文明、强势的政权、殖民者身份联系起来,而东方的中国则未经论证直接站立在其对立面,成为落后、愚昧、积贫积弱,被侵略被殖民的政治形象。他眼中的西方国家既是瓜分中国的敌对势力,同时又是中国社会发展与文明进化的楷模。在向中国民众宣扬西方民族国家理论时,他不得不将西方列强对中国的侵略置之一旁,而着重强调中国民众的国民劣根性导致国家面临被瓜分的危机,同时西方国家在政治制度上的文明程度也被无意识地放大了。陈独秀根本不去怀疑西方现代民族国家是否只是一种幻象与骗局,就毫不犹豫地将其作为偶像置放在启蒙目标的终端。"在整整一代人的时间里,中国人将本民族的复兴寄希望于世界进步之上,一直倾向于西方,却掩盖其对中国露出两副面孔的两面神的真实面目:或者把西方对侵略中国主权的愤怒,分成各不相干的部分,完全是就事论事地来对待这些侵略行为;或者把中国受列强的欺凌,归咎于自己国家的衰弱。中国人以此为代价,继续相信文明

---

[1] 陈独秀.随感录·卑之无甚高论[M]//任建树,张统模,吴信忠编.陈独秀著作选(第二卷).上海:上海人民出版社,1993:287.

与强权是一致的。"[1]这是中国在启蒙意识形态下无法回避的问题,它必将以另外的进化形态呈现在中国社会历史语境之中。

(二)启蒙意识形态下陈独秀的民族国家观念的转变

如果说新文化运动是中国启蒙知识分子利用思想文化的改造来实现民族国家建构的话,五四运动则在另外一个层面上展开了以革命手段建设民族国家的想象图景。这一时期,陈独秀的民族国家观念较之前一味推崇西方现代民族国家模式有所转变,典型的特征是开始超越简单的作为想象的共同体的民族国家,而着眼于其内部的问题,如政府、阶级、法律、专制等问题。五四爱国运动是中国近代历史上意识形态发生转变的重要标志。以此为界,中国启蒙知识分子开始了各自不同的思维转向。陈独秀激进的个人气质与其对西方民族国家理论的偏执认识,决定了他选择站在革命的阵营中,以社会革命与民主运动的方式来替代改良主义,试图实现"建设西洋式的国家,组织西洋式的社会"的民族国家理想。与之前一味强调东西文化的对立及国民性批判不同,"五四"时期陈独秀的民族国家观念中新增了一项重要的内容,即爱国主义。如果说陈独秀早期的民族国家观念主要是在中国民众头脑中建立其现代民族国家形象的话,这一时期他则主要利用各种理论工具来号召中国民众奋发努力,保护自己的国家。

首先,陈独秀将中国面临亡国的危险放置在启蒙意识形态下进行反思。他认为"凡是一国的兴亡,都是随着国民兴致的好歹转移。我们中国人,天生的有几种不好的兴致,便是亡国的原因了"[2]。由此可见,陈独秀的思想依旧是启蒙意识形态下的常规逻辑。他着眼于民族国家大共同体的建构,在另一个层面上将国民劣根性作为妨碍民族国家建构的最大阻

---

[1] [美]费正清编.剑桥中华民国史·1912—1949(上卷)[M].杨品泉,等译,北京:中国社会科学出版社,1994:393.

[2] 陈独秀.亡国篇[M]//任建树,张统模,吴信忠编.陈独秀著作选(第一卷).上海:上海人民出版社,1993:80.

碍。只有国民在"情"与"智"两方面都觉悟之后,才可能成功地建构民族国家,而如果国民无法获得"最后之觉悟",即便表面上建立了现代民族国家,依旧是假招牌。所以他认为,辛亥革命以后建立的中华民国虽然是号称民主共和的国家,但事实上只是另一种形式的专制国家,中华民国的民众依然无法克服其根深蒂固的国民劣根性,争得做人的资格。"中华民国的假招牌虽然挂了八年,却仍然卖的是中华帝国的药,中华官国的药,并且是中华匪国的药。"[1]正是因为中华民国仍旧处于帝王、官僚、匪徒的统治之下,国民的情智才无法获得启蒙,因此照旧面临亡国灭种的危险。"一国非民智大开,民权牢固,国基总不能大安。"[2]这正是陈独秀对中华民国衰弱的国情进行再次诊断的结果。

为了进一步将斗争矛头指向侵略气焰嚣张的西方国家,陈独秀再次对"亡国"的定义作了有所偏重的限定。他认为,国家与朝廷不同,国家是另外一个国体,而中国历代朝廷的更换只是政府更替而已。"这国里无论是哪个做皇帝,只要是本国的人,于国并无损坏。"[3]也就是说,民族范围内的种族纷争并不是严格意义上国家之间的斗争,不论哪个民族、哪个个人成为统治者,只要是中国内部的问题,便"只可称做'换朝',不可称做'亡国'"。而"这国让外国人做了皇帝,或土地主权,被外国占去,这才算是'亡国'"。[4]在陈独秀看来,亡国之民所固有的劣根性若不彻底消除,国家总难稳定。陈独秀认为,任何一个民族面临亡国的危险,原因大抵是相似的,即一是国民性劣,二是不尽人力而听天命。[5]这是启蒙意识形态下无

---

[1] 陈独秀.实行民治的基础[M]//任建树,张统模,吴信忠编.陈独秀著作选(第二卷).上海:上海人民出版社,1993:30.
[2] 陈独秀.中国历代的大事[M]//任建树,张统模,吴信忠编.陈独秀著作选(第一卷).上海:上海人民出版社,1993:60.
[3] 陈独秀.亡国篇[M]//任建树,张统模,吴信忠编.陈独秀著作选(第一卷).上海:上海人民出版社,1993:67.
[4] 陈独秀.亡国篇[M]//任建树,张统模,吴信忠编.陈独秀著作选(第一卷).上海:上海人民出版社,1993:67.
[5] 陈独秀.亡国篇[M]//任建树,张统模,吴信忠编.陈独秀著作选(第一卷).上海:上海人民出版社,1993:80-85.

法避免的思维逻辑。陈独秀认为中国衰弱的主要原因在于民众的愚昧与自私,只顾及个人利益,不顾国家的兴旺,也即缺乏"爱国心"！而中国人之所以对国家的强弱兴衰态度冷淡,不予关心,主要是因为其小共同体本位思想根深蒂固,只关注个人自身的功名富贵与本家族的利益,此外别无用心。"我们中国人,从出娘胎一直到进棺材,只知道混自己的功名富贵,至于国家的治乱,有用的学问,一概不管,这便是人才缺少,国家衰弱的原因。"①为了对家族小共同体本位思想进行改造性批判,陈独秀将国家与家族联系起来,将以往的"集民成国"阐释为"集家成国"！他认为,"中国人所以缺乏公共心,全是因为家族主义太发达的缘故"②。这是其启蒙主义思想在民族国家大义面前的屈就与转化,目的是将中国民众的小共同体本位思想转化为大共同体本位。他极力地告诫中国民众,保卫自己的国家实际上就是保卫自己的家族,保卫个人的利益。"一个国度,是无数家庭聚成的,一国好比一个人的全身,一家好比全身上的一块肉。譬如一块肉有了病,只要全身不死,这块肉的病总可以治得好。若全身都死了,就是你拼命单保这一块肉,也是保不住的了。"③从陈独秀此时的"亡国论"思想来看,他对建构民族国家的紧迫感已经有所体味,而其策略思想尚保留在启蒙主义的范式之内,并没有大的突破。但在《亡国篇》的最后,陈独秀将保国强种的途径归结为"有力的行动"。他说:"天地间无论什么事,能尽人力振作自强的,就要兴旺。不尽人力振作自强的,就要衰败,大而一国,小而一家,都逃不过这个道理。"④这意味着启蒙主义所宣扬的思想革命已经被陈独秀转化为实际行动与社会革命。这是启蒙意识形态下陈独秀的

---

① 陈独秀.论戏曲[M]//任建树,张统模,吴信忠编.陈独秀著作选(第一卷).上海:上海人民出版社,1993:89.
② 陈独秀.新文化运动是什么[M]//任建树,张统模,吴信忠编.陈独秀著作选(第二卷).上海:上海人民出版社,1993:128.
③ 陈独秀.亡国篇[M]//任建树,张统模,吴信忠编.陈独秀著作选(第一卷).上海:上海人民出版社,1993:81.
④ 陈独秀.亡国篇[M]//任建树,张统模,吴信忠编.陈独秀著作选(第一卷).上海:上海人民出版社,1993:83.

民族国家观念转化的一个前奏!

其次,陈独秀明确了民族国家的本质,提倡爱国主义思想。从早期对西方民族国家的认识存在含混的误区,到再一次清醒地认识到西方民族国家对内专制、对外强权的本质,使得陈独秀明确地知道在中国建设什么样的国家才是切实可行的,指导中国民众应该爱什么样的国家。陈独秀从西方国家民众对其国家组织的认同方式来反观中国社会的国家模式。"近世欧美人之视国家也,为国人共谋安宁幸福之团体。"[①]这是陈独秀理想中的国家模式,不论以何种形式组建国家,不论何种政治势力成为执政者都应该奉行一个原则,那就是"为国人共谋安宁幸福"! 可以说,陈独秀此时的民族国家建构理想中,对中华民国的改造依旧是其主要内容。改造的目标则不仅仅是建立西方现代民族国家模式,而且还要将西方民族国家没有实现的理想在中华民国予以实现。这是陈独秀对自己早期的民族国家观念的拨正,也是在另一个层面上对建构中国的民族国家理想的反思。也就是说,陈独秀已经不再将西方现代民族国家视为值得去爱的国家模式,而是客观地分析其是否为全国人民服务,是否是代表全国人民共同利益的组织。因此,这一时期陈独秀的爱国主义思想具有了明确的内涵与评判标准:"我们爱的是人民拿出爱国心抵抗被人压迫的国家,不是政府利用人民爱国心压迫别的国家。我们爱的是国家为人谋幸福的国家,不是人民为国家做牺牲的国家。"[②]

陈独秀对民众应该爱什么样的国家有了明确的界定。他肯定的国家是"为国人共谋安宁幸福之团体",否定的是"对外不能抵御列强入侵,对内不能保障人民权利、增进人民幸福的国家"[③]。虽然他所谓的为人民谋

[①] 陈独秀.爱国心与自觉心[M]//任建树,张统模,吴信忠编.陈独秀著作选(第一卷).上海:上海人民出版社,1993:113.
[②] 陈独秀.我们究竟应当不应当爱国[M]//任建树,张统模,吴信忠编.陈独秀著作选(第二卷).上海:上海人民出版社,1993:24.
[③] 林毓生.中国意识的危机:"五四"时期激烈的反传统主义[M].穆善培,译.贵阳:贵州人民出版社,1986:98.

利益的"国家"实质上仍然是作为政体意义上的"state",而不是国体意义上的"nation",但这终究让中国民众对爱什么样的国家有了一个颇为便捷的评判准则,不再像以前那样站在二元对立的逻辑立场中,简单地认为凡是西方的民族国家就应该爱,凡是贫弱的中华民国就一味否定。那么就产生了另外一个问题,便是中国的民众应该如何爱国?从爱家族的小共同体本位转化为爱国家的大共同体本位必须有适当的过渡方式。陈独秀先是对西方国家民众的国家观念生成之原因与爱国思想做了相关描述。他认为,中国同西方国家在接受爱国主义思想上的最大不同在于西方国家民众素来就有根深蒂固的国家观念,并已经历时性地养成了较为完整的爱国主义思想。"欧洲民族,自古列国并立,国家观念很深,所以爱国思想成为永久的国民性。"[1]而中国传统社会中无"国家"观念,首先需要在中国民众思想中植入此观念,其后再努力克服家族本位思想,引导其信奉爱国主义思想。"我们中华民族,自古闭关,独霸东洋,和欧美日本通商立约以前,只有天下观念,没有国家观念。所以爱国思想,在我们普遍的国民根性上,印象十分浅薄。要想把爱国思想,造成永久的非一时的,和自古列国并立的欧洲民族一样,恐怕不大容易。"[2]历史文化形态的不同,养成了中西民族性的不同。"西洋民族性,恶侮辱,宁斗死;东洋民族性,恶斗死,宁忍辱。"[3]这是爱国主义思想的前提,要有不怕死、争尊严的精神才能真正推行爱国主义,而中国国民性中最缺乏的正是此种"为尊严而献身"的精神。所以,陈独秀认为在中国提倡爱国主义必然不能一蹴而就,需要策略性地缓进,不能一下子就号召民众为国捐躯,而是从个人之觉悟做起,多以大共同体本位思想指导自己的行为。"故我之爱国主义,不在为国

---

[1] 陈独秀.我们究竟应当不应当爱国[M]//任建树,张统模,吴信忠编.陈独秀著作选(第二卷).上海:上海人民出版社,1993:23.
[2] 陈独秀.我们究竟应当不应当爱国[M]//任建树,张统模,吴信忠编.陈独秀著作选(第二卷).上海:上海人民出版社,1993:23.
[3] 陈独秀.东西民族根本思想之差异[M]//任建树,张统模,吴信忠编.陈独秀著作选(第一卷).上海:上海人民出版社,1993:166.

捐躯,而在笃行自好之士,为国家惜名誉,为国家弭乱源,为国家增实力。"①这是一种平和的爱国主义思想,本质上还是启蒙意识形态下调和个人与国家之间二元对立矛盾的策略。"这种个体/国家的二元对立的论述模式对于中国现代政治思想的影响极为深远,其表征之一就是:启蒙知识分子习惯于在个人与国家的二元关系中获得政治认同(无论是对抗的还是同一的),而较少研究个体与国家之间可能存在的社会中介和公共空间。"②

最后,陈独秀对西方民族国家进行重新审视,并得出否定性结论。第一次世界大战后,陈独秀曾对标榜民主、自由的英美等国抱有幻想,甚至希望美国总统威尔逊来主持正义,但随即出现的"山东问题"让他幡然悔悟,真正明白了中国欲在世界政治格局中保存国家的尊严与人民的自由,就必须建立能够与西方国家平等对话的国体。陈独秀在面对"山东问题"时号召国民应清醒地保持两种觉悟,"不能单纯依赖公理的觉悟"与"不能让少数人垄断政权的觉悟"。③此时他的民族国家观念,已经大不同于此前的"伦理之觉悟"。而由这两个觉悟所引导出的两条宗旨,也发生了一定的变化,"强力拥护公理"和"平民征服政府"。④这两条宗旨暗含强力维护国家与国民利益的思想。我们可以看出,此时的陈独秀已经不再把西方当作中国民族国家建构的唯一标准与楷模,因此不再对"国家"这一概念性的大共同体产生敬畏之情。在此认识的基础之上,陈独秀对曾经大力宣扬过的西方民族国家有了一定程度的警惕与戒备。他不再相信西方的民族国家模式是唯一合法的,因此也在建构中国的民族国家模式上有所思索。陈独秀将批判的目光对准西方民族国家政体,断言它不过是"一种

---

① 陈独秀.我之爱国主义[M]//任建树,张统模,吴信忠编.陈独秀著作选(第一卷).上海:上海人民出版社,1993:207.
② 汪晖.现代中国思想的兴起下卷(第一部)[M].北京:生活·读书·新知三联书店,2004:1076.
③ 陈独秀.山东问题与国民觉悟[M]//任建树,张统模,吴信忠编.陈独秀著作选(第二卷).上海:上海人民出版社,1993:17.
④ 陈独秀.山东问题与国民觉悟[M]//任建树,张统模,吴信忠编.陈独秀著作选(第二卷).上海:上海人民出版社,1993:19.

偶像""一种无善恶的社会组织""一种权力分配机关":

>国家也不过是一种骗人的偶像,他本身并无什么真实能力。现在的人所以要保存这种偶像的缘故,不过是藉此对内拥护贵族财主的权利,对外侵害弱国小国的权利罢了。"①

>原来国家不过是人民集合对外抵抗别人的组织,对内调和人民纷争的机关。善人利用他可以抵抗异族的压迫,调和国内纷争,恶人利用他可以外而压迫异族,内而压迫人民。"②

>我看他(指国家)的成绩,对内只是一个挑拨利害感情,鼓吹弱肉强食,牺牲弱者生命财产,保护强者生命财产底分配机关。我们看见他杀人流血,未曾看见他做过一件合乎公理正义底事。③

从以上陈独秀对西方民族国家的重新审视中,我们可以看出其"工具论"的国家观念。"我承认国家只能做工具不能做主义。"④陈独秀认为西方的民族国家并非是正义的,它凭借强权获得现代文明的认同,从而在民主、自由的启蒙精神下对不属于其组织的其他民族国家进行侵略,以获得自己更大的发展。然而,在西方民族国家内部也存在着种种矛盾,最典型的还是统治者与被统治者的矛盾(其后陈独秀用阶级论的观点阐释为资产阶级与无产阶级之间的矛盾),这是西方民族国家不可调和的矛盾。国家成为统治阶级对被统治阶级进行专制的工具,是打着自由平等的幌子实行暴力统治的社会组织。这是陈独秀的民族国家观念的重要转变,也

---

① 陈独秀.偶像破坏论[M]//任建树,张统模,吴信忠编.陈独秀著作选(第一卷).上海:上海人民出版社,1993:392.
② 陈独秀.我们究竟应当不应当爱国[M]//任建树,张统模,吴信忠编.陈独秀著作选(第二卷).上海:上海人民出版社,1993:23.
③ 陈独秀.随感录·学生界应该排斥日货[M]//任建树,张统模,吴信忠编.陈独秀著作选(第二卷).上海:上海人民出版社,1993:74.
④ 陈独秀.谈政治[M]//任建树,张统模,吴信忠编.陈独秀著作选(第二卷).上海:上海人民出版社,1993:164.

正是在此转变基础上,他的民族国家学说逐渐从"民族国家"范畴内转到"阶级"范畴中来,即从之前"无阶级的国家"转化为"无国家的阶级"。此外,在洞悉西方现代民族国家的本质依然是暴力工具后,陈独秀改良主义的启蒙观也逐渐转向革命主义。陈独秀认为,时局的真正要求是"用政治战争的手段创造一个真正独立的中华民国",而其方法是"组织真正的国民军,创造真正的中华民国"。[①]

（三）从无阶级的国家到无国家的阶级

在接受马克思主义的阶级论后,陈独秀的民族国家观念也发生了较大的变化。从简单的国家之间的强弱对立发展为不同国家中共同具有的阶级对立,并在阶级矛盾的主导下,将西方民族国家与中华民国之间严格的国别界限进行含糊处理,同时将被西方吸引了多年的目光转向革命成功的俄国。从某种意义上说,俄国十月革命的胜利不仅是意识形态的胜利,在当时的中国启蒙知识分子眼中,更是一次极具启发式的"中国的胜利"。中俄之间极为相似的社会现实以及在东西文化对抗中的弱者地位让中国激进的知识分子相信,只要采取俄国式的社会革命,就能迅速改变中国贫弱的社会现实,并在世界政治格局中占据主动地位。而俄国革命在意识形态上将马克思主义奉为独尊,将阶级论作为全球性的革命口号,特别是对西方资本主义国家内部不可调和的阶级矛盾的揭露,更将中国启蒙知识分子的社会视野转向激进的革命主义与阶级论的斗争立场,同时削弱了西方民族国家的强势姿态对中国社会进化的吸引力。也就是说,在功利性极强的社会革命语境中,马克思主义一经出现,就迅速将中国启蒙阵营中某些激进的知识分子导向了革命意识形态下无产阶级的伟大胜利散发出的人性光辉。然而,陈独秀对马克思主义的接受与宣传并不是完整的、体系的,甚至是不彻底的。"这种不彻底性,明显地表现在对

[①] 陈独秀.造国论[M]//任建树,张统模,吴信忠编.陈独秀著作选(第二卷).上海:上海人民出版社,1993:388.

旧的世界观和政治观念,并没有一个破的过程。"①也就是说,陈独秀只是部分地将马克思主义与其民主主义思想混同起来,在阶级论与革命论的立场上对其民族国家观念进行有意味的更正。"激进的革命者们的反应是多种多样的,很多人很快表明其思想信仰的旗帜是鲜明的,但却是不深刻的。"②这是特定历史时期先驱者的共同形象,陈独秀是其典型代表。也正是这种不深刻性导致陈独秀的民族国家观念再次迅速发生转变,表面上接受了一种与过去的民族国家观念完全不同的阶级论与革命论观念。

  在此之前,陈独秀的民族国家观念的主要内容就是建立西方现代民族国家。极具侵略性的西方大国成为中国社会进化的方向,在陈独秀的思想中也从来没有用帝国主义来形容西方的民族国家主义。然而,五四运动以后陈独秀的民族国家观念发生了很大的变化,他斗争的矛头直接指向了西方民族国家,并称之为"帝国主义"！这意味着同样是西方现代民族国家,它的两面性已经暴露无遗,一方面是强大的政治力量,另一方面则是残暴的霸权工具。陈独秀的民族国家观念从前者明显地倒向了后者,他不再认为西方国家中的民众与中国的民众有着"人"与"奴隶"的本质区别,而认为不论哪个国家,都存在着统治与被统治的阶级对立。中国革命的主要任务应该投身于全世界被压迫的无产阶级的解放运动,将国家之间的门户之别尽力消除,而凸显相同阶级之间的亲和力与共同利益。正是如此,陈独秀开始目标明确地反对西方帝国主义国家,"象这种侵略的国家主义即帝国主义,我也是绝对厌恶的"③。那么针对阶级斗争的特殊性,革命也就理所当然地成为主要手段。陈独秀虽然是个激进的革命者,但他本质上对革命还有一定的戒心。作为启蒙知识分子的陈独秀虽

---

① 彭明.五四时期的李大钊和陈独秀[M]//王树棣,强重华,杨淑娟,等.陈独秀评论选编(上册).郑州:河南人民出版社,1982:156.
② [美]费正清编.剑桥中华民国史·1912—1949(上卷)[M].杨品泉,等译.北京:中国社会科学出版社,1994:410.
③ 陈独秀.答郑贤宗[M]//任建树,张统模,吴信忠编.陈独秀著作选(第二卷).上海:上海人民出版社,1993:195.

然极力希望民众能够有所觉悟,用爱国心来反抗西方列强的压迫与国内军阀的统治,但他害怕的是尚未觉醒的人民大众,被某种极具号召力的政治口号发动起来进行革命。这不但于建设民族国家无益,反而会形成一种盲目破坏的暴民政治! 陈独秀还认为,群众的愚昧和麻木可能阻碍革命的成功,他认为"有史以来革命成功的,无一不是少数人压服了多数人"[1]。所以,陈独秀思想中一直坚守着觉悟者领导革命的底线。他推崇革命手段,但害怕革命陷入大众化的狂乱之中。因此我们可以看到,陈独秀的无产阶级革命观并不彻底,他更希望依赖民族资产阶级的力量达到革命的成功。所以,陈独秀的马克思主义观中始终掺杂着资产阶级的民主主义思想。"资产阶级共和国方案在他的头脑中并没有完全破产。"[2]然而,陈独秀的思想毕竟转向了马克思主义。他宣传革命论和阶级论时始终标榜无产阶级革命的伟大意义,并试图将革命者的视线从国内的军阀统治转移到国外帝国主义。他说:"社会主义的国民运动,反对帝国主义比反对军阀更为紧要。"[3]这是因为全球性的无产阶级革命的主要目标是推翻资产阶级的统治,建立没有国别的无产阶级社会,而军阀只是帝国主义的奴才与走狗,只要他们的主子被消灭了,军阀自然就会倒台。然而,中国的社会革命必须首先关注自己国家的无产阶级被压迫的地位,指明他们头上的压迫者,最终确立革命的方向。陈独秀明确地指出,中国的社会革命必须同时对准两个目标,即列强与军阀! 而对中国民众普遍性的国民弱性应该不再计较,不再批判! 这是一种战争状态下的话语逻辑,本质上违背了启蒙主义的精神指向,但却更有利于唤醒民众的革命激情。但陈独秀依旧没有将全民大众当作革命者,他的革命宣传主要针对的是

---

[1] 陈独秀.三答区声白书[M]//任建树,张统模,吴信忠编.陈独秀著作选(第二卷).上海:上海人民出版社,1993:309.
[2] 彭明.五四时期的李大钊和陈独秀[C]//王树棣,强重华,杨淑娟等编.陈独秀评论选编(上册).郑州:河南人民出版社,1988:148.
[3] 陈独秀.关于社会主义问题[M]//任建树,张统模,吴信忠编.陈独秀著作选(第二卷).上海:上海人民出版社,1993:479.

启蒙意识形态下有所觉悟的青年学生与爱国志士。"爱国青年们！我们应该只看见敌人们——列强与军阀——压迫我们侮辱我们是何等凶猛,我们不应该单看见弟兄们的小过,大家亲密的团结起来吧!"①

陈独秀的革命宣传还面临一个问题,就是为革命正名！虽然曾经标榜"破坏主义"的陈独秀并不怀疑革命的必然性,但辛亥革命以来数次冠以革命名义的暴力运动都成为一场统治者更替的政治角逐的现实,让他不得不谨慎地论证革命的有效性,防止革命落入阴谋家的政治手段之中。他将革命称为"神圣事业",认为革命"所以和内乱及反革命不同,乃因为他是表示人类社会组织进化之最显著的现象,他是推进人类社会组织进化之最有力的方法"②。然而,陈独秀并没有明确地说明革命究竟应该以何种不同于内乱及反革命的秩序进行。事实上,作为启蒙知识分子的陈独秀本人,也并不知道应该以何种行之有效的方式来组织革命。按照西方革命的传统,应该组建代表自己阶级的政党,并以此为阵营有序地展开自己的革命行动。所以,陈独秀等人成立了中国共产党,成为唯一代表中国无产阶级的革命政党。但在中国共产党成立后,作为最高领导人的陈独秀依旧不知道如何担当领导革命的重任。他认为,中国的革命主要应该依靠中国国民党来领导,中国共产党只需要作为参与者与监督者,时刻维护无产阶级的利益。这些都说明,陈独秀的革命思想并不是完整的、深刻的。"他是一个具有强烈道义情操的人,富有战斗气质和大无畏的个人主义精神。他坚强有余但精细不足,对政治和文化问题所涉及的精微而曲折的含义或复杂情况并不十分关心。"③因为"他是新文化运动的发起者和著名领袖,又由于他在五四运动中的积极态度。因此,被推上了中国共

---

① 陈独秀.欢迎广州上海两学生会[M]//任建树,张统模,吴信忠编.陈独秀著作选(第二卷).上海:上海人民出版社,1993:676.
② 陈独秀.革命与反革命[M]//任建树,张统模,吴信忠编.陈独秀著作选(第二卷).上海:上海人民出版社,1993:403.
③ 林毓生.中国意识的危机:"五四"时期激烈的反传统主义[M].穆善培,译.贵阳:贵州人民出版社,1986:9.

产主义运动的舞台"①。所以,陈独秀虽然力主革命,并坦言代表无产阶级进行革命运动,但事实上,他并没有在当时的社会革命中找到自己准确的角色。不断失败的革命运动,让他对无产阶级有了新的认识,"社会各阶级中,只有人类最后一个阶级——无产阶级,是最不妥协的革命阶级,而且是国际资本帝国主义之天然敌对者"②。但这也仅仅是在舆论上对无产阶级革命做了另一次有理有据的宣传。他揭发了代表民族资产阶级的国民党在革命运动中的反动姿态,并再次肯定作为被压迫者的无产阶级坚决的革命态度。从民族国家意义上来看,中国内部各政党对革命的不同态度,注定了陈独秀对联合各阶级共同建设民族国家理想的深深失望。在宣传无产阶级革命的同时,陈独秀尚且不忘唤起中国内部的民族情绪。但他时时警惕着民族主义、国家主义这些小共同体观念成为中国无产阶级革命的阻碍,所以他不无矛盾地区分民族运动与民族主义的不同,国家政权与国家主义的不同。"我们固然力赞民族运动(限于被压迫者),然而不相信什么民族主义。我们固然不赞成现在就要废除国家政府这种制度,然而却反对什么国家主义,更未闻有什么政府主义。"③可以看出,他将无产阶级革命运动与民族革命运动联系起来,目的还是在抵御西方列强的意识形态下,建设中国的民族国家。然而,中国各阶级革命的复杂与暧昧态度,让陈独秀对建设民族国家的理想感到渺茫。而共产国际消除国别的全世界无产阶级革命运动思想,又让陈独秀的民族国家观念发生了一次大的转变。

在依赖中国国民党进行革命的同时,陈独秀还依赖共产国际的领导。共产国际是国际无产阶级的革命组织,统一领导各国的无产阶级革命运

---

① 彭明.五四时期的李大钊和陈独秀[M]//王树棣,强重华,杨淑娟,等.陈独秀评论选编(上册).郑州:河南人民出版社,1988:152.
② 陈独秀.二十七年以来国民运动所得的教训[M]//任建树,张统模,吴信忠编.陈独秀著作选(第二卷).上海:上海人民出版社,1993:820.
③ 陈独秀.主义的流弊[M]//任建树,张统模,吴信忠编.陈独秀著作选(第三卷).上海:上海人民出版社,1993:17.

动。其主要思想有二,一是联合全世界的无产阶级进行革命;二是针对不同国家的社会情况组织革命运动。陈独秀受共产国际的影响很大,典型地表现为消除国别的无产阶级革命运动与忽略中国国情的机会主义革命思想。在陈独秀看来,全世界的国家中都存在着阶级矛盾,中国只是国际无产阶级组织中的一员。中国的无产阶级革命运动不应该搞闭门主义,而应该吸纳其他国家的斗争经验,甚至应该与其他国家的无产阶级站在完全一致的立场上进行革命斗争。这无疑对其民族国家观念产生了很大的冲击。因为此前他着力于建设民族国家,主要是寄希望于现代民族国家的建立会给中国社会带来翻天覆地的变化,让处于奴隶地位的中国民众脱离苦海,过上自由、平等的人的生活;然而,一旦认识到西方式的民族国家内部也存在着阶级统治,剥削与被剥削成了不可消除的矛盾,陈独秀便开始对通过建设现代民族国家以实现大同社会的理想表示失望,转而开始寻求另外的途径。全世界的无产阶级运动给他提供了另外一种思路,即通过全世界无产阶级革命的胜利来解放中国的无产阶级,建立没有剥削、没有压迫、人人平等的无产阶级政权。如果说此前的思路是在二元对立语境下的向西方学习来实现中国社会变革的话,此时陈独秀的社会变革思路则转向从大共同体的全世界无产阶级革命胜利中寻求小共同体的中国无产阶级的解放。所以,陈独秀必须突出中国作为全世界无产阶级阵营中小共同体的身份。这意味着个体的差异将会被人为地忽略,本民族内部的闭关运动都将成为大共同体利益实现的阻碍力量。在此思路下,陈独秀提出:"中华民族是全世界被资本帝国主义压迫之一,中国民族运动也是全世界反抗资本帝国主义之一,所以此时我们的民族运动,已经不是封建时代的一个闭关的单纯的民族运动,而是一个国际的民族运动,而是和全世界被压迫的无产阶级及被压迫的弱小民族共同起来推翻资本帝国主义的世界革命之一部分。"[①]然而,陈独秀并没有忘记本民族的小共

---

① 陈独秀.列宁主义与中国民族运动[M]//任建树,张统模,吴信忠编.陈独秀著作选(第二卷).上海:上海人民出版社,1993:869.

同体利益,他的着眼点依旧是本民族人民的共同利益。他屡次将中国的革命运动命名为"中国民族运动",并希望在此运动中实现民族自由的革命任务。所以,陈独秀时刻注意将中国民众对外国列强的仇恨情绪与无国家界限的全世界无产阶级革命运动进行调和。他强调,"我们的运动,是应该立脚在中国民族自由的意义上,反抗剥削践踏我们的外国帝国主义者;不应该立脚反动的国家主义上,笼统的排斥一切外国及外国人"[①]。这就是说,陈独秀认为国家主义已经成为阻碍无产阶级革命运动的一种思想观念,是需要从根本上消除的。然而,这正是对他前期民族国家观念的否定。那么当国家主义面临阶级立场的时候,陈独秀必须原则性地站在阶级立场上批判国家主义。但事实上,陈独秀并不认为西方的民族国家在中国社会现实面前是不需要的。他依旧希望通过革命建立现代民族国家,但至少在革命期间不能突出国家主义,以避免中国民众站在国家主义立场上盲目排斥一切外国人,包括外国无产阶级。所以,这一时期的陈独秀极力批判国家主义,甚至将"爱国"与"国家主义"进行区分,目的还是彰显阶级观念,消除狭隘的民族主义与国家主义。"中国是一个被国际资本帝国主义所压迫的国家,我们决不向帝国主义者讲什么世界大同主义,我们自然急于要救中国爱中国,然而我们不是什么国家主义者。无产阶级本来无祖国,然而他们在救祖国的实际工作上,比任何阶级都出力。"[②]

无产阶级本来无祖国,是陈独秀用阶级论消解国家主义的最有效手段。他让大多数中国民众相信,只要是同一阶级,就不需要区分民族与国家的不同。但让陈独秀尴尬的是,中国社会现实对民族国家的需要远远超越了阶级认同的需要。日本帝国主义对中华民族的侵略使得中国民众再一次认清了民族国家之间不可消弭的矛盾,也对无产阶级革命理论产生了一定的怀疑。陈独秀极力避免这种思想误区对中国社会建设的负面

---

① 陈独秀.上海大屠杀与中国民族自由运动[M]//任建树,张统模,吴信忠编.陈独秀著作选(第二卷).上海:上海人民出版社,1993:879.
② 陈独秀.孙中山三民主义之民族主义是不是国家主义[M]//任建树,张统模,吴信忠编.陈独秀著作选(第二卷).上海:上海人民出版社,1993:1048.

影响。他深知,挑起民族主义、国家主义的旗帜对中国抵抗军事实力强大的外国列强不一定能起到积极的作用,而只有依靠共产国际领导的全世界无产阶级革命运动才能结合世界各国的革命形势,实现中华民族的振兴与重建。他在给戴季陶的一封信中严格区分了民族斗争与阶级斗争的差别,并责备国民党的根本错误"乃是只看见民族斗争的需要而不看见阶级斗争的需要"[1]。这说明在陈独秀看来,"无国家的阶级立场"比"无阶级的国家立场"更有利于中国革命的实际情况。但本质上,陈独秀并不是完全站在阶级立场上放弃民族国家主义,他只是在利用全球性的革命形势以实现中国的民族国家建设。在此认识基础上,陈独秀将民族国家视为"乌托邦",认为其根本无法存在。也就是说,陈独秀认为中国社会对西方民族国家的认识实际上只是一种幻影,是启蒙知识分子在头脑中建构出来的理想社会组织的化身,实际上并不存在这样一种完美的组织。他认为,"整个的国家,永远是不存在的;整个的世界,只有在阶级消灭以后才会出现"[2]。这既是其民族国家观念的升华,又是其走向阶级论误区的一个标志。

这一时期,陈独秀的民族国家观念虽然被阶级论和革命论压抑着,但事实上他对西方民族国家有了更加深入的认识。他认为,"国家、权利、法律,这三样本是异名同实的"[3]。这表明陈独秀意识到,西方民族国家只在政体意义上被中国社会所认同。他所理解的国家虽然被冠以"民族国家"的名义,但实际并不是西方意义上的民族国家。"他所理解的国家无疑是英语'(政体)国家'(state)这一概念。(政体)国家(state)与'国土国家'(country)、'民族国家'(nation)的区别在于,前者有鲜明的阶级性,后两者

---

[1] 陈独秀.给戴季陶的一封信[M]//任建树,张统模,吴信忠编.陈独秀著作选(第二卷).上海:上海人民出版社,1993:906.
[2] 陈独秀.中国的一日[M]//任建树,张统模,吴信忠编.陈独秀著作选(第三卷).上海:上海人民出版社,1993:353.
[3] 陈独秀.对于时局的我见[M]//任建树,张统模,吴信忠编.陈独秀著作选(第二卷).上海:上海人民出版社,1993:166.

则是无阶级性的纯客观存在。只有站在'(政体)国家'(state)的地基上,才可能从国家问题上引出阶级斗争与阶级专政的命题。"[1]

总之,陈独秀的民族国家观念虽然发生了多次转变,但本质上,他对西方民族国家的认识立足点没有变,即他始终有意无意地将西方民族国家理解并阐释为政体意义上的"state",并在此观念的基础上生发出不同时期的具体的民族国家理论。同时,作为启蒙知识分子的陈独秀一直都无法脱离启蒙意识形态的潜在规训,他始终将"个人"与"民族国家"之间的关系作为主要矛盾进行调和,并着眼于通过个人的觉悟来实现民族国家的建构。从对无阶级之别的中国民众进行启蒙,到发动无产阶级进行革命,陈独秀始终将人民大众的利益放在首位,成为他民族国家观念不断调整的主要动力。陈独秀在《辩诉状》中对自己一生的"反抗行动"进行总结,承认其思想变化,"予行年五十有五矣,弱冠以来,反抗帝制,反抗北洋军阀,反抗封建思想,反抗帝国主义,奔走呼号,以谋改造中国者,于今三十余年。前半期,即'五四'以前的运动,专在知识分子方面;后半期,乃转向工农劳苦人民方面。盖大战后,世界革命大势及国内状况所明示,使予不得不有此转变也"[2]。但其反抗精神的指向是始终如一的,那就是以振兴中华民族、为中国民众争得做人的资格为己任。"予生平言论行动,无不光明磊落,无不可以公告国人,予固无罪,罪在拥护中国民族利益,拥护大多数劳动人民之故而开罪于国民党已耳。"[3]虽然在有生之年,陈独秀理想中的民族国家观念并没有实现,但这不仅仅是他本人的问题,更是当时启蒙意识形态下中国社会语境无法超越的困境与难题。陈独秀在中国历史

---

[1] 周毅,谢卫.晚清西方"国家"和"民族"概念的译介及其对陈独秀早期思想形成的影响[J].四川师范大学学报(社会科学版),2008(4).
[2] 陈独秀.辩诉状[M]//任建树,张统模,吴信忠编.陈独秀著作选(第三卷).上海:上海人民出版社,1993:315.
[3] 陈独秀.辩诉状[M]//任建树,张统模,吴信忠编.陈独秀著作选(第三卷).上海:上海人民出版社,1993:320.

上虽然是个"正误交织"①的"终身的反对派",但他为中华民族奔走呼号,不论事败与功成的精神值得肯定。

三、启蒙意识形态下民族国家的建构困境

20世纪初的中国社会语境中,民族国家的建构理想是必然存在的。它不论以何种形式表现出来,都将成为启蒙意识形态下最具吸引力的政治任务与文化课题。然而,启蒙知识分子并没有完成这一艰巨的任务。这不仅说明政治意义上的民族国家建制不可能单纯地通过文化革命来实现,也在另一个层面上显示出在历时结构与共时空间交汇而成的"中间语境"中,启蒙意识形态的尴尬处境。近代中国的社会变革在遭受一系列的挫折后转向文化领域,试图通过对中国传统文化的改造以及"向西走"的话语逻辑来实现全景式的革故创新。但中国特定语境下无法避免的二元论思想将东/西、古/今、传统/现代区分得过于明显,而激进的启蒙者又过于草率地将中国思想的轨道铺向并不将真实面貌呈现给中国社会的西方世界。西方的民族国家又以其强大的政治、经济、军事、文化等因素吸引了中华民族。中国启蒙知识分子希望借鉴西方式的启蒙运动来唤醒民众的个人意识,并颇具启发性地将救亡图存的思想移植到中国民众头脑中来,唤起他们的自觉心与爱国心,积极地为建设中国的民族国家而努力。这是典型的启蒙意识形态,但它并不能为中国的民族国家的建构提供一个有效的理论工具与阐释空间。正是启蒙意识形态的局限性导致中国的民族国家的建构理想遭遇了一系列无法避免的困境。

首先,启蒙意识形态对民族主义思想的否定无法为民族国家的建构提供宽松的社会空间。民族主义是针对某个"记忆性社群"产生影响的,社群主义者将"一种由过去构成的历史——一种可以追溯到几代人以前

---

① 胡明.正误交织陈独秀——思想的诠释与文化的评判[M].北京:人民文学出版社,2004.

共有的历史"[1]当作民族的典型特征。也就是说,在提倡民族主义的同时,必须将过去的共有的历史当作核心元素,并将历史生成的伦理道德当作一种普遍遵守的社会规范。只有极力唤醒这种记忆,人才能在民族中找到自己的生存需要与民族自豪感。"如果一个人不能拥有自己的记忆性社群,他就会失掉他生活中的意义与希望的源泉,结果就会严重地伤害他的自尊和个人能力感,更不要说道德传统丢失对后代产生的后果。"[2]这是民族主义(或者社群主义)必须重视的传统,然而在中国近代的社会语境中,它无法获得认同。启蒙意识形态主导的新文化运动正是在传统与现代之间划分了一道明确的界限。启蒙知识分子以某种历史性的激进姿态将传统文化以及其背后的"记忆"全盘否定,试图通过某种文化手段割裂历史,而到达二元论立场中的另外一端。所以,中国启蒙知识分子在新文化运动中极力宣传西方的"民主""科学"口号,而将以儒家文化为代表的传统伦理当作批判的对象。这种思维具有历史的进步性,是中国启蒙知识分子应有的表态方式。但客观地说,它必然地以另外一种无意识方式否定了民族主义。中国传统观念中,国家概念本来就不明确,只有借助于民族凝聚力才可能实现建构国家的理想。但全盘否定本民族历史传统的批评者不可能成为坚定的爱国者。按照丹尼尔·贝尔的观点,"一个人不可能既是个爱国者又是个认为他本民族历史中没有任何有价值的东西而否定一切的批评者"[3]。所以从某种意义上说,正是启蒙意识形态对中华民族传统的刻意遗弃,使得现代民族国家建构理想无法在民众意识中成为一种普泛性的必要任务。中国民众既不明白西方民族国家对中国社会有何吸引力,同时也不明白启蒙知识分子提倡的民主、自由对自己的生活有何

---

[1] [美]丹尼尔·贝尔.社群主义及其批评者[M].李琨,译.北京:生活·读书·新知三联书店,2002:124.
[2] [美]丹尼尔·贝尔.社群主义及其批评者[M].李琨,译.北京:生活·读书·新知三联书店,2002:124.
[3] [美]丹尼尔·贝尔.社群主义及其批评者[M].李琨,译.北京:生活·读书·新知三联书店,2002:131.

意义。"'权利''自由'这种观念不但是他心目中从来所没有的,并且是至今看了不得其解的。"①这是中国民众对启蒙意识形态表现冷漠的原因,也是中国启蒙知识分子无法完全克服的难题。启蒙主义注重通过个人的改造来实现民族国家的建构,但对传统文化的否定不仅不能在中国社会语境中即刻确立西方现代价值的合法性,而且使得原本具有凝聚力的民族历史成为精神包袱,直接压在具有启蒙精神的知识分子与被启蒙思想唤醒的现代青年头上。所以,"企图使自己头脑中民族主义和启蒙的相互冲突取得平衡的知识分子,表现出一种相当惊人的自我解剖现象"②。但中国民众却依旧对建构民族国家态度冷漠。这使得民族国家建构理想在意识层面面临困境。

其次,启蒙意识形态下个人主义与民族主义之间的张力不可消除,影响了民族国家的建构。启蒙意识形态是以理性精神为标志的,它在标榜个人价值的同时,也确立了民主、自由等现代伦理成为一种本体性的社会要求。"其实民族主义是覆盖近代思潮和流派的一种普遍倾向。"③个人与民族国家之间的对立,以及民族国家本质上的专制需要,都违背了启蒙意识形态的一般原则。国家内忧外患,国民麻木不仁,这是启蒙意识形态生成的双重语境。在这一语境下,究竟应该以"立人"还是以"立国"作为首要任务,便是值得深思的问题。虽然启蒙知识分子将对国民劣根性的批判以及"立人"任务放在显要的社会话语中,但事实上,他们更多的是希望通过建立现代民族国家来消弭国家内外的所有乱源。因此,在表层性的"立人"主张下,中国启蒙知识分子实质上将作为大共同体的国家作为拯救的首要对象。"一旦国家的生存和兴旺被确定为首要的目标,民族主义

---

① 梁漱溟.东西文化及其哲学[M].北京:商务印书馆,1999:44.
② [美]微拉·施瓦支.重评五四运动:在民族主义与启蒙主义运动之间[M]//王跃,高力克.五四:文化的阐释与评价——西方学者论五四.太原:山西人民出版社,1989:80.
③ 欧阳哲生.新文化的传统:五四人物与思想研究[M].广州:广东人民出版社,2004:202.

的主题就一直占主导地位。"①而在中国启蒙意识形态主导的社会语境中,民族主义表面上一直作为启蒙的附属品而存在。这导致了一种悖论式的思维骗局:奉行自由平等的启蒙知识分子实际上更多地倾向于极为专制的民族主义。伯林认为,民族主义是一种极具专制的,可能导致冲突的意识形态,它本能地与自由相悖,因为它能给本民族内的个人提供归属感,却对其他同样具有合法性的异族使用暴力。"假如满足我所归属的有机体的需要变得与实现其他群体的目标不可调和,那么,或者我不可分割地属于其中的社会便别无选择,只能强迫那些群体屈服,必要时就诉诸武力。"②这不符合启蒙时代以来西方社会的价值取向,也反映出民族主义在理论与现实上的冲突。启蒙的合法性在于其对"个人"的肯定,而不应该成为"民族主义的副部主题"③。所以,中国的启蒙意识形态已经远远地脱离了西方启蒙运动的传统,成为一种表面反对而本质认同民族主义的意识形态骗局。"在西方历史语境中,民族主义往往被理解成启蒙运动的逆反或被看做启蒙运动内部的一种理论上的重新调整。但在中国现代历史的开端,民族主义却汇入了'启蒙'的浩大洪流。而且现代中国的民族主义一直是民族生存危机的即席反应。"④然而,具有启蒙精神的中国知识分子无法在作为意识形态的启蒙主义大旗下完全放弃自己的个人立场。这又使得民族国家建构理想与立人主张纠缠在一起无法区分,从而导致了启蒙知识分子在民族国家主义及个人主义之间的摇摆态度。

最后,启蒙意识形态对儒家伦理的批判促成了民族国家专制机制。中国传统社会"儒表法里"的历史文化潜规则导致新文化运动时期,儒家伦理再一次成为封建礼教的替罪羊,从而使得"中—西族性对立之说与西—儒理论对立之说共同构成的文化决定论俨然成为共识",而"'法道互补'

---

① [美]费正清编.剑桥中华民国史·1912—1949(上卷)[M].杨品泉,等译.北京:中国社会科学出版社,1994:400.
② [英]以赛亚·伯林.反潮流:观念史论文集[M].冯克利,译.南京:译林出版社,2002:409.
③ 李新宇.愧对鲁迅[M].上海:上海三联书店,2004:188.
④ 魏朝勇.民国时期文学的政治想象[M].北京:华夏出版社,2005:133.

的祸根却被漠视乃至得到新的激励"。①传统文化在表面上尊儒,而事实上却在实行"法道互补"的运行规则。但社会变革时期激烈的思想对抗与情绪化的启蒙意识心态,必然会形成"反传统等于反儒"这样一种被历史蒙蔽的文化逻辑。那么,儒家的家族本位思想便成为西方现代个人本位思想的最大敌人。所以,中国启蒙知识分子必然地需要引入一种象征西方文化的大共同体来反对象征传统文化的小共同体。也正是在此基础之上,"民族""国家"这样的大共同体概念成为启蒙意识形态在政治意义上的代表性概念,它直接对抗的是"家族""乡村"这样的小共同体概念。然而,建立在西方民族、国家之下的自由、平等观念在中国思想界实际上已经被幻化了。也就是说,民众只有在针对家族、乡村、皇权这些从封建政治中被抽离出来的批判对象时,自由与民主才可以显现出来,并理论性地落实到每个民众的头上;但只要言及民族、国家这些从西方现代政治中抽离出来的旗帜时,民众依旧是没有民主与自由的。其实,无论他们是否被唤醒,都将面临另外一种形式的役使与专制,无从获得真正的"人"的权利。这是一种典型的启蒙心态。西方的启蒙运动针对的是小共同体本位的中世纪传统,所以他们推崇大共同体,即民族、国家。而中国儒家文化事实上的非主流地位,使得"家族本位"错误地被理解为中国传统社会的组织形态。"反儒不反法"导致"中国传统的批判者与捍卫者都把目光盯着宗族主义与儒家,都相信'中国传统社会是家族本位社会'"!②这在一定程度上造成了对民族国家的另一种专制崇拜!也就是说,当民族国家作为大共同体出现时,一切以"家族"为单位的小共同体就面临失语的危险。在启蒙意识形态下,小共同体利益是作为儒家伦理观念而遭受批判的,但实际上,这种否定小共同体利益的思维方式并不符合启蒙主义的宗旨。

---

① 秦晖.西儒会融,解构"法道互补"——典籍与行为中的文化史悖论及中国现代化之路[M]//哈佛燕京学社.儒家传统与启蒙心态.南京:凤凰出版传媒集团·江苏教育出版社,2005:170.
② 秦晖.西儒会融,解构"法道互补"——典籍与行为中的文化史悖论及中国现代化之路[M]//哈佛燕京学社.儒家传统与启蒙心态.南京:凤凰出版传媒集团·江苏教育出版社,2005:176.

对儒家伦理观的批判将启蒙意识形态引向了误区,而对民族国家的认同又必将导致包括"个人"在内的小共同体成为被专制的对象。"国家认同的要求意味着国家自身是真正的主权单位:这种国家主权并不仅仅是对其他国家而言,也是对国家内部的个人、家族、宗族和种族等社会群体而言。换言之,为了获得有效的社会动员,国家的自主性意味着个人、家族等社会单位的自主性的丧失或部分丧失。"①这种对民族国家的认同本质上压制了各个小共同体的意志,也就忽略了西方民族国家内部的不同阶级之间的矛盾与斗争。

梁启超在《新民说·论国家》中从以下四个范畴阐释了国家思想。"一曰对于一身而知有国家;二曰对于朝廷而知有国家;三曰对于外族而知有国家;四曰对于世界而知有国家。"②这是相当完整的国家观念。但中国近代知识分子在启蒙意识形态主导的社会背景下,无法对这四个范畴内的国家概念进行明确界定,只是片面地抽取西方民族国家思想中一些可以为己所用的零碎观点作为改造中国社会的某种手段。然而,种种无法克服的思维局限与社会矛盾,导致民族国家的建构理想无法实现。即便如此,中国启蒙知识分子在提倡建设民族国家的同时,也表明了一种现代性的姿态。他们希望建立民族国家是因为"一切国家的行动归根到底都是运用一种意志"③。中国启蒙知识分子希望建设真正代表全国民众的民族国家,组建为人民大众谋利益的国家政府。他们提倡爱国主义,从某种意义上说,"与其说是爱国土,不如说是爱国民"④。种种现象表明,启蒙意识形态下的中国知识分子的民族国家理想虽然面临许多困境,甚至带有"乌托邦"的色彩,但他们为在中国建构现代性的民族国家而做出的努力不容否认。

---

① 汪晖.现代中国思想的兴起下卷(第一部)[M].北京:生活·读书·新知三联书店,2004:1054.
② 梁启超.新民说·论国家[M]//饮冰室合集·专集(第三册之四).北京:中华书局,1941:16.
③ [英]鲍桑葵.关于国家的哲学理论[M].汪淑钧,译.北京:商务印书馆,1995:229.
④ [英]卢梭.论人类不平等的起源和基础[M].高煜,译.桂林:广西师范大学出版社,2002:52.

第三节　鲁迅民族意识和国家观念的个性化认知与表达方式

在现代民族国家的建构过程中,中国大多数知识分子都在一定程度上萌生了前所未有的民族意识和相当自觉的国家观念。他们试图通过一系列的理论构想,在饱经瓜分之痛的中国民众心中建构一个理想的大共同体,用以对内保护中国民众作为"人"的利益,对外抵御西方殖民者的武力侵略。伴随着鸦片战争开始并逐步升级,直到辛亥革命前后,民族意识和国家观念成为中国政治、思想、文化领域最受关注、最亟待解决的全民性命题。不同的思想轨迹导致了不同的思维逻辑及陈述方式。最具现代民族意识的资产阶级革命派借用满汉矛盾来激起一种狭隘的汉民族意识,并成功地推翻了清朝统治,然而辛亥革命后建立的中华民国却并没有在切实的意义上将"共和"的构想深入体制,从而在民众中造成了一种普遍的失落感。于是,用另一种方式开始反思民族意识与国家观念在中国社会的行进方式也就变得相当重要。事实上,辛亥革命对中国现代民族国家建构意义的实效在另一层面上使得中国知识分子的民族意识和国家观念获得了重新审视与反思的机会。正是在此过程中,某些并没有直接对民族、国家进行政治性言说的知识分子受到了人们的关注。早期的维新志士如康有为、梁启超、谭嗣同等人的民族国家观念再次被人提及,而鲁迅的某些富含民族意识和国家观念的论述也成为某种最为睿智、最为深刻的民族剖析与个体审视方式。

李欧梵认为,"鲁迅的民族主义思想决不是狭窄的政治或革命的问题,而是透露出一种广阔的文化精神方面的思考"[1]。需要追问的是,鲁迅究竟有无清晰的民族主义(或民族意识)。这一问题在某种程度上是个元

---

[1] 李欧梵.铁屋中的呐喊[M].石家庄:河北教育出版社,2000:12.

命题,因为它涉及关于鲁迅民族意识相关论述的真假。从鲁迅早期思想来看,不难发现其朴素的爱国热情与激昂的民族意识。从1903年创作《斯巴达之魂》开始,我们便看到鲁迅作为一个具有强烈民族意识的有志青年的形象,虽然与后期的深邃相比,这篇文章中充溢着更多的未经论证的直觉屈辱体验与保卫民族国家的豪情壮志,但这种热血沸腾的言说方式从某种程度上暴露了鲁迅自觉的民族意识。随后的《自题小像》更是抒发了一种中国传统仁人志士的以身报国之情。《摩罗诗力说》赞扬的不仅仅是一种"摩罗"精神,同时也对弱小民族的命运及弱小民族国民的拼搏方向做出了自己的判定。周作人在后来的回忆中也提及:"豫才那时的思想我想差不多可以民族主义包括之,如所介绍的文学亦以被压迫的民族为主,俄则取其反抗压制也。"[①]这种民族主义思想正从某一侧面反映出鲁迅的民族意识。在鲁迅的民族意识中,并不仅仅涉及政治色彩的民族国家建构,还包含了丰富的内容,"从政治到经济,从物质到精神,从科学技术到文学艺术,从古代社会到现代社会,都在民族主义者的伟大关怀之中"[②]。所以,鲁迅的民族意识最大的特点就是具有多重维度,他对所有涉及中华民族、中国、中国人的问题进行了逐一有效的分解,从各个微观的角度来深入思考,通过某种历史的经验与自我的体察方式寻求答案。

这种多重维度的民族意识支撑了鲁迅一生的思想,也饱含了他对中国现代民族国家建构以及真正意义上的"人"的殷切期待。从最早的"立人"观念开始,鲁迅的民族意识便在这些细致入微的相关命题上留下了不可磨灭的印迹。"立人"既是一种极具民族意识的建国方略,同时也是一种带有启蒙色彩的人本主义倾向。它有着纵横两极的坐标系,在这个坐标系中,鲁迅时时根据不同的民族问题与社会矛盾调整自己的关注对象,然而却始终没有改变自己解读民族国家的方式。启蒙意识形态笼罩下的中

---

① 周作人.关于鲁迅之二[M]//周作人著,止庵编.关于鲁迅.乌鲁木齐:新疆人民出版社,1997:529.
② 王富仁,赵卓.突破盲点:世纪末社会思潮与鲁迅[M].北京:中国文联出版社,2001:140.

国社会,充满着种种激进却又极端理想主义的民族国家建构方式,并试图通过来源于西方现代社会的"民主""科学""自由""平等"等口号唤起中国民众对自我"个体"的自觉。鲁迅虽然是启蒙阵营中最出色的旗手,但他的自我经验又在另一层面上演绎出一种莫名的怀疑与深刻的孤独。这种孤独让鲁迅在体验启蒙知识分子所谓的民族意识被唤醒后无路可走的无奈与彷徨的同时,也让他在更深层的意义上探寻作为小共同体的"人"与作为大共同体的民族国家之间的内在矛盾,并反思启蒙的潜在目的。在对诸多涉及民族国家的次级命题进行思索时,鲁迅发现了许多中国人的劣根性,并在上海这样一个殖民场所完成了最后十年的探索。在"中国人如何成为真的人"这一问题上,鲁迅的思想中似乎出现了某种深深的民族罪感。中国是个"大染缸"的论述,在鲁迅文章中屡次出现,这种对整个中国社会的反思经历了历时语境与共时空间的双重规训,最终形成一种极具特色的潜意识。这种潜意识使得鲁迅思考民族国家的命题时既多了一种难以企及的深刻,同时又有着些许耐人寻味的偏颇。正因为"鲁迅对于我们民族有伟大的爱,所以对于我们民族,由历史上,社会上各方面研究得极深"[①],这些微观的研究综合而成鲁迅多重维度的民族意识,并本真地指向一个终极的主题,即"某种源于民族主义的'积极的'人的形象的期待,追求'人的尊严的理想'的理想主义"[②]。

  相比于民族意识,鲁迅的国家观念总体上呈现出较为明晰的演化进程。在中国,民族意识多指向民众对自我民族的认同感,此种感受蕴含着某种相对意义上的"切身体验";而国家观念则更多地指向民众对自我所依存的政治共同体的诘难性体认,从而使得"国家"这一宏大的政治实体成为一种虚化的"思维对象"。也就是说,当中国民众凭借一种对本民族历史记忆的想象性唤起而形成某种"想象的共同体"之后,一个迫切的问

---

① 许寿裳.我所认识的鲁迅[M].北京:人民文学出版社,1978:70.
② [日]伊藤虎丸.鲁迅、创造社与日本文学:中日近现代比较文学初探[M].孙猛,徐江,李冬木,等译.北京:北京大学出版社,2005:50.

题就摆在了整个民族的面前,即如何用一个实体性的政治共同体来取代"想象的共同体"进而发挥作用。在中国传统社会中,"国家"一词虽然存在,但并不能与西方现代意义上的民族国家建立关联;而辛亥革命后的中国正是倚仗西方现代国家观念组织政体,创立了中华民国。不难看出,中华民国建成后,中国民众虽然在称谓上变成了"国民",但实质上,他们并不理解所谓的"民国"在多大程度上与其意识中存在的"国家"相吻合。于是,在这种思想观念的隔阂下,中国民众的"国家"观念并不因为中华民国的成立而发生质的变化,大多数下层民众依旧采用封建制政权中的"国家"观念来认识共和制的中华民国。此种错位,在接受了西方现代国家观念的知识分子看来,又是中国民众国民劣根性的表现之一。然而,事实上包括知识分子在内的中国民众,对民国时期政治舆论与文学想象中随处可见的国家观念,并不能真正地理解。

纵观民国时期国家观念的依存根本,辛亥革命无疑是最重要的源头之一。孙中山领导的民族资产阶级虽然推翻了清朝的统治,并结束了中国历史上千余年的封建政体,但从建设性的意义上看,辛亥革命在火速地"除旧"之后,并不能够有效地"布新"。从革命前后中国的政治领域看,作为辛亥革命果实的中华民国实质上不过是虚幻的"共和影像"。"清帝国崩溃后所建立的徒具虚名的共和国既不能提出一个新的、综合性的世界观,又未建立起一套可行的政治制度。"[1]这就意味着,当具有现代意识的知识分子(尤其是具有西方留学经验的知识分子)切身体会到西方现代国家体制的种种优越性时,被唤起的爱国观念推动着他们在中国社会宣传这种带有殖民色彩的政治观念,并在某种理想性的层面上转化成一种社会观念、文化观念。它直接引导民众将目光转向西方,并人为地忽略西方国家在体制上存在的诸多缺陷,直接将某种超越现实意义的理想主义国家观念引入中国,并通过各种表述将民众的思维聚焦到对中华民国政治体制

---

[1] [美]林毓生.中国意识的危机:"五四"时期激烈的反传统主义[M].穆善培,译.贵阳:贵州人民出版社,1986:24.

的比照和反思上来。可以看出,在中国现代国家观念的塑形过程中,知识分子的作用既是积极的,同时也带有消极的色彩。正是知识分子想象性地将西方现代国家观念引入中国社会,并以此为准则反观中华民国的政治体制,才使得中国民众的"国家"观念产生某种本能的疏离感,同时也使得知识分子在建构现代国家的过程中因审视目光过于苛刻而转向了某种必然的失望。

在鲁迅的意识里,"国家"一词并不原生性地伴有某种西方现代的因素。他并不像其他知识分子那样迫不及待地从西方引入这个概念,而是从已经生成的概念出发向前追溯,并挖掘出其背后的话语机制,从而戳穿现实社会关于"国家"观念的种种矛盾。首先,鲁迅注意到辛亥革命对中国民众国家观念的正反面影响。辛亥革命后成立的中华民国在"民族意识"(尤其是汉民族意识)上极大地诠释了孙中山的"民族革命"的必然性,进而将国家观念的鼓动性推向了极致。曾经大力鼓吹文明革命的邹容似乎也没有提前意识到民国成立后,中国社会闹出的种种丑剧。他赞资产阶级革命为"文明革命":"文明之革命,有破坏,有建设,为建设而破坏,为国民购自由、平等、独立、自主之一切权利,为国民增幸福。"[1]然而,短暂的欣喜过后民众目睹了军阀割据造成的国家分裂状态,并将此前关于国家观念的种种鼓动性叙述置于怀疑的审视目光中,逐渐地疏离甚至否定。鲁迅不断提醒民众应该注意到中华民国政治理想与民族资产阶级的软弱本性之间的内在矛盾,而不是将责备加之于民国的缔造者孙中山。其次,鲁迅的国家观念还涉及理想主义的国家观念一旦崩溃后,知识分子思想中普遍存在的国粹意识。许多知识分子在国家建构屡屡受阻的困境中萌生了一种深深的失落感。这种失落感不仅仅是知识分子现代理想的丧失,更是他们骨子里根深蒂固的"中体西用"文化意识的复苏。不少知识分子对政治救国的思路不再抱有希望,试图通过反向弘扬中华民族的传统文化而比肩欧美,甚至开始依恋一种"双规性"的政治文化价值观,即在

---

[1] 邹容.革命军[M].冯小琴,评注.北京:华夏出版社,2002:35.

政治领域上认同西方,在文化领域上认同中国。这种思想试图通过某种折中、调和的方法确立中国的世界地位。然而在鲁迅看来,这是懦夫的逻辑,他对知识分子国粹主义的批判甚至比批判民众的国民性更加严厉。再次,鲁迅的国家观念涉及作为"机器"的国家及其背后的操控者。在中国现代国家的建构过程中,执政党之间的利益之争本质上放逐了建构现代民族国家这一命题。他们只是在理论上使用"国家"一词的巨大凝聚力,而事实上,在鲁迅看来,国家不过是执政党的玩物,是党同伐异、攘外安内的政治手段之一。从某种意义上看,正是执政党的局限性导致中国现代国家建构屡受阻碍。最后,受左翼思想的影响,鲁迅后期的国家观念逐渐具备了鲜明的阶级论立场。如果说,鲁迅前期带有进化论色彩的国家观念更关注的是大共同体的民族国家的话,阶级论立场则把鲁迅的国家观念衍生到世界范围内,并在一定程度上推进了中国无产阶级建构现代民族国家的政治历程。

总之,鲁迅的国家观念在不同的时期呈现出不同的侧重点,但毫无例外的是这些论述背后的话语机制都直接触及中国现代国家建构的元命题。不论是批判中国民众无法认同西方国家体制的"东方化态度",还是批判国粹主义者"整理国故"的奴性精神,鲁迅的批判背后隐藏着的是一种理性而深刻的国家观念。"鲁迅创造了中国现代性最真实的存在样态,它表现为指向内部的挣扎和抵抗。"[1]在一定意义上,鲁迅的国家观念既理性地抗拒着传统文化,同时又严谨地打量着现代文明。鲁迅的国家观念是立足现实世界的生存主义,而不是单纯为了建构现代民族国家的理想主义。

---

[1] 孙歌.竹内好的悖论[M].北京:北京大学出版社,2005:64.

第二章

租界语境:作为另一种
意识形态的文化体验

第一节 《良友》画报的租界文化品格及东西文化张力

一、租界语境与《良友》画报的文化品格

《良友》画报是我国新闻出版史上第一本九开大型画报，1926年2月创办于上海。从中国报业的历史来看，这样一份畅销20年的时尚画报出现在上海并不是偶然的。在中国当时的社会语境下，只有上海才有气魄承担这样一份东西杂糅、时尚与传统并存、科学教育与奇闻逸事并存、政坛领袖与电影明星交相辉映的"属于中产阶级的市民杂志"。[1]从《良友》画报的源地来看，除了战乱影响导致迁移的几期外，其余都在上海出版发行，以上海作为中心向全国甚至全世界辐射开来。当我们不无惊叹地为这样一个功绩卓著的大众传媒表示钦佩时，何不追问一声：为一份时尚画报提供持续精神养料的上海到底有着怎样独特的文化语境？正是在这个意义上，比照其他城市不难发现，真正让《良友》画报获得生机的不是上海的都市文化氛围，而是其租界文化语境。

租界文化语境虽然在表面上与都市文化有着相似之处，但在本质上却有着巨大的不同。如果说都市文化以其繁华的商业文化、时尚娱乐、消费主义为主要特征的话，租界文化则内化为一种精神品格与伦理机制。都市文化的着眼点主要是不含政治意识形态的商业产品，而租界文化则绝对无法避免政治意识形态的浸染，甚至这种政治意识形态成为一种极度敏感的民族主义情绪导火索。所以，租界文化语境中必然要面临一种全民性的政治消费。这一概念本身就蕴含着一种无法摆脱的融汇与冲突。它注定是指向两端的，既向西方世界延伸想象，而被殖民的身份又时时规劝自身的心理品格，产生一种基于民族主义基础上的自我东方化形

---

[1] 李康化.《良友》画报及其文化效用[J].上海交通大学学报,2002(2).

象。杨东平认为,"由华界、公共租界和法租界三家分辖的上海,成为中西二方两种文化冲突融合的交汇点与大熔炉"①。这种既宣扬西方的先进文化,又保持民族主义立场的文化品格,正是租界语境独特的文化品格。这是一种"骑墙"的文化心理。它没有目标明确的精神信仰,投射出来的正是一种无中心化的暂时性生存极限。不去寻求某种终极信仰,只是在"及时行乐"主导的思维逻辑下短暂地追求身体的享乐,短暂的欢娱——这正是"时尚哲学"的深刻内涵!所以,我们不难从《良友》画报的文化品格中窥探到租界文化的深深烙印。正是制度化的租界语境,使得倡导时尚文化的《良友》画报成为一种被广泛接受并认可的大众媒介。同时,产生在租界文化语境下的《良友》画报不可避免地沾染上了租界文化的特征。租界内西方化的社会制度养成了租界市民的时尚品格,使他们具有一种接纳多元并存的文化产品的肚量与消化这种文化产品的内在方式。

  从《良友》画报刊登的内容及其方式来看,这份时尚画报的着眼点主要有时事政治、电影银幕、文化艺术、体育快讯、妇女儿童、科学教育、广告宣传、奇闻逸事等等。这些内容以不同的比重出现在每一期的《良友》画报中。与都市文化下纯商业性质的报刊不同,《良友》画报是一份承担着特定使命的时尚消费性报刊。在第二十五期《良友》画报中,伍联德坦率地说:"良友的使命是来普及教育的,发扬文化的"②。那么,不难发现《良友》画报在倡导时尚,宣扬及时行乐的消费主义人生观时,时时不忘以某种特有的方式警醒中国的民众尚处于未经启蒙的蒙昧状态。为了达到这一目的,《良友》画报有时通过介绍西方的科学技术来启蒙民众,如第十三期夏炎发表的《印字电报机之原理与效用》;有时通过介绍西方的现代艺术来教化民众,如梁得所编译并连载的《美术大纲》,主要介绍西方美术的发展渊源;也不难看到《良友》画报的编辑直接对国人疾声呼喊,如第二十八期《卷头语》中写道:"'团结'而不'污合','服从'而不'盲从',这样才是

---

① 杨东平.城市季风:北京和上海的文化精神[M].北京:新星出版社,2006:84.
② 伍联德.为良友发言[J].良友画报,1928(25).

民众,否则人数虽多,民众在哪里?国家大乱时,领袖者出而显他英雄的本领;乱事结束,责任在民众的肩上就重了起来。在目前的时代,'民众'比其他一切更为需要。"类似的图文在每期的《良友》画报上并不少见,这便从某个侧面反映出它的租界文化品格。

我们姑且不论卓别林与梅兰芳、马连良的会面是否涉及东西方艺术的碰撞与交融,也不去深究大幅刊登的西方政坛领袖与中国国民党高级官员之间是否暗藏着一种比照,只简单地从其刊登的商业广告上来看,《良友》画报如何呈现出东西方民族国家矛盾下的文化张力。第十六期封底刊登国产"大联珠"香烟广告时,广告词是"打倒一切劣品,挽回外溢利权,巩固实业基础,倡吸国产名烟"[1]。第二十期封底又将广告词改为"为吾中国最廉最美之香烟,同胞爱国宜购吸之"[2]。第十三期《良友》画报在宣扬"强国必先强民,强民必先强儿"的"强儿之道"[3]时,最终指向"美国制造"的奶粉,但同时又在相邻的版面上大幅介绍了陈嘉庚公司制造的"完全国货",请"同胞注意"[4]。这些广告都明显地呈现出一种文化对抗与商业竞争,其本质上是租界语境下东西方不平等地位滋生出来的文化张力。这种张力使得《良友》画报充满了深层次的不和谐,但作为一种以时尚文化为主导的消费品,多元并存的庞杂信息与去中心化的传媒策略,它与它的消费者都有消化这种张力的先天能力。

二、《良友》画报中文学作品蕴含的东西文化张力

《良友》画报中,文字只占很小的比重,而在篇幅不多的文字中,文学作品则更少。从创刊伊始,《良友》画报的"本报欢迎投稿"启事中就声明:"文字因限于篇幅,最好以短篇小品为适宜,每篇最好不要超出两千字

---

[1] 良友."大联珠"香烟广告词[J].良友画报,1927(20).
[2] 良友."大联珠"香烟广告词[J].良友画报,1927(20).
[3] 良友.宝华干牛奶广告词[J].良友画报,1927(13).
[4] 良友.陈嘉庚公司制造厂广告词[J].良友画报,1927(13).

外。"①《良友》画报的几任编辑,无论是周瘦鹃、梁得所,还是马国亮,都是能文之士。在他们的主持下,我们有理由相信《良友》画报上应该为文学作品留下足够的版面。但事实上并非如此,《良友》画报前后174期(含特刊两期),共刊登小说50篇,散文50篇,随笔46篇。也就是说,在限于两千字以内的篇幅,平均每期登不了一篇文学作品。当然,《良友》画报也留了一些版面给外国文学作品的中文翻译,如《茶花女》和《红字》。但总的来说,《良友》画报的文字所占比重是较小的。这也并非说明《良友》画报不重视文学作品,只是作为画报的《良友》有所偏重而已。我们知道良友公司对中国新文学的建设起到了积极的作用,除了策划发行《中国新文学大系》之外,还出版了许多新文学作家的作品单行本,设立了文学奖金,鼓励长篇小说创作,等等。那么,我们便有必要对刊登于《良友》画报上的文学作品进行梳理,并考察它们究竟以哪种方式参与到《良友》画报的意识形态建设中。

鉴于散文和随笔的主题性不强,谨以《良友》画报中的小说作为考察对象。为了对小说的主题有一个全面的认识,笔者概括了《良友》画报中50篇小说的主题:

主题	篇数	代表篇目
巡警/军人	3	《秘密的回忆》《捉鬼的故事》《线春袍子》
破产者/失业工人	4	《梅雨日记》《大减价》《还愿》《搬家》
家族矛盾/名流嘴脸	6	《华亭鹤》《苦衷》《活菩萨》《父亲》《成名以后》《滦河上的一夜》
典妻/卖子	4	《债》《消遣》《清炖肘子》《杨妈的日记》
交际花/妓女/暗娼	6	《黑牡丹》《一个谜的解答》《被遗忘的人》《圣诞节的前夜》《归家》《娱乐》
小公务员/小职员	5	《知己》《请客》《胃病》《十三夜》《香港的一夜》
孤独者	2	《海上生涯》《微弱的声音》
穷人/女佣	4	《老鹤归巢》《泪的缺乏》《寒夜》《春阳》

---

① 梁得所."本报欢迎投稿"启事[J].良友画报,1927(15).

续表

主题	篇数	代表篇目
爱情悲剧/伦理问题	11	《汉光》《第三箭》《追》《芳子姑娘》《长虹》《玫瑰花的香》《朱古律的回忆》《静静的溪流》《当春天来到的时候》《恋爱行进》《南岛怀恋曲》
阶级对比	2	《战云》《朋友俩》
学者/学生/赌徒	3	《神秘的尾巴》《野宴之夜》《赌徒》

《华亭鹤》:父子代际矛盾,思想新旧之间的矛盾。

《秘密的回忆》:巡警生活的悲惨,思想产生变化。

《线春袍子》:国共军队对老百姓的差异,比照两党。

《搬家》:失业工人生活凄惨,老婆被迫做私娼。

《苦衷》:大户人家受鬼子的气,导致家庭矛盾。

《捉鬼的故事》:巡警捉烟民以求生计,穷烟民被抓后母亲生活无依。

《知己》:小公务员的生计闹剧。

《香港的一夜》:避难香港后的民族耻辱感,误救失业女工。

《芳子姑娘》:两小兄弟对芳子姑娘的感情,游戏中掺入了民族情绪。

《被遗忘的人》:沦陷区内女大学生被卖为娼妓,生活绝望。

《梅雨日记》:濒临倒闭公司的职员生活陷入困顿。

《活菩萨》:善人与和尚为争夺女人进行谋略较量,下层人典妻的悲剧。

《神秘的尾巴》:有良知的政治学者被收买后,觉得自己退化为畜牲。

《债》:穷人因欠债,典妻而导致杀人的惨剧。

《父亲》:有身份的父亲逐步堕落要娶小老婆,父子矛盾。

《请客》:小公务员为了空缺职位请科长吃饭,事没有办成却没钱付款的悲剧。

《赌徒》:赌徒的丑恶嘴脸。

《大减价》:国货被洋货压制,小资产者破产发疯。

《成名以后》:无才之人中举后的生活变化,讽刺名流。

《滦河上的一夜》:老乘客告诫年轻人戒色却被妓女骗走钱财。

《胃病》:因胃病吃稀饭却被很多同事来蹭饭,决计忍痛不煮。

《圣诞节的前夜》:俄罗斯女孩安娜因生存问题主动出卖色相。

《野宴之夜》:年轻学生的宴会与偷欢。

《消遣》:老板消遣,穷人卖妹。

《清炖肘子》:总督好吃肘子,官吏买人腿做菜,穷人卖子的凄惨。

《海上生涯》:孤独者的悲哀。

《战云》:租界内外在战火中生存状态的不同。

《老鹤归巢》:穷人新婚第二天出国打工,三十年后才回到家中。

《微弱的声音》:孤独者的悲惨生活。

《还愿》:破产者沦落成盗贼,遭无产者奚落。

《泪的缺乏》:大户人家女佣的丧子之痛。

《长虹》:爱情的沉沦导致年轻的女性对生活绝望。

《汉光》:妻子与朋友结婚后的痛苦,伦理问题。

《第三箭》:身世变迁与爱之彷徨。

《十三夜》:小职员同情妓女,自己却没钱吃饭。

《归家》:有钱人花钱买笑,暗娼生活悲惨。

《寒夜》:穷困潦倒的人自杀前的活动。

《追》:男子追求女子失败后感觉被嘲弄。

《黑牡丹》:交际花的生活重负与精神空虚。

《南岛怀恋曲》:对南岛黑妮子的眷恋之情。

《玫瑰花的香》:一对青年的恋爱悲剧。

《杨妈的日记》:典到别人家的姨娘家庭生计的悲惨。

《娱乐》:暗娼母女的不幸命运与凄凉的生存状态。

《朱古律的回忆》:从朱古律回忆起曾经爱过的女子,爱情悲剧。

《朋友俩》:不同阶层的两个小孩之间生存状态的比照。

《静静的溪流》:一个穷苦哑巴的爱情悲剧。

《当春天来到的时候》:春天到来时,女子的忧郁和生命的枯寂。

《一个谜的解答》:舞女周旋于男人之间的堕落生活。

《春阳》:昆山女人来到上海后被繁华的生活所吸引,却不得不计算生活的筹码。

《恋爱行进》:从头到尾的恋爱过程,从相聚到分离的人生际遇。[①]

从这些小说所反映的主题与思想来看,基本上是站在某种批判现实主义的写作立场上的,对中国下层社会各式人等的生存状态进行一个较为真实的写照。小说的主角身份涉及工人、农民、知识分子、小资产者、公务员、妓女、交际花、仆人等等,基本上以反映他们的不幸命运为主。尤其值得注意的是,相当一部分小说的背景都是上海。也就是说,在这个象征着西方现代文明的"东方巴黎",真正吸引中国人注意的不仅仅是摩天大楼、回力球场、好莱坞电影,还有下层社会人们生活的种种惨状。这些主题鲜明的小说并不值得过分夸张其价值,而恰恰是因为它们发表于引领时尚、主导消费文化、号召及时行乐的《良友》画报上,才值得大书特书!也就是说,《良友》画报在用大幅的图片将读者的注意力引向时尚潮流的同时,又在坚持用文学作家进行力所能及的拨正。至少我们可以认为,

---

① 程德培,郜元宝,杨扬.1926—1945良友小说[M].上海:上海社会科学院出版社,2003.

《良友》画报并不是色彩单一的时尚杂志,它的确承载了伍联德所谓的"以商业的方式而努力于民众的教育文化事业"[①]的旨趣。梁得所在第四十二期《编辑余谈》中说:"宣传新中国的真相,纠正世界对我的误会,这是当务之急,也就是本杂志决心担负的一种使命!"[②]那么,所谓的时尚与繁华并不是中国的真相,它只是租界中颇具殖民色彩的西方想象,距离中国社会现实还有很大的差距。事实上,作为知识分子的《良友》画报编辑与小说作者,对租界化的上海有着一致的认识,他们或许习惯了在租界中舒适地生活,但对于租界与华界中存在的差异还是能够相当理性地进行区分。李永东指出:"外部的威胁带来内部的威胁,租界知识分子既背负着传统文化的心理重负,承受民族主义的压力,又要接受殖民性和商业化的挑战。"[③]这是租界语境下,中国知识分子的普遍体验。也正是这种体验,让知识分子在担负启蒙重任的时候,不得不迫切地指出甚至放大这种矛盾来警醒国人,鼓励他们通过自身努力,争得做人的资格。

所以,《良友》画报中的小说是承担了一定的启蒙责任的。可以推想编辑先生们对稿件的选择是费了苦心的,平均每三期不足一篇的小说,它们的主题竟是这样统一地指向了东西文化碰撞中中国下层社会遭遇的生存危机! 个体的命运影射出民族国家的悲剧,这正是租界语境下特有的自我认同逻辑。从这一意义上说,《良友》画报中的文学作品与其时尚的趣味是相互背离的。而导致这种背离的文化语境就是租界,导致这种背离的主要原因就是东西民族与文化之间的巨大矛盾。在中国人看来,上海并不是单一形态的,至少可以分为外国人居住区域的上海与中国人居住区域的上海,两者的区别本质上指向一种无法直接言说的社会意识形态。第八十九期的《良友》画报刊发了记者的图文报道《如此上海——上海租界内的国际形象》:

[①] 伍联德.再为良友发言[J].良友画报,1929(37).
[②] 梁得所.编辑余谈[J].良友画报,1929(42):2.
[③] 李永东.租界文化与30年代文学[M].上海:上海三联书店,2006:53.

> 中国的上海在南市,在闸北,在西门。那里有狭小的房子,有不平坦的马路,和污秽的街道。庄严,清洁,而又华丽的,只有一座管理中国的上海的市府大厦。
>
> 外国的上海在霞飞路,在杨树浦,在南京路,在虹口。那里有修洁整齐的马路,有宏伟的建筑物,有最大的游乐场所,有最大的百货商店,还有中国政府要人们的住宅。管理权是在外人手里的。这在外人统治下的上海租界,操纵着上海的金融,运输,交通,和商业的一切。如此上海!房客的气焰把房东完全压倒了。①

这种将上海分为"中国的上海"与"外国的上海"的言说方式很明显带有启蒙意味与民族主义色彩。因为作为现代知识分子的中国人在上海租界中往往有一份不错的收入,身份和地位决定了他们基本上是按照"外国的上海"中描述的那种方式生活的。可以说,《良友》画报的编辑发行者及为其提供稿件的文学作家基本上都是生活在租界中的,他们已经无法很真切地体会到租界与华界生活的不同。赵家璧发表于《良友》画报第一百零八期的散文《北行印象》中写到了天津租界与上海租界的不同。

> 天津的租界真是多,不到三步路,洋车夫就告诉我说这是英法交界了,一拐弯又是日意交界了。小小的一块地,就分割成了八国的租界。一个外来的人第一次到天津,就会体会到报上所谓国际共管,国际分割,大约就是这样了。我们住惯上海租界的人,时常觉得自己并没有住在租界里,到天津来看到街头那种各各不同的巡捕的制服,心头才会涌上些说不出的味儿。②

值得注意的是,居住在上海租界中的知识分子已经基本融入到了西方化的繁华与热闹中,丝毫不觉得租界与华界的隔离感。这既与其西方

---

① 陈嘉震,欧阳璞.如此上海——上海租界内的国际形象[J].良友画报,1934(89).
② 赵家璧.北行印象[M]//程德培,郜元宝,杨扬编.1926—1945良友散文.上海:上海社会科学院出版社,2004.

留学的背景有关,同时又与新文化运动以来主流意识形态倡导的一种文化趋势有关。所以,越是西化的知识分子越对租界语境下的时尚文化持一种大方的接纳态度,但这种生存状态与其身份认同也存在着矛盾。作为一个半殖民地国家的知识分子,他们必须承担起建构民族国家的重担。所以,租界语境下的知识分子不得不时时从咖啡店、歌舞厅、游乐场中抽身出来写些颇具启蒙意味与民族主义色彩的文章。《良友》画报作为一份去中心化的时尚报刊,却因其承载着"普及教育,发扬文化"的使命而成为一定意义上的启蒙读物。而这种双重身份又决定了《良友》画报与其刊登的文学作品一样,都充满了某种西方视野与自我东方化之间的悖论与张力,这一张力正是在租界语境下被激发出来了。也就是说,只有租界语境才能萌生这样一种无法消弭的建立在民族主义立场之上的文化张力。而这种涉及启蒙与救亡、现代与传统、西方与东方、时髦与守旧的权力场注定要生成一种新的意识形态。

三、《良友》画报:在租界语境下建构新意识形态

有人认为《良友》画报是一种无主题的消费性时尚杂志,它不涉及对任何意识形态的建构与解构。但事实上,这种说法并不能真正洞悉《良友》画报的精神旨归。第二十一期《良友》画报编者梁得所直言不讳地说:"良友的精神,超乎认识上。"[1]这句话也就消解了一部分人将《良友》画报视为无深度的平面化视觉消费品的观点。从《良友》画报作为一种文化传媒的角度来看,它之所以能够畅销二十年必定要采取一定运作策略的,而其中最主要的就是如何参与到意识形态的建设中来。通俗地说,就是如何在政府的监视之下扮演一种复杂的双重角色。我们可以看到,1931年"九一八"事变之前,《良友》画报很少正面涉及民族矛盾问题,也很少报道国民党政府对共产党及其领导的人民大众的"剿灭"。事实上,除了1937年抗战全面爆发后《良友》画报逐渐呈现出左倾特征以外,之前它几乎没

---

[1] 梁得所.编者小影[J].良友画报,1927(21).

有报道过共产党的任何活动,也没有共产党领袖的照片,只是模糊地介绍过作为思想家的马克思,在陈独秀下狱后做过些许报道,偶尔也对俄罗斯人民的生存状态进行报道。总的来说,《良友》画报极少涉及政治意识形态问题,它呈现给民众的是一种不问政治的民间性时尚杂志,也因此获得了当局的信任与好感。几乎所有的国民党要员都为《良友》画报题过词,蒋介石为《良友》画报题词"文化先锋",上海市长吴铁成题词"进展无量",中央委员王祺题词"中国之文艺复兴"。从这些角度来看,《良友》画报似乎是依附于主流意识形态,却采取一种时尚与杂糅的文化传播方式,摆脱了意识形态的严密控制。但实质上,《良友》画报时刻都在宣扬并试图建构一种新意识形态。这种意识形态是不正式的,它的目标正在于维持一种均衡。在东西方殖民与被殖民的政治语境下,在先进的西方与传统的东方之间,在追随时尚与因循守旧之间,在气焰盛大的西方国家与情绪激昂的民族主义之间,维持一种均衡。这种均衡并不是《良友》画报所宣扬的新意识形态的主要特征,相反它的最终目标是打破这种均衡。但这种意识形态只能暂时性地制约均衡势力的两端,不断调节双方的比重,最主要的是建构这种承认矛盾两端,正视东西方政治与文化张力的新意识形态。这种意识形态本质上是由现代传媒与知识分子及租界化的市民社会共同建构而成的。

我们可以渐次分析这种新意识形态是如此在《良友》画报中逐渐崛起的。第十二期《良友》画报中署名叛徒的文章《登肯跳舞团》有这样的文字:"中国人顶会时髦,也顶会守旧。""其实,真时髦的人,未必只是袭着欧美的皮毛,算为时代的先觉。"[1]这种取消二元对立的方式正是透过某种表面的矛盾来追求一种本质上的精神解放,蕴含着启蒙思想。第十三期《良友》画报既在卷头刊登了裸体的法国雕塑《青春》,同时又在下方的"卷头语"中刊引了岳飞的《满江红》。这是很典型的两种方向的力的制衡,对西方文明的介绍必然地勾起东方式的民族情绪。这正是租界语境下特有的

---

[1] 叛徒.登肯跳舞团[J].良友画报,1927(12).

思维模式,它是一种不经过论证的对立情绪,也只有通过这种制衡才能稳定国民心理因趋附与自卑共生的不平等体验。第十六期《良友》画报既刊登了美国士兵来华出发前在火车上与爱人亲密接吻的照片,同时又在另一幅宣传卫生科学的照片上写下"美国科学家谓每一接吻传递四万微菌"①。这是一种既在民主平等的"人"的意义上肯定了美国人的生活方式,同时又在科学的意义上否定了这种"非东方式"的现代情调。第二十八期《良友》画报刊发的《南洋华侨之爱国运动》报道中有一则为:"商女亦知亡国恨——吉隆坡歌妓亦加入巡行且如他其营业报效捐款。"②与之前相比较,这一则报道对意识形态领域的问题有所触及,它不但是对南洋国民素质的认同,同时也在一定意义上鄙薄了中国人的麻木无知。第三十期《良友》画报刊登《英美法在华北之兵力》图文报道,下书"丧失主权,任人驻兵奇耻大辱,莫甚于此。国人其猛醒以拒外侮"③。这已经是一种色彩明显的警钟了,目的在于唤醒中国民众对相邻画面上英法美商品的过分沉醉之情。梁得所在第五十八期《编后话》中写道:"外国的经济侵略者到中国予取予催之后,另一方面有几个慈善家来摄了中国饥荒的照片,带回去替可怜的中国人请命,募些款项来华办慈善,设医院,开学校。经济侵略,追究起来,一部分也是由我们政府和人民养成的人;外来的慈善,理论与事实上我们只有谢而受之。试想这样的中国人,在国际上还有什么地位,还有什么体面!倘若长此让别人捕我们领海内的鱼来喂我们吃,或只骂别人越境捉鱼而自己又不去采捕,那么,说句痛心的说话:我们中国穷死也不该怜。"④这已经是在号召国民奋起反抗,创造属于自己的平等生活了。第七十二期刊印着"还我河山"⑤。这是一种颇具宣战意义的文化行为,更是直露地呼唤一种民族情绪。

---

① 科学界见闻[J].良友画报,1927(16).
② 谢志云.南洋华侨之爱国运动[J].良友画报,1928(28).
③ 张建文.英美法在华北之兵力[J].良友画报,1928(30).
④ 梁得所.编后话[J].良友画报,1931(58).
⑤ 良友插画.我们的悲哀.我们的耻辱[J].良友画报,1932(72).

这些形式各异的符码都是《良友》画报建构新意识形态的标志。从某种意义上说,《良友》画报不仅通过时尚的方式,利用都市丽人、政坛领袖、商界大亨等形象建构了一种追求时尚享乐的西方意识形态,同时还用上述种种形式建构了一种隐形的意识形态。这种意识形态只能在租界语境下建构起来,是一种新型的意识形态。这种意识形态的崛起,正是租界语境下被殖民国家在面临启蒙与救亡双重主题时,表现出来的一种超越政党意识形态的文化气候。"租界的议会制度、西方的法律制度、民主人权观念在租界里得到宣传和执行,加上各种富有活力的机构团体的存在和各种媒介的舆论效力,共同为租界市民提供了较为宽松自由的话语空间、生活空间、伦理空间和政治空间。"①《良友》画报正是在这些空间中顺应时代变化成长起来的,在其时尚的面孔下蕴藏着的是一颗肩负民族国家复兴大任的道义之心。

第二节 租界语境下鲁迅民族意识的双重视域

在中国的现代化进程中,一个重要的外在推动力就是西方国家的殖民统治以及中国民众的自我东方化意识。20世纪初,中国的社会语境中最具威慑力的集体意识就是亡国灭种的危险。毫无疑问,这种潜在的危险来自西方殖民者,他们虽采取了"以华治华"的手段来统治庞大的半封建中国,然而在被殖民的中国民众思想中却时刻有着一种恐惧,即沦为亡国奴。正是由于这种外在的威胁,中国觉醒的民众才试图通过建立一个强有力的民族国家来与西方列强抗衡。然而,真正为难的问题是,这个极

---

① 李永东.租界文化与30年代文学[M].上海:上海三联书店,2006:50.

富权力意志的政体究竟应该以怎样一种方式在中国社会获得合法而有效的组织国家的权利。换句话说,中国民众在东西方民族的武力对抗中萌生了一种前所未有的民族意识,却不能顺利地转化为国家力量。以具有现代民族意识与国家观念的知识分子为代表,觉醒的中国民众集体性地意识到自己的被殖民身份,意识到自己无家可归的悲惨境遇。然而,作为民族组成部分的民众个体,在协调自我小共同体与民族大共同体的矛盾上,尚且不能形成某种先进的民族主义或者个人主义观念。他们的处境非常非常尴尬,单纯的民族意识并不能有效地保护他们。在殖民语境下,作为被殖民者的国民个体与他们的民族一样面临着潜在的危亡境遇。他们如何在保国保种的民族意识下同等地保全自己的生命,这是一个重要的命题,也是一个被长期忽略的问题。因为在殖民语境下,绝大多数知识分子的逻辑都将个体生命置放于民族国家利益之下,不经论证地认可了一种忽视个体权利的大共同体本位意识,并将民众的反抗情绪与斗争矛头引向西方。或许,这样的逻辑是符合时代需要的,也并没有什么不妥之处。然而,在鲁迅关于这些问题的论述中,我们才恍然大悟,这种几乎获得全民族认同的集体意识本质上并不利于危亡民族摆脱被瓜分的危险,反而以某种冠冕堂皇的方式演绎出种种"心口不一"的自我保护策略,而这些策略再一次地将所谓的民族意识置于不顾,本质上加剧了民族的危亡。

在殖民语境下,鲁迅的民族意识显示出某种超越民族对抗情绪的理性特质,他甚至不惜化用历史事件将中国民族某种本能的求生反应勾勒出来。其实,鲁迅批判的并不是中国民众在殖民语境下的求生本能,这种本能是生命的权利,虽然站在民族大义的立场上看,这样的"苟活"并不算什么光彩的事,但也不至于因此而失掉了做人的资格。

第一,鲁迅批判的是做了奴隶尚且自欺欺人的民族自满意识。这种意识萌生的原初目的是从中国历史上寻找出某种强大的民族形象,从而形成某种民族性的集体记忆,用以对抗中国被西方列强殖民的现实境况。

但这种思想在很大程度上危及了中国的前途与命运,鲁迅不无讽刺地批判这种民族自满意识:

> 幼小时候,我知道中国在"盘古氏开辟天地"之后,有三皇五帝……宋朝,元朝,明朝,"我大清"。到二十岁,又听说"我们"的成吉思汗征服欧洲,是"我们"最阔气的时代。到二十五岁,才知道所谓这"我们"最阔气的时代,其实是蒙古人征服了中国,我们做了奴才。直到今年八月里,因为要查一点故事,翻了三部蒙古史,这才明白蒙古人的征服"斡罗思",侵入匈奥,还在征服全中国之前,那时的成吉思还不是我们的汗,倒是俄人被奴的资格比我们老,应该他们说"我们的成吉思汗征服中国,是我们最阔气的时代"的。①

不难看出,鲁迅所谓"我们"的背后,正是中华民族集体性的历史记忆。这种记忆在当前的殖民语境下可以形成一种阿Q式的精神胜利法,可以用"骗"或"瞒"的方式蒙蔽中国民众的"白心",甚至自欺欺人地将自我民族被奴役的现实局面放逐出意识之外,暂得平和。然而,鲁迅却以极大的嘲讽姿态将这段民族记忆的真实资料翻了出来:"我们"记忆中的强大民族形象,事实上并不是中华民族,而是曾经统治中华民族的异族。这是个惊人的发现,发现的不是历史的误区,而是中国民众出乎意料的"忘却"能力。鲁迅多次提醒中国民众,在我们古老民族的历史上,有多次被异族(或称之为野蛮民族)统治的经历。从某种意义上说,这些异族凭借武力镇压中国民众,最终成为汉族统治者的历史,正与当时中国被殖民的社会语境相当吻合。那么,素来持"历史循环论"观点的鲁迅自然不忘"以史为镜"照出中国民众古来已有的奴才嘴脸。那么,历史地看,20世纪初中国社会语境中蕴藏的某种民族意识也不过是曾经面临被奴役危机时所具有的种种激烈情绪的再次投射,并不是新生事物。不同的只是这次的

---

① 鲁迅.鲁迅全集(第6卷)[M].北京:人民文学出版社,2005:142.

殖民者来自历史进化链条上的西方现代民族国家,其殖民手段已经远比以往的暴力统治来得高明。在鲁迅的比照中,我们看到了某种似曾相识的论述,"西洋人初入中国时,被称为蛮夷,自不免个个蹙额,但是,现在则时机已至,到了我们将曾经献于北魏,献于金,献于元,献于清的盛宴,来献给他们的时候了"[①]。或许这样的结论有些悲观,但历史的事实是,中国民众在某种激烈的民族意识指引下开始营造各种各样的舆论背景和思想运动,但他们背后的奴才本性却没有发生本质的变化。他们虽然对来自西方的侵略者抱有一种巨大的抵抗情绪,但当真正的民族存亡斗争来临时,为了自保,他们选择了某种惯性思维方式,将那些与自我关系并不那么密切的大共同体敬献给侵略者,以换取自我生命的延续。在鲁迅寓意深刻的论述中,"盛宴"就是中国,而敬献"盛宴"给西方侵略者的人就是中国民众。这样的现实,似乎有悖于民族意识的内容,但事实上,鲁迅对中国历史的深入体察揭示出一个巨大的黑幕,即真正掌握话语权的人只是在理论上营造一种全民性的民族意识,但他们并没有按照自己标榜的方式对待带来威胁的西方殖民者,而是为了保全自我小共同体的权利将作为大共同体的民族国家拱手相送。其实,值得惊讶的不仅在于中国民众敬献国家的救亡方式,更在于他们惊人的遗忘能力。就是这些曾经的侵略者,在中国民众集体性的奴隶记忆中,过不了多久就会成为他们的骄傲。

第二,鲁迅批判玩弄民族意识的政治投机者。当西方侵略者以其巨大的殖民身份成为中西民族矛盾的焦点时,被民族意识鼓动的中国民众同时也忽略了一个重要的问题,就是上了政治投机者的当。所谓政治投机者指的是这样一些人,他们占据一定的社会话语权,并且凭借某种富含意识形态的宣传,将民族意识提高到拯救国家危亡的高度,同时借用某种政权组织机制,将自己推上了权力的顶峰。从某种意义上说,辛亥革命的失败正是由于政治投机者的干预。鲁迅的民族意识在此时又显示出惊人

---

① 鲁迅.鲁迅全集(第1卷)[M].北京:人民文学出版社,2005:227.

的冷静。他并不是从个体利益角度来批判这些政治投机者的,而是站在民族国家的角度来揭露这些人背后的权力阴谋。当然,鲁迅的发现总是源于历史与现实的某种巧合。鲁迅从作为汉人的明太祖反抗统治中国的异族蒙古人的事例中,揭示出了一个应该置于意识中心却常常被我们忽略的问题。"二十多年前,都说朱元璋(明太祖)是民族的革命者,其实是并不然的,他做了皇帝以后,称蒙古朝为'大元',杀汉人比蒙古人还利害。"①也就是说,当民族矛盾成为人们聚焦的中心时,鲁迅更多注意到了其背后的权力运作机制。所谓的民族英雄,一定是以某种典型的民族形象成为其自身的。但值得深思的是,在民族矛盾趋于消解之后,民族英雄的立场将置于何处? 朱元璋的事例至少提醒人们,注意当时殖民语境下中国社会上存在的政治投机者的嘴脸。当广大民众被一种带有民族意识的政治斗争所激励鼓舞时,必须提防一个圈套,即他们也许成为投机者获得权力的政治手段。鲁迅的论述具有一定的暗示性,它昭示着中国民众集体性的民族意识内容过于单一。众所周知,中国民众的民族意识主要是站在殖民与被殖民的立场上,将东西方民族的矛盾推向了极端,用一种简单的二元对立逻辑将西方列强置于不义的一端,从而凸显自我民族的正义立场。但鲁迅再次提醒国人,当我们一味地将侵略者的暴行置于伦理的中心进行道德评判时,却忽略了同族人内部的自我剖析。为了提醒善于忘却的中国人,鲁迅这次所举的历史事例切近了些。"前清末年,满人出死力以镇压革命,有'宁赠友邦,不给家奴'的口号,汉人一知道,更恨得切齿。其实汉人何尝不如此? 吴三桂之请清兵入关,便是一想到自身的利害,即'人同此心'的实例了。"②可以看出,在殖民语境下,中国民众的民族意识中包含着这样的内容,即西方列强对中国民众的镇压反映了他们的凶残与罪恶,而事实上,脱离民族意识的反面束缚后,问题才能看得更加清楚。这种镇压属于统治者与被统治者之间的利益纷争,并不必然地指向作为

---

① 鲁迅.鲁迅全集(第4卷)[M].北京:人民文学出版社,2005:308-309.
② 鲁迅.鲁迅全集(第5卷)[M].北京:人民文学出版社,2005:129.

殖民者的西方国家。也就是说,在鲁迅理性民族意识的烛照下,这种简单的东西民族矛盾也掺杂了中华民族内部统治者与被统治者之间的矛盾。在一个民族危亡、社会变革的历史语境下,权力争夺过程中涌现出来的政治投机者,必然会利用中国民众的民族意识达到一己的政治目的。然而,就是这样的政治投机者却每每能够逃离西方殖民者面临的伦理道德审判。在正义与不义的天平中,并没有投机者的身影,他们不是被审判的对象,而是审判者。这一问题看似复杂,其实在鲁迅为政治投机者所画的一幅漫画中,我们可以形象地看出这类人的丑恶嘴脸。

甲:"喂,乙先生!你怎么趁我忙乱的时候,又将我的东西拿走了?现在拿出来,还我罢!"

乙:"我们要一致对外!这样危急时候,你还只记得自己的东西么?亡国奴!"①

鲁迅笔下的政治投机者最突出的特点是,用民族意识的一套惯常理论来消解中国民众的自我意识,并将整个民众的集体意识都框定在殖民与被殖民民族之间的政治抗衡中。在这一预设的框架内,当某些较为清醒的民众发现自己的民族意识恰恰使得自我权利逐渐交付于政治领袖的手中时,一种官方的规训声音便发出了——"亡国奴"!这是一套有预谋的话语机制。它以民族危亡作为借口,合法地夺取了民众个体的种种权利,并通过民族国家的大共同体这一屏障,成功地将利益转移到政治投机者身上。可以看出,鲁迅对政治投机者的批判是深恶痛绝的。如果说,中国民众在面临西方殖民者瓜分中国的威胁时,采取了一种错误的历史记忆再次成为奴隶是一种长期受异族入侵形成的一种民族奴性品格的话,那么,借用中国民众的民族意识而达到一己私利的政治投机者无疑消解了民族意识的积极作用,并在一定程度上浇灭了中国民众的救亡热情。

---

① 鲁迅.鲁迅全集(第3卷)[M].北京:人民文学出版社,2005:98.

第三,鲁迅批判中国民众极端狭隘的民族意识。在殖民语境下,中国民众普遍萌生一种直接指向西方民族国家的斗争情绪,并自觉地反向认同自我民族的种种代表性元素,我们称之为民族意识。然而,当"民族意识"一词被论述者广泛使用时,他们所指涉的意义空间是完整而明确的。也就是说,民族意识这一概念背后是现代意义上的民族认同方式,是一种学术化的恒定价值观。然而,当我们注意到一些实际的问题时,便不得不从源头上开始质疑,这一概念在多大程度上能够恰当地呈现当时中国社会语境中广大民众集体性的对自我民族的认同方式。

鲁迅作为自由知识分子,最富有气质性的思维特质是:他并不随意使用某个不经论证的概念来说明事理,也不放弃对表面现象背后隐藏的危机加以怀疑。针对中国民众普遍的民族意识(或者部分的民族主义)这一问题,鲁迅并没有将民族意识这一概念本身的意义范畴作为思维的起点,而是继续向前追溯,试图探讨中国民众使用这一概念的方式与目的。在鲁迅看来,中国民众在表达自己强烈的民族意识时,毫无疑问会将西方民族国家的形象置于对立面,也即他们总是以殖民与被殖民的对抗关系作为呈现民族意识的途径。在鲁迅漫画式的陈述中,中国民众所谓的民族意识并不是以某种民族国家的大共同体本位意识作为基础的,相反,它只是一种富有效力的言说策略,其基本功能是营造某种群体性的话语空间,进而发挥规训功能。"你搬到外国去!并且带了你的家眷!你可是黄帝子孙?中国话里叹声尽多,你为什么要说洋话?敝人是不怕的,敢说:要你搬到外国去!"①这样的痛斥话语似乎带有某种本能的民族意识,并呈现出一种强烈的对中国及中国语言的认同感。然而,只要我们仔细揣摩便可发现,这样的论调显然并没有经过某种理性精神的束缚,它只是借机表明呵斥者的民族立场,并且能在民族意识领域生成意义。也就是说,这样表面带有强烈民族意识的论调,事实上只是为了显示呵斥者与被呵斥者之间的不同选择,并借此形成一种正义的伦理认同,使得呵斥者迅速融入群

---

① 鲁迅.鲁迅全集(第3卷)[M].北京:人民文学出版社,2005:143.

体空间中得以自保。如果说,上述论调中想要"搬到外国去"的中国人多少有些背弃国家的罪行,那么那些批判中华民族劣根性的觉醒的中国人则应该成为敢于仗义执言的英雄,并在当时的殖民语境中受到中国民众的尊敬与崇拜。而事实上,中国本来就缺少这样的英雄。"这种敢于指摘自己国度的错误的,中国人就很少。"①即便有也迅速成为民众狭隘民族意识的批判对象。"他是在骂中国,奚落中国人,替某国间接宣传咱们中国的坏处。他的表兄的侄子的太太就是某国人。"②这无疑又是鲁迅惯常的思维走向,真正的英雄敢于直面中国的民族劣根性,却被麻木的国民以某种群体性的言说机制置于死地。而民众所使用的批判逻辑却是这样的滑稽,丝毫不具有任何建设性的意义和价值,更是对民族意识的一种合法性误解。接着,鲁迅又勾勒出另外的批判逻辑。"你说中国不好。你是外国人么?为什么不到外国去?可惜外国人看你不起……。"③在中国民众狭隘的民族意识中,批判本民族的"不好",其背后的目标都是证明外国的"好"。然而,被殖民的身份又无法真正受到殖民者的认同。因此,当真正维护民族利益的理性批判者出现时,这样一种反向的批判逻辑将置其于不义之地,甚至背上种种骂名。如果以上几种论调还披着民族意识的外衣的话,鲁迅接下来描述的这种论调则无疑令人哭笑不得。针对批判中国国民劣根性的言论,狭隘的民族主义者的回答是:"中国便是野蛮的好。""你说中国思想昏乱,那正是我民族所造成的事业的结晶。"④这种看似爱国的激烈驳辩实质上是将中华民族推向了加速灭亡的历史轨道。在鲁迅看来,这些极端狭隘的民族意识以及毫无反思精神的爱国情感,并不是有价值的救亡反应。在这样的爱国论调弥漫于中国社会语境的同时,鲁迅则断言:"中国要和爱国者的灭亡一同灭亡。"⑤这一观点暴露出,中国

---

① 鲁迅.鲁迅全集(第11卷)[M].北京:人民文学出版社,2005:91.
② 鲁迅.鲁迅全集(第3卷)[M].北京:人民文学出版社,2005:143.
③ 鲁迅.鲁迅全集(第3卷)[M].北京:人民文学出版社,2005:31.
④ 鲁迅.鲁迅全集(第1卷)[M].北京:人民文学出版社,2005:328.
⑤ 鲁迅.鲁迅全集(第3卷)[M].北京:人民文学出版社,2005:279.

民众盲目的民族意识不仅不能有效地拯救民族危亡,反而会加速中国的灭亡。在殖民语境下,中国得以摆脱被瓜分的威胁必须依赖全民性的民族意识,但同时也须注意中国也可能被一种毫不反省的国民劣根性冠以民族意识之名推向深渊。在鲁迅看来,当前中国最大的威胁不是被殖民的社会现状,反倒是那些大祸临头依旧不知反省的麻木民众。"多有只责人不知反省的人的种族,祸哉祸哉!"①可见,在殖民语境下,鲁迅的民族意识呈现出一种惊人的理性特质。按常理,民族意识因为包含着一种对自我民族的认同及自我的民族归属感而带有不同程度的非理性色彩,然而鲁迅在这一问题上的思想走向显然是明确而恒定的,即为了促使民族走出被殖民的困境,他不惜站在某种全民性的极端狭隘的民族意识的对立面,以自己孤独的奋战精神诠释了保持思想自由的知识分子最终极的民族大义。

总之,在殖民语境下,鲁迅的民族意识既有某种自我东方化的屈辱体验,同时也呈现出明确的反省姿态。在20世纪初的中国,被殖民的社会现状将一种深刻的东西方民族差序投射到中国时空交错的历史现场中。在诸多关于民族意识和被殖民地位的思想交锋中,中国的知识分子言论与民族革命的宣传将民众的反抗情绪凝滞成为单一的发泄途径。中国民众知道,令人不满的政权更迭及暴力统治本质上是因为中国的政治团体背后有着一个更为强大的真正主人。他们意识到,"同胞之外,是还有一位高鼻子,白皮肤的主人翁的"②。然而,单纯地以这种看似激烈的民族意识来武装中国民众,并试图发动他们来抵抗中国统治者背后的真正奴役者,无疑是极富空想色彩的。因为中国民众历史地形成的种种劣根性中也有了一种恒定的模式作为对西方殖民者的反抗机制。在鲁迅看来,这种机制的临场反应只有两种:"中国人对于异族,历来只有两样称呼:一样

---

① 鲁迅.鲁迅全集(第1卷)[M].北京:人民文学出版社,2005:376.
② 鲁迅.鲁迅全集(第3卷)[M].北京:人民文学出版社,2005:563.

是禽兽,一样是圣上。"①也就是说,当面临异族的奴役或殖民时,中国人初始的反应是本能地抵制,并称其为野蛮的"禽兽";而当抵抗遭遇挫折或者危及个人、家族等小共同体的利益时,为了维护自身的利益,中国民众逐渐改变了对异族侵略者的称呼,称其为"圣上"。从"禽兽"到"圣上"的称谓转变,实际上是中民民众再次臣服于暴力强者的过程,更是中华民族本位意识再次丧失的过程。在这些历史性的民族征服过程中,中国民众的民族意识渐趋平淡,而他们对自我小共同体利益的保护意识则更加强烈。他们不敢将全部的生存权利交给朝廷或政府,而是试图通过对奴隶身份的迅速认同来达到自保的目的。懂得了中国民众所谓的民族意识背后的自保机制,也便从另一侧面读懂了中国民众"一盘散沙"的思想根源。当革命者与启蒙知识分子着力批判中国民众缺乏大共同体本位意识而显得过于溃散,无法有效地对抗西方殖民统治时,鲁迅再次将目光转移到这一问题的源头进行思考。

  近来的读书人,常常叹中国人好像一盘散沙,无法可想,将倒楣的责任,归之于大家。其实这是冤枉了大部分中国人的。小民虽然不学,见事也许不明,但知道关于本身利害时,何尝不会团结。先前有跪香,民变,造反;现在也还有请愿之类。他们的像沙,是被统治者"治"成功的,用文言来说,就是"治绩"。②

其实,鲁迅这一启发性的论述恰将中国民众所谓的民族意识呈现出表里不一的本质矛盾揭示了出来,并一语中的地道出了背后的规训机制。也就是说,在殖民语境下,中国民众必然地会呈现出某种外在的民族意识表征,但本质上他们的真实行动并不遵循这一外在的表征。当种种不经论证的民族意识幻化为形式多样的集体性论调时,中国民众的口号声再一次将西方列强称为"禽兽"。而事实上,在他们的骨子里,显然已经对这位西方主人屈服,并暗自称其为"圣上"。广义地说,这种"心口不一"的惯

---

① 鲁迅.鲁迅全集(第1卷)[M].北京:人民文学出版社,2005:352.
② 鲁迅.鲁迅全集(第4卷)[M].北京:人民文学出版社,2005:564.

性反应并不仅仅存在于大多数思想麻木的国民身上,也存在于中国各个政党、各个团体,甚至知识分子身上。可以肯定的是,这种全民性的内涵相同的民族意识必然是经过一系列相似的规训经验并形成此种反应机制的。在鲁迅看来,中国民众长期经受本民族和异族的奴役,在艰难的生存环境下,他们适应了一种保全生命的生存模式——口头上显现出某种"吾皇万岁""抵御外强""民族国家"等大共同体本位意识,而心中却始终小心翼翼地保全个体、家族的小共同体利益。不难体会,在这样激烈的愤慨与屈从的耻辱相互交织的民族情绪中,中国民众的发泄机制也必然呈现出某种异样的特征。臣服于强者,必然会奴役更弱者,这是中国民众在殖民语境中保存自我与发泄屈辱的手段之一。"勇者愤怒,抽刃向更强者;怯者愤怒,却抽刃向更弱者。"①从鲁迅对"勇者"与"弱者"的对比中,不难发现,中国民众的民族意识在体现出某种苟全性命的奴性气质外,还体现出了卑怯而残忍的弱者逻辑。

第三节　租界语境下鲁迅杂文的异化与坚守

一、从北京到上海:被放逐者的无奈选择

1927年,鲁迅在到达上海以前对自己今后的居住地做过一番细致的比较,而进入他选择视野的城市主要是北京与上海。这两座城市所代表的文化形态是截然相反的,这暗示出鲁迅在面临选择时内心的巨大矛盾。1926年,鲁迅由于支持北京学生运动而被当局通缉,被迫离京赴粤,先后

---

① 鲁迅.鲁迅全集(第3卷)[M].北京:人民文学出版社,2005:52.

在厦门和广州栖身。但这两座城市因为各自不同的文化氛围引起了鲁迅的反感与憎恶——厦门像个与世隔绝的桃花源,平静得让鲁迅感觉无聊,"这学校孤立海滨,和社会隔离,一点刺激也没有""此地初见虽然像有趣,而其实却很单调"①。而广州并不像鲁迅想象中那样光明,革命策源地也有血的杀戮,鲁迅再一次选择了离开。南下之路不算成功,鲁迅只能再次北上。那么,去哪里的问题就成了他要考虑的问题了。在鲁迅到上海以前的一系列书信中,我们不难看出他的犹豫:回浙江只是一种权宜之计,他虽然在谈论中提及故乡,但本质上并没有想要回去。而北京理所当然是鲁迅的首选,他在离开厦门时曾表示"此后或当漂流,或回北京"②:

> 我漂流了两省,幻梦醒了不少,现在是胡胡涂涂。想起北京来,觉得也并不坏,而且去年想捉我的'正人君子'们,现已大抵南下革命了,大约回去也不妨。③

然而回北京仍不无忧虑,军阀统治下自己的处境或许并不像希望的那样顺畅。鲁迅希望回到北京后,照旧在学校里教书、写文章、做研究,但现在自己对北京的向往只是一种间隔着空间的幻想。他清醒地知道:"我眼前所见的依然黑暗,有些疲倦,有些颓唐,此后能否创作,尚在不可知之数。"④于是,鲁迅的眼光转向上海,"我先到上海,无非想寻一点饭,但政,教两界,我不想涉足,因为实在外行,莫名其妙。也许翻译一点东西卖卖罢"⑤。其实,我们不难看出,鲁迅即便还未到达上海,他就已经给自己的上海生活有所规划了,他计划着到上海后"卖文为生",而不想到北京倚仗"政教两界"求生。也就是说,鲁迅之所以选择上海,是因为上海的租界制度与商业氛围能够满足他"卖文为生"的需要。因此,我们可以说,鲁迅从1926年离开北京至1927年10月3日到达上海,经历了一次精神焦虑的旅

---

① 鲁迅.鲁迅全集(第11卷)[M].北京:人民文学出版社,2005:562.
② 鲁迅.鲁迅全集(第12卷)[M].北京:人民文学出版社,2005:13.
③ 鲁迅.鲁迅全集(第12卷)[M].北京:人民文学出版社,2005:68.
④ 鲁迅.鲁迅全集(第12卷)[M].北京:人民文学出版社,2005:74.
⑤ 鲁迅.鲁迅全集(第12卷)[M].北京:人民文学出版社,2005:67.

程,是不断被放逐的逃亡历程,而这一历程最终成就了鲁迅做出定居上海的选择。"目睹了四·一五大屠杀,厌倦了中山大学内的是是非非,得不到消息,看不到刊物,生活费又贵,——鲁迅不想在广州待下去了。去哪里呢?鲁迅在信中多次流露了对北京的向往,而且燕京大学也向他发出了邀请。但一方面怕张作霖与他为难,另一方面把许广平带到北京去,在鲁迅是颇费踌躇的事。所以鲁迅还是决定先到上海'漂流几天'。"①

鲁迅对北京与上海两个城市都存在着某种矛盾的选择困难。他虽喜爱北京,"北平并不萧条,倒好,因为我也视它如故乡的,有时感情比真的故乡还要好,还要留恋,因为那里有许多使我记念的经历存留着"②,"虽说北京像一片大沙漠,青年们却还向这里跑;老年们也不大走,即或有到别处去走一趟的,不久就转回来了,仿佛倒是北京还很有什么可以留恋"③;但鲁迅却时刻对北京的"古都气"心存警惕,与上海的"摩登"相比,北京容易使人忘记时代的大背景:"为安闲计,住北京是不坏的,但因为和南方太不同了,所以几乎有'世外桃源'之感。我来此虽已十天,却毫不感到什么刺戟,略不小心,确有'落伍'之惧的。上海虽烦扰,但也别有生气。"④钱理群慧眼独到地指出:"有意思的是,鲁迅总是把北京与上海两个城市对照起来看,这其实是反映了鲁迅内心的矛盾的,他早就说过:'我喜欢寂寞,又憎恶寂寞',他既欣赏北京的'安闲',又不满于'毫不感到什么刺戟',既喜欢上海的'生气',又讨厌它的'烦扰'。"⑤如果说,鲁迅被代表乡土中国的北京城放逐是由于他对传统文化以及当局者黑暗统治的批判,那么鲁迅来到文化格调截然相反的"租界城市"上海,按理说则应该显得得心应手了,但事实并非如此。纵观鲁迅在上海将近十年的生活,我们发现,上海这座城市并没有容纳鲁迅,等待他的是再一次被放逐的命运。也正是

---

① 叶斌.鲁迅眼中的上海[J].史林,1996(4).
② 鲁迅.鲁迅全集(第11卷)[M].北京:人民文学出版社,2005:315.
③ 鲁迅.鲁迅全集(第3卷)[M].北京:人民文学出版社,2005:210.
④ 鲁迅.鲁迅全集(第11卷)[M].北京:人民文学出版社,2005:302.
⑤ 钱理群.鲁迅和北京、上海的故事(上篇)[J].鲁迅研究月刊,2006(5).

在此语境下,钱理群把鲁迅的生存困境归纳为——"同时被乡土中国和现代中国所放逐"[①]。

二、"在而不属":租界语境下鲁迅的生命体验

1927年10月3日,鲁迅到达上海,暂时住进了公共租界里的"共和旅馆"。其后,鲁迅在上海先后有三个住所,即景云里23号、拉摩斯公寓和大陆新村9号。这三处住址都属于租界领地,"景云里毗邻公共租界的虹口,拉摩斯公寓位于北四川路194号,大陆新村9号位于施高塔路。北四川路和施高塔路都属于公共租界越界筑路的区域,即所谓的'半租界'"[②]。由此可以看出,鲁迅后期的居住地,正是他所谓的"且介亭"。在这样一个租界制度规范下的区域,鲁迅的生命体验不可能与北京相同。他既顺应西方现代文明的日常运用,如经常乘坐汽车,出入饭店、咖啡厅、电影院,接触外国人士,但同时也本能地排斥这些西方"时髦"蕴含着的恶俗。鲁迅在《夜颂》中将上海摩登女郎的形象定义为"初学的时髦"。从某种意义上说,在中西现代化进程的对比中,上海正以这种"初学的时髦"的形象出现。既是初学,则多少总会令人感觉不相宜,虽然间或也能看到现代文明的进化之光,但更多的则是一种变相的丑恶,是在西方现代文明遮蔽下的隐恶。

鲁迅的上海体验不是单一的,他对这一租界城市既爱又恨,爱其受西方文明指引的曙光,憎其商业性引导下的恶俗。鲁迅的租界体验正如他形象地比喻为"身穿一件未曾晒干之小衫"[③]那样,这种感觉有时根本无法传达。我们简单地将其定义为"在而不属",虽有一定的合理性,但又不能穷尽其全部意义。鲁迅的租界体验,在笔者看来,就是其对租界上种种新生事物表现出的怀疑。这种怀疑,有人将其视为鲁迅落后的心态以及对

---

① 钱理群.鲁迅和北京、上海的故事(上篇)[J].鲁迅研究月刊,2006(5).
② 李永东.租界文化与30年代文学[M].上海:上海三联书店,2006:201.
③ 鲁迅.鲁迅全集(第12卷)[M].北京:人民文学出版社,2005:508.

西方现代文明的本能排斥,但实际上,这正是一种"鲁迅式的眼光"。王晓明指出,鲁迅思想的伟大正缘于这样一种眼光,"他总是用自己的眼睛去观察社会,总是依自己的思路来理解世事,他一生都努力学习外来的新思想,但当判断中国的现实的时候,他却显然更相信自己的眼睛。无论怎样炫目的流行思想都难以长久地蒙蔽他,当别人纷纷陷入错觉的时候,他却总是能迅速地拨开迷雾,看清楚究竟发生了什么事情"[①]。不论是面临什么现象,鲁迅都能淡定地看出其中的隐忧,而上海的繁华既充斥着西方现代文明的吸引力,同时又无法避免资本主义制度本身的罪恶。鲁迅在1927年以后开始对早期信仰的进化论有所怀疑,他指出:"中国现在是一个进向大时代的时代。但这所谓大,并不一定指可以由此得生,而也可以由此得死。"[②] 可以说,鲁迅在上海时时体验到这种"向大时代迈进"的社会发展路线。但同时他也提醒自己,也提醒别人,不要单纯地看事物的一面,这种进化并不仅仅是光明的象征,许多时候,它也孕育着黑暗。于是,鲁迅在《夜颂》中提醒人们要有听夜的耳朵和看夜的眼睛,随时洞悉繁华背后的落寞。"现在的光天化日,熙来攘往,就是这黑暗的装饰,是人肉酱缸上的金盖,是鬼脸上的雪花膏。只有夜还算是诚实的。"[③]

鲁迅选择上海租界作为后期居住地,本身就是一种无奈,而鲁迅自身的性格特质又与上海这座租界城市显得有些隔阂。他喜欢安静,上海却过于喧闹;他喜欢深思,上海却过于浅显;他希望国人自立,上海却呈现出明显的华洋对峙局面,更有华人以做殖民者的奴才为抬高自己身份的现象,等等,这些因素影响了鲁迅的租界体验。而租界本身呈现出来的冒险、投机、时髦、民族等级、双重制度等现象,也无疑引发了鲁迅的憎恶与深思。所以,我们看到鲁迅在上海虽然一直居住在租界半租界领域,至死也没有离开,但实际上他并没有与租界融为一体。他到上海后的日常生

[①] 王晓明.鲁迅式的眼光[J].编辑学刊,2006(5).
[②] 鲁迅.鲁迅全集(第3卷)[M].北京:人民文学出版社,2005:571.
[③] 鲁迅.鲁迅全集(第5卷)[M].北京:人民文学出版社,2005:204.

活虽然沾染了一些"西化"的色彩,如出门坐汽车,家里雇保姆,出入舞厅、咖啡馆、西餐厅,周末带领妻儿去看电影,但抛开这些行为背后的意义来说,鲁迅并不喜欢这些场所。他去咖啡厅是为了与友人(尤其是民权保障同盟及左联成员)会面时保证安全,不至于被密探发现,而不是因为喜欢喝咖啡;他去看电影一半是海婴的要求,另一半是通过电影了解世界各地的风俗民情,并不是喜欢好莱坞大片。根据萧红的回忆,鲁迅在上海居住9年,连近在咫尺的虹口公园也没有进去过,这可以看出他对"斗室"以外世界的态度。鲁迅在上海的生活过得并不清闲,虽然成仿吾等人讽刺鲁迅在上海编印《小说旧闻钞》"所暗示着的是一种在小天地中自己骗自己的自足,它所矜持着的是闲暇,闲暇,第三个闲暇"①。但事实上,鲁迅一到上海就感觉到了租界里特有的生气,以及这种生气背后所代表的文化形态。他拒绝享受西方文明带来的种种生命快慰,而主动将自身抛入社会批判与文明批判的旷野之中,在那里以杂文的形式对上海的种种社会现象与文化形态进行批判,同时又竭力将自己眼中真正的西方文明引进中国。②

鲁迅对上海租界的体验方式是有距离的,他不像"新感觉派"那种切身的体验,也不同于"左翼"作家的想象性书写,而呈现出一种"隐者"的姿态。鲁迅在上海的精神状态绝不像在北京那样积极。他虽然一再把自己比作一头瘦弱的牛,只要有利于社会发展,他还是愿意被东家借去耕两亩地,西家牵去拉两转磨,但经历了种种失望的鲁迅,更多的时候,已经开始谈"自由"、谈"风月"了。这是对租界氛围的一种妥协,但并不能证明鲁迅已经沉醉于这样的"洋风西雨"了,而恰恰相反,他以自己特有的对中国的体验方式揭穿了一个伪装,即在中国语境下,即便是租界这种西方化了的城市中,所有的问题都会被中国传统的"智慧"同化。因此,上海的西方文

---

① 成仿吾.完成我们的文学革命[J].洪水,1927(25).
② 笔者注:鲁迅认为上海租界中体现出来的西方文明并不是全部,只是在资本驱动下形成的那一部分,所以他后期亲自翻译和组织翻译了诸多西方文学,用来补充上海租界代表的西方文明对中国人的误导。

化是一种杂交的文化,是无法摆脱中国文化纠缠的谬种。不管是貌似自由的言说,还是醉心烟花柳巷的风月,在鲁迅看来,都是不真实的。因此,他称之为"伪自由"与"准风月"(鲁迅的杂文集名也不无趣味)。所以,鲁迅与上海的关系,正是一种"在而不属"的关系。鲁迅在上海租界、半租界安家,经常在饭店和朋友们一起吃饭,周末带着妻儿看电影,做报告,参加木刻展览(并把自己收藏的木刻作品拿出来展出),担任诸多职务(左联、中国民权保障同盟),扶植青年(编奴隶丛书),等等,但本质上他并没有融入这些生活中去。他随时警惕地思考着,这一切现象背后的"危机"(借用《小品文的危机》中的概念)。他时时紧跟时代的发展(不排除对"迟暮"的焦虑),但时时又与时代的发展唱反调,获罪于人。从这种种矛盾中,我们不难发现,鲁迅在上海至少有两种身份(实际上这种双重身份在现代作家中并不少见,如茅盾、郑伯奇等):在公共场合是显得沾染了租界气息的鲁迅,而在个人内心深处却依然是谨小慎微、不断反省并将自己早期思想进行延伸的鲁迅。这两重身份绝对不可融合,因为它的主体是清醒的。鲁迅不允许作为思想家的自己成为西方世界的俘虏,面对让自己有些兴奋的租界语境,鲁迅的思考是向内的,当然也有向外的传达,但方式已经不再是《野草》,而是《故事新编》的后面几篇,除此之外,就是大量充满趣味的杂文。

　　鲁迅在上海租界的思考视野注定其体验方式是对比性的,不可能完全肯定也不会断然否定。鲁迅早年受进化论影响,从乡土中国向西方现代文明的进化无疑是一种"向前进"的历程,鲁迅应该感到快慰,但同时他体验到西方资本主义文明本身无法避免的一系列恶习,如冒险、投机、金钱崇拜等等。鲁迅的这些体验正是租界氛围中特有的精神面貌,租界中充满冒险行为,这是西方资本积累的一种固有模式,而在租界中显著地呈现出来。"经济生活的投机冒险带来的人生无常感,使得大多数市民以生命的价值和尊严为代价,而疯狂地投入到本我能量的无限放纵的游戏中去。他们是清醒的被异化。"①鲁迅的杂文《爬和撞》,形象地反映出租界语境中人们的投机与冒险行为。"爬"是一种卑微而安分的求生方式,人们希望通过自己的努力"爬上去""虽然爬得上的很少,然而个个以为这正是他自己。""爬的人那么多,而路只有一条,十分拥挤。老实的照着章程规规矩矩的爬,大都是爬不上去的。"于是人们学会了"推":"聪明人就会推,把别人推开,推倒,踏在脚底下,踹着他们的肩膀和头顶,爬上去了。"如果说"推"是针对具体个人的行为,多少会使得"推人者"陷入道德的囚牢中,那么"撞"无疑就是一种绝妙的"免罪"行为了,它无需直接针对某人发力,更不会显得偷偷摸摸。"这比爬要轻松得多,手也不必用力,膝盖也不必移动,只要横着身子,晃一晃,就撞过去。撞得好就是五十万元大洋,妻,财,子,禄都有了。撞不好,至多不过跌一交,倒在地下。那又算得什么呢,——他原本是伏在地上的,他仍旧可以爬。"②不难看出,"撞"本质上是身处下层社会(即原本爬着的人)为了获取上层地位的投机心理。这种行为显现出的是深谙世故的求生存、求发展的最佳方法,同时又是一种畸形的求强心态,投机心理暴露了自己的卑怯。

此外,鲁迅在租界中体验到作为文人的生活焦虑:"熟人太多,一直静不下,几乎日日喝酒,看电影。……倘若这样下去,是不好的,书也不看,文章也不做。"③实际上,这是鲁迅对自己在上海租界生存状态的一种反思,而许多醉心于租界十里洋场的中国文人早已丧失了这种必要的焦虑感,他们丢弃了传统知识分子那种"为他"的责任担当而只将自己的欲望满足看作最重要的事情。而鲁迅骨子里固有的"传统"文人气质又使得他在上海快节奏的生活中变得不适应了。他用警惕的目光窥探着上海形形色色的新奇事物,并以各种方式写下自己的怀疑。租界化的上海每天都有新的思潮、新的信息、新的文学风格出现,那么固守无疑就变成一种"落

---

① 李永东.人与城的对话:鲁迅与租界化的上海[J].湘潭大学学报(哲学社会科学版),2006(5).
② 鲁迅.鲁迅全集(第5卷)[M].北京:人民文学出版社,2005:278-279.
③ 鲁迅.鲁迅全集(第12卷)[M].北京:人民文学出版社,2005:81.

后",人们必须时刻与时代的大潮步调一致,所以在上海产生了"革命文学""民族主义文学""左翼文学""抗战文学"等文学思潮。这些思潮从根本上说,是适应时代进步和社会语境的变化而产生的,但实质上却不是扎根于中国实际的应对方式。在租界这一中西合璧的文化场域中,必然会产生"趋利"与"求新"的文化心态,这种心态对于文学活动来说,都是不严肃的。鲁迅体验到这种文人一本正经的"滑稽"行为,他在上海写了一系列文章批判"文人无文""文人相轻"等现象。这些现象的出现是以一种"小团体"为单位的,他们往往倚仗某种来源于西方社会的理论,提出自己的文学口号,目的就是求新,丝毫不管观点在多大程度上适合中国现状。如"民族主义文学"的提倡,只是一种针对"俄罗斯"的民族主义情结,但本质上却又走向了保护殖民政策的统一方向,成为殖民者的鹰犬:

> 但究竟因为是殖民地顺民的"民族主义文学",所以我们的诗人所奉为首领的,是蒙古人拔都,不是中华人赵构,张开"吃人的血口"的是"亚细亚勇士们",不是中国勇士们,所希望的是拔都的统驭之下的"友谊",不是各民族间的平等的友爱——这就是露骨的所谓"民族主义文学"的特色,但也是青年军人的作者的悲哀。①

鲁迅对革命文学家不去研究中国社会而生搬硬套苏联的革命文学经验也提出了自己的怀疑与批评:

> 他们对于中国社会,未曾加以细密的分析,便将在苏维埃政权之下才能运用的方法,来机械的地运用了。再则他们,尤其是成仿吾先生,将革命使一般人理解为非常可怕的事,摆着一种极左倾的凶恶的面貌,好似革命一到,一切非革命者就都得死,令人对革命只抱着恐怖。其实革命是并非教人死而是教人活的。

---

① 鲁迅.鲁迅全集(第4卷)[M].北京:人民文学出版社,2005:323.

这种令人"知道点革命的厉害",只图自己说得畅快的态度,也还是中了才子+流氓的毒。①

鲁迅的体验来源于他对中国社会情态的深刻认识,虽然十里洋场的租界城市在外在形态上来说,与中国传统社会有着很大的区别,但鲁迅依然能够体验到"西方文明"在中国的"异化状态"。鲁迅相信,中国社会本身是一个大熔炉,种种西方现代文明一进中国就会发生变化,而这一变化正是鲁迅关注的问题。鲁迅的上海体验是一个交加于传统与现代文明缝隙中的民间知识分子的体验,它注定不可能是个人的。鲁迅的生命体验只是其社会批判的触动点,他将其上升到整个社会的高度予以认识。这种认识其实也是鲁迅生命体验的表述,只不过掺杂了其对生命体验之外事物的理性认识。1927年10月25日,到劳动大学作了题为《关于知识阶级》的演讲,提出了一个"真的知识阶级"的概念,其内涵有二:一是"对于社会永不会满意",因而是永远的批判者;二是永远"为平民说话",并且"不顾利害""想到什么就说什么"。在某种意义上,这可以看作鲁迅的自我宣言:他在上海的最后十年,正是坚守了这样的"真的知识阶级"的基本立场。

三、租界语境下鲁迅杂文的异化及坚守

上海时期的鲁迅,文学活动分为创作、翻译、出版等,创作除了少数几篇"滑稽"的"故事新编"外,几乎全是杂文,而编辑、出版、翻译活动却比前期明显增多,但本书对其文学活动的分析侧重于文学创作中的杂文创作。

鲁迅后期杂文与前期相比,在关照对象与行文风格上都发生了一定的变化。前期杂文多以"启蒙"为主题,通过对宏大历史事件、社会现实的深入思考,提炼出十分有震撼力的命题。如《灯下漫笔》中提出的历史循环论:"一,想做奴隶而不得的时代;二,暂时做稳了奴隶的时代。"②在第一

---

① 鲁迅.鲁迅全集(第4卷)[M].北京:人民文学出版社,2005:304.
② 鲁迅.鲁迅全集(第1卷)[M].北京:人民文学出版社,2005:225.

部杂文集《坟》的编后记里,鲁迅提出了"中间物"思想:"一切事物,在转变中,是总有多少中间物的。动植之间,无脊椎和脊椎动物之间,都有中间物;或者简直可以说,在进化的链子上,一切都是中间物。"①然而在上海时期的杂文创作中,鲁迅的关注点逐渐缩小,从历史思想语境中退回到社会现实,多取材于报章杂志上的"趣闻",稍做点拨,即成篇章,语言多讥诮,不像前期那样饱含深情。

鲁迅在《无花的蔷薇之二》中对当局屠杀学生的暴行痛恨至极,而发出诅咒的言辞:

> 如果中国还不至于灭亡,则已往的史实示教过我们,将来的事便要大出于屠杀者的意料之外——
> 这不是一件事的结束,是一件事的开头。
> 墨写的谎说,决掩不住血写的事实。
> 血债必须用同物偿还。拖欠得愈久,就要付更大的利息!②

而鲁迅在上海目睹国民党当局杀害左联烈士时写下的《为了忘却的记念》,声色则甚为缓和,只是平淡地叙述自己与烈士生前的交往,虽有些感慨,但也似乎无奈多于愤恨:

> 不是年青的为年老的写记念,而在这三十年中,却使我目睹许多青年的血,层层淤积起来,将我埋得不能呼吸,我只能用这样的笔墨,写几句文章,算是从泥土中挖一个小孔,自己延口残喘,这是怎样的世界呢。夜正长,路也正长,我不如忘却,不说的好罢。但我知道,即使不是我,将来总会有记起他们,再说他们的时候的。……③

从这一组对比中我们可以看出,鲁迅杂文前后期在情感上的变化。

---

① 鲁迅.鲁迅全集(第1卷)[M].北京:人民文学出版社,2005:301-302.
② 鲁迅.鲁迅全集(第3卷)[M].北京:人民文学出版社,2005:279.
③ 鲁迅.鲁迅全集(第4卷)[M].北京:人民文学出版社,2005:502.

北京时期鲁迅的杂文,情感与思想共存,往往被触目惊心的现实激怒而写下言辞激烈的文字;但上海时期的鲁迅则显得温和了许多,情感也有,但不会过于直露地抒写出来,而是隐藏在一系列笔触之下,或幽默打趣,或暗藏讥讽,或使用"春秋笔法",或干脆剪贴报纸上的文章,略加点评,名为《立此存照》,等等。许多学者将鲁迅在上海的文风定义为"海式的有趣"。它专指上海租界语境下一切以新奇为特征的行文风格,如用章回体报道新闻,用小说写文学论争。鲁迅将这种文学风格定义为"海式的有趣",然后被研究者引来评价鲁迅上海时期的文学风格。当然,鲁迅的杂文向来不乏"有趣"的成分,仅从其杂文集的名称来看就足以发现鲁迅的幽默,因为碰了钉子而认为自己"运交华盖":"这运,在和尚是好运:顶有华盖,自然是成佛作祖之兆。但俗人可不行,华盖在上,就要给罩住了,只好碰钉子。我今年开手作杂感时,就碰了两个大钉子:一是为了《咬文嚼字》,一是为了《青年必读书》。"[1]故取名为《华盖集》。《而已集》则是因为"连'杂感'也被'放进了应该去的地方'时,我于是只有'而已'而已!"[2]至于《三闲集》《伪自由书》《准风月谈》《且介亭杂文》,更是趣味悠长。所以,我们不难发现鲁迅的杂文是不缺乏趣味的,但关键是后期杂文的趣味已经开始有所变化了。它不再如鲁迅前期杂文那样"乐则大笑,悲则大叫,愤则大骂"[3],而更多地陷于一种世俗的调笑。当然,这种调笑背后蕴含着的是作者反思过后的无奈之情。鲁迅上海时期的杂文内容多样,但线索还是以社会批评与文明批评为主,对前期杂文关注的几个命题做了进一步阐发。

第一,对"奴性思想"的批判。鲁迅对"奴性思想"的批判,在后期杂文中得到进一步强调,但由于身处上海租界的他见闻颇异于北京,所以他对国民奴性的批判,也有了特定的"租界"特征。鲁迅在北京的杂文,对国民

---

[1] 鲁迅.鲁迅全集(第3卷)[M].北京:人民文学出版社,2005:4.
[2] 鲁迅.鲁迅全集(第3卷)[M].北京:人民文学出版社,2005:425.
[3] 鲁迅.鲁迅全集(第3卷)[M].北京:人民文学出版社,2005:4.

奴性的批判主要是对"麻木"的主体性缺失这一国民弱性进行批判,"哀其不幸、怒其不争"是鲁迅前期杂文国民性批判的主题偏向。但来到上海,处于租界、半租界的语境之中,鲁迅思想发生了急剧的变化,"帝国都城"的生存体验绝对不同于"十里洋场",他眼见耳闻的消息,都不再是他所熟悉的"没落"味道了,相反倒是一种焕发着勃勃生机的"现代"气息。也正是在这一认识基础上,有的学者将鲁迅到上海后的心态定义为"迟暮心理",认为在传统社会里苦心竭力地批判"封建"味儿的领军人物,一旦身处于他们曾经在理性里建构出来的世界中,便会产生诸多不适用的感觉。而曾被鲁迅花大力气批判的"奴性"在此不再具有意义了。于是,鲁迅在惊叹于租界繁华世界的同时,忙碌于努力不让自己落伍,但批评鲁迅"落伍"的声浪还是一层层地涌向了他。"死去了的阿Q时代"实际上就是"死去了的鲁迅时代",在上海这个声光电气的"东方巴黎"中,阿Q已经淡出人们的视野,他们更多关注于"深夜的霞飞路"、"良友封面女郎"、"美国电影《金刚》"和"谢谢毛毛雨",这些词语代表着一种身份,即时尚!时尚意味着自由与平等(西美尔的观点),所以人们不再去管自己身上是否残存着阿Q的灵魂,甚至觉得阿Q见了"假洋鬼子"还要愤愤不平,实际上是一种落后民族的丑态。在上海这个租界化的城市里,洋人取代了封建官僚、北洋军阀,成为真正的主宰者,所以租界权力将上海的文化导向了西方。普通民众从来都不管什么东方与西方,民族与现代(启蒙的失败也可以说明这一问题),他们只关注自己的欲望在多大程度上能得到满足。而西方民主观念在上海的渗透,以及商业引导下的"金钱本位"思想,本质上比等级森严的封建"官本位"思想更能满足人们的欲望,只要有钱,便有身份,便能得到一切,至于是否具有"奴性",他们不去过问,所以有相当一批人借助于"洋皇帝"和"洋大人"来求得自己的发展。这些中国人在鲁迅的笔下呈现出的种种丑恶嘴脸,往往比他们的主子更甚。所以,鲁迅在上海时对"奴性思想"的批判多侧重于对这类帮助西方殖民者统治中国人的"巡捕""西崽""流氓"进行批判。鲁迅在一篇演讲里这样谈上海的"租界"社会:"外国人是处在中央,那外面,围着一群翻译,包探,巡捕,西崽……之类,是懂得外国话,熟悉租界章程的。这一圈之外,才是许多老百姓。老百姓一到洋场,永远不会明白真实情形,外国人说'Yes',翻译道,'他在说打一个耳光',外国人说'No',翻出来却是他说'去枪毙'。倘想要免去这一类无谓的冤苦,首先是在知道得多一点,冲破了这一个圈子。"①鲁迅在上海租界明显感觉到了这种"民族等级"体系,西方殖民者处于权力的顶层,华人处于最底层。而这群殖民者的"奴才""走狗"则处于二者之间,他们对上极尽谄媚之能事,对下又呈现出凶恶的嘴脸,他们"觉得洋人势力,高于群华人,自己懂洋话,近洋人,所以也高于群华人;但自己又系出黄帝,有古文明,深通华情,胜洋鬼子,所以也胜于势力高于群华人的洋人,因此也更胜于还在洋人之下的群华人"②。而鲁迅对这种奴性的批判主要集中于其呈现出来的"西崽相",是一种身为奴才而不知耻,反以为自豪的姿态。"倚徙华洋之间,往来主奴之界,这就是现在洋场上的'西崽相'。""这里之所谓'相',非说相貌,乃是'诚于中而形于外'的,包括着'形式'和'内容'而言。"③其实质是依附于东西两种权势,成为两种文明形态的"奴才",却反过来将下层华人驱为奴隶。

第二,对知识分子的批判。鲁迅强调知识分子要有为民众代言的良心,他向来崇尚俄国的知识阶级。"因为他确能替平民抱不平,把平民的苦痛告诉大众。""因为他与平民接近,或自身就是平民。"④而中国的知识分子,却向来多成为"官与商"的"帮忙与帮闲",根本不关注下层民众的疾苦,即便是"现在中国的孔夫子""曾经计划过出色的治国的方法,但那都是为了治民众者,即权势者设想的方法,为民众本身的,却一点也没有"⑤。而上海租界语境下的知识者,尤其以文人为代表,借助商业机制大肆发

---

① 鲁迅.鲁迅全集(第4卷)[M].北京:人民文学出版社,2005:136.
② 鲁迅.鲁迅全集(第6卷)[M].北京:人民文学出版社,2005:366-367.
③ 鲁迅.鲁迅全集(第6卷)[M].北京:人民文学出版社,2005:366.
④ 鲁迅.鲁迅全集(第8卷)[M].北京:人民文学出版社,2005:224.
⑤ 鲁迅.鲁迅全集(第6卷)[M].北京:人民文学出版社,2005:329.

财,根本不顾及民众的声音。鲁迅在上海期间除了在"京派"与"海派"之争中对知识分子做出批评外,还写了一系列杂文,批判知识分子"无文""无行"却又"相轻"的丑恶面目。值得注意的是,鲁迅对上海文人的"文学投机"活动有深刻的认识与尖锐的批判。1927年,鲁迅初到上海,就产生了这样的感触:"这里的情形,我觉得比广州有趣一点,因为各式的人物较多,刊物也有各种,不像广州那么单调。我初到时,报上便造谣言,说我要开书店了,因为上海人惯于用商人眼光看人。"①鲁迅的这一感触除了澄清事实之外,实际上还隐约地向我们展示了上海文人多以投机商业为其生活方式。因为上海租界制度给文学出版、发行以相当大的市场空间,所以许多"投机者"也投身做文人。(许多研究者注意到上海期刊的兴盛,并断定它们是文学繁荣的标志,但实际上未必如此,许多时候,倒能证明文学成为商业的工具了,也就是鲁迅批判的"文人无文"。)鲁迅在写给李霁野的信中说道:"上海的出版界糟极了,许多人大嚷革命文学,而无一好作,大家仍大印吊膀子小说骗钱,这样下去,文艺只有堕落。"②"无文"之文人在某种意义上比"无行"之文人更可怕,因为无文的后果便是文学趣味的逐渐下降,新文学初始提倡的文学精神一落而成为"为金钱载道"的工具了。这种文人只能做些投机的文章,"拾些琐事,做本随笔是有的;改首古文,算是自作的是有的。将一通昏话,称为评论;编几张期刊,暗捧自己的是有的。收罗猥谈,写成下作;聚集旧文,印作评传的是有的。甚至于翻些外国文坛消息,就成为世界文学史家;凑一本文学家辞典,连自己也塞在里面,就成为世界的文人的也有。然而,现在到底也都是中国的金字招牌的'文人'"③。鲁迅这番评论虽有些刻薄,实际上这正是"海式的有趣"。他以"有趣"的方式把上海"文人无文"的丑态刻画得淋漓尽致,虽然我们也注意到在以上这些被鲁迅批判的文人行为中,也掺杂着鲁迅自己的行

---

① 鲁迅.鲁迅全集(第12卷)[M].北京:人民文学出版社,2005:81.
② 鲁迅.鲁迅全集(第12卷)[M].北京:人民文学出版社,2005:161-162.
③ 鲁迅.鲁迅全集(第5卷)[M].北京:人民文学出版社,2005:86.

为。但事实上,作为对此有清醒认识的鲁迅,不是"不食周粟"的封建知识分子,他从来都直言不讳地承认自己的凡俗。所以,他也利用一些文学气息"微弱"的文字获得金钱,但同时也并不以此为能事而彻底放弃自己的思想见解。他认为,文人在上海想要真正飞黄腾达,还得有"主子"(这一思想也延续至他北京时期对"现代评论派"的评价),只要有"主子",就不免沦为"奴才"(鲁迅称之为"叭儿狗")。但上海的情形与北京有所不同,北京"叭儿狗"的主人多为封建官僚、军阀势力,但上海却多为殖民者,也就是西方各国在上海的治理者。二者身份的不同导致了"奴才"心理机制的差异:北京的"奴才"没有民族意识,相反却认为是"走上了仕途",这是传统文人的"朝为田舍郎,暮登天子堂"的梦想;而上海的"奴才"则多少担负着一种屈辱,他们更像叛徒一样在内心深处有着对本民族的负罪感,民族屈辱与自身处境的矛盾时时纠缠着他们。因而,必须注意把握这种微妙的关系。鲁迅指出这些"奴才"一面趋附洋人,欺压百姓;一面又表示自己并非义仆,向看客指着自己的主子说:"你看这家伙,这回可要倒楣哩!"[1]

值得注意的是,鲁迅后期杂文中对"女性"这一主题的关注。李永东指出,鲁迅"反对女性文学,反对女性进入公共空间",并举鲁迅在《书籍与财色》一文中的论调:"在医学上,'妇人科'虽然设有专科,但在文艺上,'女作家'分为一类却未免滥用了体质的差别,令人觉得有些特别的。但最露骨的是张竞生博士所开的'美的书店',曾经对面呆站着两个年青脸白的女店员,给买主可以问她'《第三种水》出了没有?'等类,一举两得,有玉有书。"[2]其实这段引文证明的并不是鲁迅反对女性文学,而是反对将"女性"这一性别独立出来成为衡量文学的标尺,他主张女性文学不设专科而统归于文学这一领域中。我们知道,鲁迅喜欢德国版画家凯绥·珂勒惠支,并极力向中国艺术家推荐,帮助萧红出版《生死场》等,这都能证明鲁迅不反对女性进入公共空间,而他对张竞生"美的书店"中女店员尴尬

---

[1] 鲁迅.鲁迅全集(第5卷)[M].北京:人民文学出版社,2005:207.
[2] 李永东.人与城的对话:鲁迅与租界化的上海[J].湘潭大学学报(哲学社会科学版),2006(5).

处境的戏谑,则反映出男性群体借助下劣的文学作品《第三种水》来调戏女性,满足自己变态的私欲,本质上是对男女性别不平等地位的反思与对作为奴隶的男性对女性这一性别等级低于自己的群体的欺压。《新的"女将"》反映畸形社会中男性英雄缺席而推崇女性角色的丑态。"练了多年的军人,一声鼓响,突然都变了无抵抗主义者。于是远路的文人学士,便大谈什么'乞丐杀敌','屠夫成仁','奇女子救国'一流的传奇式古典,想一声锣响,出于意料之外的人物来'为国增光'。"[1]"一些正人君子责备女人爱奢侈,不肯光顾国货。就是跳舞,肉感等等,凡是和女性有关的,都成了罪状。仿佛男人都做了苦行和尚,女人都进了修道院,国难就会得救似的。"[2]

此外,鲁迅对上海租界中种种恶俗的社会现象进行了批判与揭示,如《略论中国人的脸》中对中国人缺乏西洋人的"兽性"及呈现的"家畜性"精神性格进行了揭露;《革命时代的文学》中对文学投机革命的行为进行了讽刺;《答有恒先生》中反省自己无意中成了麻醉国民的"醉虾";《忧"天乳"》中嘲讽报纸上对广州"禁止女性束胸"的焦虑;《革命咖啡店》对叶灵风等假冒"革命文学家"进行了揭露;《流氓的变迁》揭示了上海租界中流氓的身份混杂与奴才本质;《扁》借助寓言来揭示"中国文艺界上可怕的现象,是在尽先输入名词,而并不绍介这名词的函义"[3];《"友邦惊诧"论》揭示了帝国主义的殖民本性与国民政府的卖国嘴脸等等。

整体上看,鲁迅后期杂文的思想艺术价值都有所下降。"鲁迅后期杂文因过于关注社会而受到一定的损害,它们偏重于审视较为狭窄的问题和领域,因而丧失了观察和分析问题的广度与深度。"[4]分析其中原因,主要有以下几个方面:第一,鲁迅前期杂文的创作地为北京,是新文化运动的前沿地带,鲁迅直接置身于这场运动之中,并以精神导师的姿态发言。

---

[1] 鲁迅.鲁迅全集(第4卷)[M].北京:人民文学出版社,2005:344.
[2] 鲁迅.鲁迅全集(第4卷)[M].北京:人民文学出版社,2005:531.
[3] 鲁迅.鲁迅全集(第4卷)[M].北京:人民文学出版社,2005:88.
[4] 李欧梵,罗成琰.生命与现实的全方位审视——鲁迅的杂文(下)[J].鲁迅研究动态,1989(9).

"当五四新文化运动大潮兴起,身处政治文化中心的北京,鲁迅成为五四新文学的开创者、奠基人,正是天时地利所致。"①所以,他的思想关注对象是"众数",希望借助自己的杂文唤起民众的现代意识,也即达到"启蒙"效果。而其杂文创作的材料多来源于自己的亲身体验(或身边朋友、学生的亲身体验),所以触动性极大。但后期杂文创作地为上海,租界化的城市已经告别了中国社会的实际语境,独立地迈向了西方世界。也就是说,上海在20世纪二三十年代除了是民族话语的焦点之外,还是民族革命战争与思想解放运动的后方,鲁迅的创作失去了直接触动社会话语焦点的事物,所以他只能针对报纸杂志上的零星信息进行批判,显得有些"小家子气"。第二,上海作为租界化的城市,西方现代意识在这里逐步成长起来,个人意识超越了群体意识成为主旋律,租界语境下的人们更多地关注自我的生存状态而不注重群体性的话语规范。所以鲁迅后期杂文创作与前期相比,关注个人的话语较多,而对群体性的社会命题有所忽略。第三,鲁迅北京时期杂文创作的主要语境是启蒙,而上海时期中国的社会语境虽然以救亡为主,但租界里几乎感受不到这一语境的强大号召力。因此,鲁迅后期杂文创作中与时代语境相隔较远,而更多地关注身边的杂事。杂文对于唤起民众个性独立的效果较差,而对于个体性的行为方式则多了一些理智的认识。

  总之,鲁迅上海时期的杂文创作与前期相比,在关注对象与行文风格上都有所变化,显得更为"海式"。但从整体来看,在异化中有坚守。鲁迅依旧坚持早年对"立人"这一主题的思考,在上海时期,通过特定的言说方式继续下去。"'立人'是被鲁迅不断强调的思想,"立人"是鲁迅思想的逻辑起点和价值的最终指向,由立人乃至立国强国,是其自身社会实践的根本目的,亦是其思维的核心路径。②

---

① 钱理群.鲁迅和北京、上海的故事(上篇)[J].鲁迅研究月刊,2006(5).
② 鲁春梅.时间·人和空间·人——鲁迅前后期杂文思维向度之比较[J].语文学刊(高教版),2005(1).

第三章

文学世界：异质化的审美追求与文学隐喻

第一节 启蒙语境下文学观念的转型
——"五四"小说的异质化审美追求

一、中间语境下"五四"小说的审美立场

晚清以降,现代机制通过三次"向西方学习"的思潮逐渐进入中国大陆,并以此作为参照系来反观中国传统思想文化领域的种种陋习。"五四"时期是中国社会的转型期,新旧思想在意识领域呈现出彻底决裂的趋向。从洋务运动开始,中国几代先进知识分子已经逐步将西方的现代化传递物引向了中国,但这并没有完全瓦解植根于民族意识深处的传统思维模式。新文化运动的思想改革者在某种观念上达成了共识,但实际上这只是一种对固有思想体系的破坏,中国的社会现实决定了他们不可能系统地建构西方式的现代社会模式,他们的理想仅仅停留在"乌托邦"式的想象狂欢中,无法在现实社会中找到适当的契合点。传统向现代的过渡并不仅仅是理念上的滑行,它必须在综合历史因素稳定合力的作用下方能实现。"五四"时期中国社会的思想体系处于一种中间语境之中,即历时结构上的二元对立与共时空间中的多元并存语境。

"没有晚清,何来五四?"[①]这一疑问既是对"五四"文学现代素质的发难,也说明了20世纪初中国社会思想的传承方向。"一部历史不可能是断裂,而是变化。"[②]"五四"思想变革延续了晚清以降"向西方学习"的变革传统,但这一时期的改革领袖们更多地关注如何悖逆传统文化,而对"怎样通往西方"这一命题的思考却显得不太成熟。"五四"思想文化变革,通过提供适合现代体制在中国发展的土壤,使中国最终走向现代化。为了达

---
① 王德威.想象中国的方法 历史·小说·叙事[M].北京:生活·读书·新知三联书店,1998:12.
② [法]米歇尔·福柯.知识考古学[M].谢强,马月,译.北京:生活·读书·新知三联书店,2003:14.

到这一目标,新文化运动的倡导者极端地否定了中国传统文化的精神内核与表现形式,甚至有意曲解古典文化的精神理念。从历史发展的整体过程来看,这些偏激的思想不无对传统文化弊病矫枉过正的嫌疑;但从20世纪初期中国社会的历史语境来看,这种对待传统文化的方式无疑是有利的。"五四"时期,中国社会的现代化语境实际上处于一种"中间"状态,这一历史因素决定了当时的思想改革必须采取二元对立的思维模式作为对传统与现代两种文化逻辑的立场表决。思想上的变革必然引起文学理念的转变,"五四"文学在新文化运动的思想变革大潮中显示出自身独特的进化路线。"五四文学进化过程的逻辑指向是非常明确的,那必然就是'向西走''西方化'。"[1]但作为新兴的文学形式,它无法完全胜任中国社会现代化进程的立言者这一角色。所以,"五四"文学在纵向二元对立的思维模式下,横向上却处于多元并存的混乱之中。

"五四"小说的异质化特征与20世纪初期中国社会的分裂现实密切相关。多种经济体式、政治势力及观念系统同时出现在中国大地上,使得思想文化领域中新/旧、东方/西方、传统/现代等二元对立模式迅速形成并马上瓦解。中国现代小说的生成明显受到这种二元体系的影响,新文学的倡导者自觉立足于这种二元关系,提出建设性的文学革命主张。"五四"文学作为文学革命的产物,在语言形态上放弃了对文言的忠诚而转向采用新式白话作为书写工具——这不仅仅是语言形态的简单转变,更是话语观念、思维方式、言说态度等多方面综合作用的结果。"五四"文学革命在小说文本形态中的显现方式直观地表现为用新式白话作为书写工具,这一转变意义甚大!"新小说与旧小说的区别,思想果然重要,形式也甚为重要。旧小说的不自由形式,一定装不下新思想;正同旧诗旧词旧曲的形式,装不下诗的新思想一样。"[2]

---

[1] 岳凯华.五四激进主义的缘起与中国新文学的发生[M].长沙:岳麓书社,2005:80.
[2] 周作人.日本近三十年小说之发达[M]//胡适.中国新文学大系·建设理论集.上海:上海文艺出版社,1935:292.

从语言形态角度来考察中间语境下"五四"小说的多元化特征,实际上也是对"五四"小说思想价值、艺术价值、历史价值的某种反观。"五四"小说在语言形态上呈现出多种语言类型杂糅的现象,这既反映出小说家创作理念、艺术风格上的不同见解,又深刻地体现了兼容并蓄的现代精神。语言形态的杂糅并不仅仅是文学作品对语言选择的宽松结果,更是诸多不同文化观念的话语在文学内部引致的一场又一场的冲突。[①]这种语言形态的异化,导致了小说文本在审美领域呈现出异质化的审美倾向。从某种意义上讲,它使得小说成为一种泛化的文体概念,导致小说文体边缘模糊,自律性减弱。

"五四"文学革命是在西方现代意识的影响下发生的。鲁迅先生认为,"五四"文学的发端主要得益于两方面的影响,"一方面是由于社会的要求的,一方面则是受了西洋文学的影响"[②]。新文学的倡导者大多留学海外,直接或间接地受到了西方文学的熏陶,这是促使"五四"小说向西方模式发展的有利条件。"五四"小说在语言形态上受此因素的影响,将许多直接源于西方的词语引入文本,客观上造成了"陌生化"的审美效果,并将西方现代体验通过语言本身直接传达给新文学的接受者,达到启蒙效果。然而,他们对西方文学的感知大多停留在一种体验式的接触层面。"五四"作家依照自身的感知情绪,把这种"西方体验"用各种形式写入文本,展开形式各异的对西方的想象与重塑,这也在一定程度上造成了小说审美逻辑的扭曲。总之,"五四"小说特定的历史语境决定了它必然地受制于这种二元之于多元的中间模式。虽然某些研究者极力批评"五四"时期这种二元对立的思维模式,但客观上讲,中国小说现代性话语的生成不得不依赖于这种审美立场。

中国现代小说缘起于中国社会现代化语境的生成。虽然受到西方现代性话语权力的压抑,但中国现代小说依旧在思维模式、艺术标准、审美

---

① 南帆.冲突的文学[M].上海:上海社会科学院出版社,1992:8.
② 鲁迅.鲁迅全集(第6卷)[M].北京:人民文学出版社,2005:21.

逻辑等诸多领域中艰难完成了从传统向现代的转型。小说观念的这一转变体现在小说创作上，既使"五四"小说具有某种现代素质，同时又呈现出异质化特征。

二、中间语境下"五四"小说的语言异化

与晚清文学相比，"五四"时期的文学作品中呈现出许多明显的现代性因素，这是西方现代机制侵入中国本土带来的现代意识觉醒的表现。新文化运动将"民主""科学"作为口号，周作人明确提出"人的文学"，这都是西方现代意识在思想文化领域的体现方式。也就是说，相对于晚清文学来讲，"五四"文学明显地处于被现代性唤醒的精神状态之下。这一转变在"五四"小说文本中存在着诸多表现形式，也直接地表现在语言形态上。

（一）西方语汇及"五四"小说的现代性素质

"五四"文学的思想内涵、情感体验和审美逻辑决定了其必须采用一种与古典文学截然不同的语言形式，而历史客观必然性与新文化运动的启蒙目的把新式白话推上了文学舞台，成为承载启蒙思想、书写社会人生的主流语言形式。然而，由于白话文作为新文学的语言形式在初始阶段固有的局限性，以及"五四"作家多元化的创作理念与对现代体验的不同表述，造成了"五四"小说文本中多种语言形式杂糅并存的现象。在这些形态各异、表达功能和话语外延各不相同的语言形式中，最突出的一种就是"西方语汇"，它与"五四"时期流行的"欧化语"有着一定的联系。"欧化语"指借用西方语言的表现模式重新组织的汉语形式，"就是直用西洋文的款式、文法、词法、句法、章法、词枝（Figure of speech）……一切修辞学上的方法，造成一种超于现在的国语"①。欧化语因其丰富的语言结构、独特的表现力，为"五四"文学提供了相对成熟的话语模式。"要说得精密，固有

---

① 傅斯年.怎样做白话文[M]//胡适.中国新文学大系·建设理论集.上海：上海文艺出版社，1935：223.

的白话不够用,便只得采些外国的句法。比较的难懂,不像茶淘饭似的可以一口吞下去是真的,但补这缺点的是精密。"①由此可见,欧化语的使用弥补了新式白话的某些致命缺陷,但完全使用欧化语(包括意译词)来书写西方体验,无形之中影响了中国读者对西方文学的准确认知。

"西方语汇"特指直接出现在"五四"小说文本中的异国语言形式(包括音译词)及其携带的西方文学因素。它以异族语言形态出现在"五四"小说文本中,不可避免地为中国现代文学带来了西方现代性经验。毋庸讳言,特定民族的语言形态在一定意义上决定了其民众的思维方式,即创作主体的西方体验必须被还原为中国化的语言情境,方能实现意义的传递。所以,在小说文本中直接引用西方语汇对于中国受众来说,既是一种审美挑战,又是一种对中国固有思维桎梏的深度清洗。

"五四"小说中存在着大量直接引入文本的西方语汇,这些异样的语言形式给新文学的受众造成了一定意义上的审美阻拒。我们仔细分析这些倍受"五四"小说家青睐的西方语汇可以发现,除少部分用作特殊的意义表达外,绝大多数外来词都仅仅是一种异国语言的同义转换。也就是说,被引入文本的西方语汇至少可以分为两种不同的类型,一种是简单意义的陌生化呈现,另一种则是语言内涵的特殊表达。

第一,作为简单意义陌生化呈现方式的西方语汇。这类西方语汇在"五四"小说文本中的呈现方式比较单一,多为普通汉语的外文同义语汇。我们不难发现,这种西方语言形式不是单纯地作为表意符号进入"五四"小说文本的,因为从词语意义上比较,它们与汉语词汇并无表意的差别,只是汉语的外文同义转换;但从语言背后的社会逻辑角度分析,这类西方语汇明显地具有一种话语优势,而这种优越感的获得跟语言本身并无太大的关联,它更多地代表语言使用者手中的强势权力。"五四"小说家意识到西方语汇背后的话语权力及这种语言形态对中国古典文学语言的解构力量,所以他们自觉地追求这种陌生化的语言形态,并以此作为自我身份

---

① 鲁迅.鲁迅全集(第5卷)[M].北京:人民文学出版社,2005:548.

的认证方式。然而,这些作为简单意义陌生化呈现的西方语汇,在小说文本中的意义也不完全相同。如下面这组句子中的西方语汇:

我问你Baby是叫什么?[①]

说不出来,还是我wife的一付金镯子,前天晚上当了出去的。[②]

这组句子中的西方语汇,在文学意义上并没有广阔的外延。尤其值得注意的是,第一句中的西方语汇"wife"在"五四"时期的白话文中完全能够找到相应的汉语词来表达同样的意义,它可以翻译为"夫人""爱人"等新式白话;"Baby"也可以用"孩子""小孩"等意思相同的汉语词来代替而不致造成意义的缺失。这说明其存在方式是超乎词语意义本身的,它是作者自身追求西方话语权力的意愿表现,甚至从某种角度来看,还有刻意卖弄的嫌疑。这种对西方同义语汇的简单复制,既是"五四"作家自我身份的某种隐喻,又成为缺乏文体自律和现代文学观念不成熟的表现之一。我们再看下面一组句子中的西方语汇:

你再雇一位别的Model,好好的画去才是。[③]

他噙着Orange水的细管,cello的旋律在耳鼓里反响,美丽的Cadenza流过去,她的轮画映在眼底,他的回想跳在心脏上。[④]

与第一组不同的是,这组句子中的"Model""Orange""cello"等词所指的对象本身就是西方的。也就是说,这类词语的能指在中国古典文学中很难找到同义的表述词,"五四"作家面临这类西方概念时,他们无法从古典文学中吸取经验,而晚清文学中翻译标准的不统一,使得这类西方概念的中文表述更加繁杂。基于这种情况,"五四"作家直接将这类西方语汇

[①] 陶晶孙.音乐会小曲[M]//郑伯奇编.中国新文学大系·小说三集.上海:上海文艺出版社,1981:251.
[②] 王统照.车中[M]//茅盾编.中国新文学大系·小说一集.上海:上海文艺出版社,1981:169.
[③] 滕固.壁画[M]//郑伯奇编.中国新文学大系·小说三集.上海:上海文艺出版社,1981:299.
[④] 陶晶孙.音乐会小曲[M]//郑伯奇编.中国新文学大系·小说三集.上海:上海文艺出版社,1981:250.

引进小说文本,用西方的所指形式来表达西方的能指本体也就不难理解了。我们虽然承认翻译词没有渊源词表意准确,但从文学内部完整性这一角度来看,这些作为渊源词的西方语汇却几乎是游离于小说本身的,它们仅仅以异样的语言形式传递着简单的信息。也就是说,作为简单意义陌生化呈现形式的外来语汇不具备其存在的特性,它们的存在更多地借助于创作者的主观意愿。新文化运动的倡导者和"五四"文学的创作者大多是曾经留学海外的知识分子,他们的意识里大多储藏着三种形态的文学语言:即代表古典文学精神的文言文、代表新文学精神的白话文、代表西方现代理念的西方语言。从这三种语言形态所代表的精神内涵来看,"五四"文学家必然会选择西方语言作为对文言的悖逆与对新式白话的补充。虽然部分"五四"文学家也使用文言作为白话文学的补充,但在某些作家的主观意识中,他们本能地反抗这种僵死的语言形式。"我们不可忘记文言是借来的,能少用便少用,能不用更好。"[1]所以,"五四"小说文本中出现较多新式白话与西方语汇混杂成句的现象,而文言则被创作主体有意识地隔离开了。那么,这种西方语汇直接进入"五四"小说是否给接受者带来了一定的阅读障碍呢?事实上,从接受美学角度来分析这一语言现象,它无疑对受众的接受心理产生了影响,从而在读者的审美视界中形成了陌生化的意义群,产生阻拒。但令人欣慰的是,新文学的受众大多是接受了新式教育的年轻知识分子,他们中的大部分人自身具有消融这种阻拒的接受能力,从而使得陌生化本身变成一种审美对象,也便于西方想象的深化发展。

第二,作为语言内涵特殊表达的西方语汇。以这一意义出现的西方语汇在"五四"小说文本中为数不少。在此,有必要对其做更精确的意义限定。它特指某些为了抒发创作主体与西方体验有关的情感和思想而直接引入文本的外来语汇,以及在当时的历史场景中因白话的表现力度不

---

[1] 俞平伯.社会上对于新诗的各种心理观[M]//胡适.中国新文学大系·建设理论集.上海:上海文艺出版社,1935:359.

够而直接引入文本的西方专属词。这类外来语汇是作为文化资本进入"五四"小说文本的,它们不完全以语言自身的意义作为价值内核,而是借助语言符号传递西方文学理念与现代信息的。所以,这类西方语汇的表现形式远比作为简单意义陌生化呈现方式的外来语汇更为复杂,文学功用也远大于前者。我们取《中国新文学大系·小说集》中的几段文字作为个案进行分析:

> 头一次卖出的便是 Oxford 版的 Shakespeare 悲剧全集,继着又是皮装金边的 Milton 诗歌,随后我心爱的 Byron, Shelley, Keats, Wilde, Beardsley, Baudelaire 都一一与我相离。①
>
> 有时在山中遇着一个农夫,他便把自己当作了 Zaratustra,把 Zaratustra 所说的话,也在心里对那农夫讲了。②

很明显,这一组句子中的西方语汇都是专属类的,如人名、地名、著作名等,它们出现在"五四"小说文本中的数量相对较大,而且出现的语言环境也表现出相似的特征。这类西方语汇一般用于传递创作主体某种全新的西方感知,例如表现西方著名人物对创作者思想观念的影响、西方文学著作带给创作者心灵的震撼力等。这类西方语汇出现在"五四"小说文本中,本质上是西方现代性的话语逻辑与思维模式对中国社会现实的渗透;但这种渗透是中国启蒙者主动追求的结果,实际上体现了文学主体的西方认同与启蒙意图。作者在文本中引入 Shakespeare, Milton, Byron, Shelley, Keats, Beardsley, Zaratustra 等西方著名的文学家、艺术家以及哲学家及其著作,其目的本身就是向中国民众介绍西方现代理念,同时这些带有西方现代气息的语言也成为创作主体西方认知的表现形式。这类西方专有名词蕴含着丰富的话语外延,"不能简单地把它们看成一种不成熟的语言写作形态,而应该重视其重要的符号表意功能和叙事功能,它背后是一系列

---

① 叶灵凤.女娲氏之余孽[M]//郑伯奇编.中国新文学大系·小说三集.上海:上海文艺出版社,1981:409.
② 郁达夫.沉沦[M]//郑伯奇编.中国新文学大系·小说三集.上海:上海文艺出版社,1981:43.

关于'现代'的教育权力和符号资本的运作。新的知识青年在文化等级上的优越感来自于现代教育体系和出版体系,以及该体系所焕发出来的对于'现代'的无穷想象"①。正因如此,这类西方语汇本能地具有了文化资本,它们既是作家现代素质的体现方式,也成为西方文化价值的语言承载。如郭沫若《歧路》中的这段抒情语句:

> 啊啊,我还有甚么颜面自欺欺人,忝居在这人世间呢?丑哟!丑哟!庸人的奇丑,庸人的悲哀哟!……他想起John Davidson的一首诗来。诗中叙述一位贫苦的音乐家,因为饥寒的缘故,把他最爱的妻孥都死掉了。他抱着皮包骨头的他妻子的残骸,悲痛地号哭道:
>
> We drop into oblivion,
>
> And nourish some suburbansod.
>
> My work, this woman, this my son,
>
> Are now no more : there is no God.②

这段中的西方语汇超越了语言意义系统,具有鲜明的文学意义。它们已经超越了词语的范畴而成为完整的文学语言。因此,我们也不能将这类西方语汇拆解为单个的词语来考察语言背后的社会蕴涵,它必须被还原为文学文本来解读。作者在小说文本中直接引入John Davidson的诗歌,巧妙地利用了西方语言形态组织起一个小说情景:既将西方贫苦音乐家失去最爱的妻孥后悲痛欲绝的情形变相呈现出来,又恰如其分地将作者自身的情感体验抒发得淋漓尽致。这段源于西方的语言形态及其文学意义将西方体验与中国社会现实联结起来,既能直接表现作者个人的主观情感,又成为中国语境下生命个体生存状态的西方验证。也就是说,西方语汇和新式白话作为文学话语同时出现在"五四"小说文本中,形成了表意的互文,西方体验与中国社会现实在表述中互为印证。这类西方语

---

① 郑坚."五四"时代的校园叙事及其现代想象[J].中国文学研究,2006(4).
② 郭沫若.歧路[M]//郑伯奇编.中国新文学大系·小说三集.上海:上海文艺出版社,1981:34.

汇对"五四"小说文本的影响是嵌入式的,它不像作为简单意义呈现的外来词那样游离于文学文本之外,而是真正进入了小说内部,成为"五四"小说文本内部结构之一。这类西方语汇更多地承担了抒情任务,它们不是西方现代素质的直接体现,而是现代机制下的情感抒发,其感染力更大。

  西方语汇在"五四"小说文本中的两种不同呈现形式在小说的审美空间领域产生了特有的阻拒效果。它既是西方现代体验与中国社会语境的结合,也成为创作主体宣泄现代情结的一种特定模式。然而,新文学自觉地把小说定位为启蒙大众的思想武器,这在某种意义上导致"五四"小说的审美群体、审美方式以及审美期待都发生了位移。西方语汇进入"五四"小说后成为一种异化的文学语言,这在一定程度上弱化了小说语言的艺术性,形成了"五四"时期历史中间语境中特殊的审美追求。具体来讲,这种异质化的文体形态必然会造成小说文本的兼性特征与陌生化的审美效果。"五四"小说中大量存在的西方语汇,在一定程度上阻碍了接受者的审美感知。虽然这种外来的语言形式是指向西方的,但作为文本的内部要素出现在"五四"小说中,就不可避免地破坏了小说的审美完整性。总之,西方语汇进入"五四"小说文本事实上影响了小说的艺术品格,"结果思想上虽或可说是成功,艺术上实无可取"[①]。

(二)西方语汇及诗文传统的现代性变体

  西方文学观念在声音和意义两个层面对"五四"小说产生了巨大影响,它使得新文学一改古典小说以叙事为主的小说模式,而更多地利用小说表现社会人生,抒发个体情感。这一转变首先从语言层面切入,"五四"小说文本中存在着文言文、欧化语和民间口语等多个语言系统,其中最主要的语言系统是欧化语,但也掺杂着许多其他系统的语言形态,其中最引人注目的就是西方语汇。

  西方语汇作为文学语言是以拼音文字的形式出现的,从本质上讲它

---

① 沈雁冰.自然主义与中国现代小说[M]//严家炎编.二十世纪中国小说理论资料(第二卷).北京:北京大学出版社,1997:233.

是声音层面的语言系统。西方文学的语言传统是以口语作为其书写工具的，"它的目的是要把词中一连串连续的声音模写出来"[①]。也就是说，西方语言在能指和所指的逻辑上，不仅仅是词与物的关系，它还表现出一种兼性特征。同样，针对作为表意文字的汉语系统，索绪尔认为"表意字和口说的词都是观念符号""文字就是第二语言"。[②]由此可知，汉字作为表意文字成为书面语言的显著特征就是意义大于声音，而且"言文分离"的中国传统文学早已将书面语的地位凌驾于口语之上。虽然中国古典小说"口头相传"的传播途径在一定程度上弱化了书面语的表现力，但现代出版机制的建立又使得"五四"小说从根本上打破了古典小说"说与听"的接受关系，逐步将小说的传播方式收归到书面范畴。从表面上看，新文化运动倡导的新式白话在语言形态上与当时中国社会流行的口语比较接近，但观其本质，它们并不属于同一语言系统。虽然绝大多数"五四"作家在二元对立的体系之中选择了白话，但他们并不乐意完全采用这种俚俗的语言作为现代文学的表意工具。"我们使用的白话，仍然是浑身赤条条的，没有美术的培养，所以觉着非常干枯，少得余味，不适用于文学。"[③]我们仔细分析"五四"时期的社会语境，不难发现白话成为现代文学的语言形式是基于这样一种思维模式的：白话作为文言的对立面出现，它被先验地赋予一种全新的社会涵义，它象征着新兴的文学观念对古典文学传统的背离；而文言则被视为古典文学的语言外壳，其下掩藏着落后腐朽的文化内涵。新文化运动的先驱者大力批判古典文学的社会价值时，首先就明确地否定了以文言作为新兴小说语言形态的可能性。但这是否意味着作为文言对立面的新式白话就是真正的民间语言，甚至是口头语言呢？显然不是，某些"五四"作家不仅一开始就完全不欣赏这种"赤条条"的语言，甚至觉得将其引入小说文本必然会造成作家自我文化地位的贬值。总之，

---

① 索绪尔.普通语言学教程[M].高名凯，译.北京：商务印书馆，1980：51.
② 索绪尔.普通语言学教程[M].高名凯，译.北京：商务印书馆，1980：51.
③ 傅斯年.怎样做白话文[M]//胡适.中国新文学大系·建设理论集[.上海：上海文艺出版社，1935：223-224.

"五四"小说中的白话文从外在形态上看,它似乎属于口语系统;而从其背后的价值认同来看,它必然是书面化的,它是启蒙者主动向民间靠拢却又不愿失去身份象征的中间符号。

从"五四"小说的整体面貌上看,我们不难发现,欧化的白话文才是最主要的语言形态。这也引发了几个问题:第一,欧化语作为中国现代文学的主体语言形态,它还能与口语系统保持内在的一致吗?第二,欧化语实质上是对西方文学语言、句式、修辞等方面的借鉴,它进入"五四"文学内部后会对民间口语的书面化产生什么样的影响?第三,欧化语是否同西方文学的语言形态含有相同的表意追求?

可以说,欧化语在中国新文学的语言系统中作为一股暗流,潜移默化地引导了"五四"小说脱离中国民间口语系统而走上书面化和西方化道路。它进入"五四"小说文本中意味着中国现代文学的语言生态发生了变化。它不但使得新式白话更加书面化,而且逐步形成了一种新的语言感知和审美认同。然而,欧化语又是偏离了西方文学语言系统而产生的中国式变体。由于汉字作为表意文字与西方语言作为表音文字的区别,欧化语被视为西方体验和西方想象在"五四"文学中的存在物,它与西方文学的语言形态有一定的区别。但从现代性角度来看,欧化语作为西方语言形态的变体进入"五四"小说文本,必然对中国现代文学的语言建构形成了霸权。在某种意义上,它成为西方现代精神的象征,是"五四"小说家主动放弃传统文学精神向西方现代理念靠近的直接体现。但"五四"小说中大量存在的"西方语汇"又不同于纯粹的欧化语,在现代性话语对中国小说侵入的层面上,它更加直观地反映出这种类似文化殖民的强弱关系。这种"陌生"的语言形态出现在"五四"小说中,在文学内部产生了巨大的影响。它不仅仅是一种不成熟的语言形式,更是一种隐喻和象征。这一象征空间及西方现代性话语权力,使得西方语汇成为一种多重意义的复合体。

第一,抽象的抒情。虽然中国古典小说的叙事方式依然存在于"五四"文学文本之中,但其叙事传统在一定程度上被抒情目标所压抑,成为一种异化的文学本体。陈平原指出,中国古典文学的两个传统——"史传"传统与"诗骚"传统,在晚清小说理念中发生了明显的错位,即"史传"传统受到"诗骚"传统的压制。王德威也论及这一问题,并清晰地勾勒出晚清到"五四"的演进过程,得出"没有晚清,何来五四?"的结论。西方现代机制对"五四"文学观最大的影响也在于它使得新文学主动地背离了中国传统小说的终极指向,中国现代小说走向了与传统小说边缘化状况截然相反的一条道路。它不再是"道听途说,街谈巷议"的消遣品,而成为承载社会人生意义的一种工具。"小说不再是史传的附庸,也不再是'载道'的工具或消遣的'闲书',它与人生有关,自身却又具有独立的品格和价值——这就是五四文学革命带来的小说观念上的根本变化。"[①]小说社会功能的转变,必然引起叙述模式随之改变。"五四"小说与此前的所有小说文本在叙事模式上最大的不同,就在于它将"叙事"传统转向了"抒情"目标。中国古典小说最大的功能是叙事,也即其"史传"传统。创作主体在这种小说叙事中不得带有任何主观体验,只能用言语来构筑情节而不能抒发自我情感,即便有一些抒情性质的言语,也多以相对固定的诗文形式介入文本,如"赞曰""有诗为证"等词语引出的几首旧体诗词。"五四"小说与古典小说在传播机制上的差别,必然引起小说抒情形式的不同——古典小说以口头传承为主,所以古典小说家不得不将受众作为重要的外部因素反映在小说创作中,因此常出现"列位""看官"等表征受众的语言概念;而现代出版制度的兴起使得"五四"小说的传播途径发生转变,它不再受制于口头形式的向"听者"讲述故事,而使小说文本直接与受众对话,叙述在一定话语范畴内变成了表现。"五四"作家只需将自身体验书写出来便完成了小说创作。"我们底知识原来告诉我们:小说重在描出'情状',不重叙些

[①] 严家炎.二十世纪中国小说理论资料序[M]//严家炎编.二十世纪中国小说理论资料(第二卷).北京:北京大学出版社,1997:6.

'情节';重在'情状真切',不重'情节离奇'。"①所以,"五四"作家更多地在作品中表现自己的情感体验,也就是主动用小说这一形式承担起"诗文"的责任。当然,抒情目标的实现不得不依赖于小说语言。而西方语汇作为"五四"小说的抒情方式之一,由于语言形态本身的异化而成为一种抒情特例,即创作主体的情感使用异国的语言形态来表现。这也使得触发抒情活动的本体与作者的抒情方式成为两套话语系统,并且与小说文本产生一定的审美距离,所以西方语汇成为"五四"小说中一种抽象的抒情语言。西方语汇在语言形态上的异化,以及口语系统进入书面系统带来表意上的断层,使得这种抒情更加抽象,意义隐匿在语言背后,而语言本身又是陌生化的。"五四"作家看到种种触发情感波动的中国社会现实时,发出的感叹却是西方化的! 如 "Ava Maria! Ava Maria! "②,"Oh, you serene gossamer! you beautiful gossamer! "③,"I love you only,my heart is true!"④等直接出自西方的抒情语句,它们在意义上成为"五四"文学的抒情语言并不可疑,但值得怀疑的是,这种抽象的抒情形式能否完全被读者接受。虽然,"五四"文学的受众多为接受过新式教育的青年知识分子,但不同的知识构成和教育背景也难免造成作者与接受者之间的理解偏差。所以从某种意义上推断,以西方语言作为"五四"小说抒情方式,致使小说的艺术价值变得抽象起来,甚至成为西方现代性的一种文学符号。而且,在这类西方抒情语汇中,还有少数更为特殊的例证,如《失踪》一文中出现的一段:

> The modest , retiring, virtuous, young lady:
> For our prince a good mate she.
> He sought her and found her not

---

① 陈望道."情节离奇"[M]//严家炎编.二十世纪中国小说理论资料(第二卷).北京:北京大学出版社,1997:316.
② 郭沫若.歧路[M]//郑伯奇编.中国新文学大系•小说三集.上海:上海文艺出版社,1981:33.
③ 郁达夫.沉沦[M]//郑伯奇编.中国新文学大系•小说三集.上海:上海文艺出版社,1981:39.
④ 张资平.她怅望着祖国的天野[M]//郑伯奇编.中国新文学大系•小说三集.上海:上海文艺出版社,1981:132-133.

And waking and sleeping he thought about her.

Long he thought ; oh! Long and anxiously;

On his side, on his back, he turned, and back again.[①]

这种西方语言形态作为抒情话语出现在"五四"小说文本中,具有其特殊的涵义!因为从语言意义上讲,它不但不能构成西方现代性象征,相反回归到了传统文学领域。它出自苏曼殊的《汉英三昧集》,我们由此可以考证这段西文的所指并不源于西方,而来自中国传统文学的经典——《诗经》。苏曼殊将《诗经》中"窈窕淑女,君子好逑。……求之不得,寤寐思服。悠哉悠哉!辗转反侧!"等诗句译为上面那段西文,目的在于向西方传播中国古典文学的精华,而"五四"作家却将其直接引入小说文本传达给中国的读者。《失踪》采用第三人称叙事,作者通过"他"这一叙述主体,表达主人公对女教师刘渡航的爱慕之情,刘渡航作为特立独行的新女性吸引了主人公的视线,而"他"自身又具有一定的西方素质,主人公虽然本能地使用"窈窕淑女,君子好逑"来抒发自己对刘渡航的特殊感情,但"他"却在纸上,"札札"地"反来覆去的打,仅lady这个字,一连气就打了十来个"[②]。这本身就是西方现代因素与中国传统文化精神在"五四"小说中的一种对话方式。我们分析这种对话方式便可发现,创作主体在寻求抒情源地时,首先发现的是《诗经》中的诗句,但他放弃了直接使用传统文学的经典而转向寻找西方替代品,最终将"洋诗经"作为自己的抒情语言引入小说文本,使得原本酣畅淋漓的抒情话语变得晦涩抽象起来。这就值得我们进一步思考——究竟是与传统文学的背离使得"五四"作家连使用中国古典诗文来抒发情感都有所顾虑,还是西方语言形态背后的文化地位使得他们主动追求这些饱含权力的话语形态。笔者认为,显然是后者的作用大于前者。但这种对西方现代性因素的趋附心理也给"五四"小说带来了艺术上的巨大局限,抒情变得抽象起来。在某种意义上,

---

① 顾随.失踪[M]//鲁迅编.中国新文学大系·小说二集.上海:上海文艺出版社,1981:102-103.
② 顾随.失踪[M]//鲁迅编.中国新文学大系·小说二集.上海:上海文艺出版社,1981:102-103.

抒情也成为现代话语的牺牲品,这种抽象的抒情实际上无法将作者的主观情感准确地传递给读者。

此外,这些源于西方的抒情语汇表意空间相对狭小,因为它只能是西方语境下的意义表达,而且其语言形式本身所带来的文化感念就是指向西方的。虽然不同民族间相似的文化因素使得这种外来的抒情方式可以在一定程度上被大众接受,但本质上它是一种抽象的抒情方式,是西方现代语境下产生的情感体验。借用西方语汇来达到抒情目的,这促使"五四"小说中充满了现代色彩,这些源自西方的语言形态代表了西方的文学传统和民族精神,将其引入"五四"小说文本中不能排除有意传播西方现代信仰的启蒙目的。总之,"五四"小说文本中出现大量的西方语汇具有特定的抒情功能。它在表现创作主体西方体验、西方想象等方面起到了积极的作用,它与"五四"小说的启蒙目的及抒情目标相符合,产生了一种"陌生化"的抒情效果。从某种意义上讲,可以理解为这是诗文传统在"五四"小说文本中的变体,是"诗骚"的抒情传统与西方现代话语相互影响而生成的抒情观。

第二,西方隐喻与现代性象征。西方语汇被大量引入"五四"小说文本中不仅仅是语言形态的杂糅,更是一种西方隐喻和现代性象征。西方语汇被引入"五四"小说中,实际上是中国现代文学西化的表征。话语具有深刻的内涵,它可以通过表层的形式来展现深层的意义指向,西方语汇必然地与其话语背后的种种社会因素结合在一起,成为一种社会意义的象征。"五四"小说叙事模式的转变,使得这种西方现代性象征有了存在的可能。"五四"小说家大多选择第一人称作为叙事视角。这种叙事视角极容易引起主观的聚焦,小说的情节与作家自身的主观体验相关,这就为抒情目标的实现提供了便利。"五四"作家主要从便于抒情的角度选择第一人称叙事。"在这一点上,'五四'小说本质上更接近传统诗文而不是传统小说。"[1]但第一人称叙事作品在"五四"文学作品中极大地模糊了小说的

---

[1] 陈平原.中国小说叙事模式的转变[M].北京:北京大学出版社,2003:96.

文本界限,"有时,这一方法的结果是使得叙述者比其他人物更少鲜明性和'真实性'"①。许多小说作品被评论家视为散文,这也说明"五四"作家对第一人称叙事视角没有清晰的认识,小说技巧掌握不足,且缺乏一定的文体自律。"五四"作家泛滥地使用第一人称叙事来满足其抒情目标,作者可以随意介入小说文本,直接地表现主观情感而不会导致与情节产生突兀。所以,这种叙事人称对小说语言形态的选择方便了西方语汇进入文本,并成为某种话语隐喻。它暗示作者对西方现代性的主观态度,同时也成为一种自我身份的确认模式。被引入"五四"小说文本中的西方语汇,有相当一部分属于简单意义的陌生化呈现,它们完全可以用同义的汉语语汇直接替换,而不产生表意的偏离或黯淡。但"五四"作家在使用这部分西方语汇时,并不侧重其意义的表达,更多地使其成为一种承载某种文化指向的社会符号。在一定意义上,语言符号本身并不值得注意,而必须引起注意的是人们对语言背后那一套来自社会生态及文化观念的自我体认。由此可见,西方语汇和新式白话杂糅并存并不仅仅是"五四"作家缺乏文体自律的不成熟表现,更是西方现代性权力的象征。它们的出现避免了"五四"小说对西方现代性因素的直观涉入,仅凭借西方的语言形态就可以达到这一目的。此外,西方语汇进入小说文本实际上是"五四"作家西方体验的话语表达和启蒙者身份的隐喻。如:"他曾戏呼她做Child wife。"(张资平:《小兄妹》)②,"我是成了Criminal(法律上的罪人)?"(林如稷:《将过去》)③,"我全身心好像要化为光明流去,啊,Open Secret哟!"(成仿吾:《一个流浪人的新年》)④等句中的西方语汇都可以在新式白话中寻找到对应的汉语词汇来替代,从语意上看不会造成任何表意的缺失。但

---

① [美]韦勒克,沃伦.文学理论[M].刘象愚,等译.南京:江苏教育出版社,2005:261.
② 张资平.小兄妹[M]//郑伯奇编.中国新文学大系·小说三集.上海:上海文艺出版社,1981:182.
③ 林如稷.将过去[M]//鲁迅编.中国新文学大系·小说二集.上海:上海文艺出版社,1981:101.
④ 成仿吾.一个流浪人的新年[M]//郑伯奇编.中国新文学大系·小说三集.上海:上海文艺出版社,1981:226.

用语言背后的社会生态逻辑来解读,它们可以成为作家主体面对西方语境时的自我暗示与身份象征,已经超越了意义层面而带有更多的社会性。而许多直接出现在"五四"小说中的西方专有名词,如:"怎么样提到小说时她突然间记起了 George Eliot。"(张定璜:《路上》)①,"他将一本 Park and Burgess 合作的'Introduction to the Science of Sociology'掀开一半,时时指画着在讲说。"(王统照:《车中》)②,"当看护妇禁止我写字时,我便联想起 The Lady with the Camellias 来了。"(张资平:《伯约之泪》)③等句中的西方语汇,它们的表意源就在西方,而且这些语汇本身就象征了西方文学精神。"五四"作家使用这些专属于西方的语汇,更显示出他们对西方现代精神的趋向,从而完成了自我身份的隐喻。"作品中这些来自西方的书名、人名、概念、意象在叙事中承担了特定的功能,它们显示叙述者及其笔下人物从学院获得的一种新的文化资本和文学资源……并派生出一种现代的情绪和观念。"④除此之外,西方语汇在"五四"小说文本中还作为一种特定的话语象征,具有无法取代的文学意义,成为西方现代话语系统对中国传统文化的解构手段之一。陈翔鹤《西风吹到了枕边》中有如下一段文字:

> 我听着,望着她,心里觉得有些奇怪而且苍茫,我不知道如何的答复。我转眼过去考察考察她所整理过的书籍——这些平时对于我都是极其熟谙的——只见她将书皮颜色一律的放在了一起,并不去分辨书的内容和性质。最可笑的便是她将 Saintsbury 的英国文学史同 Korolenko 的小说集并列了,因为它们都是蓝色;将 France 的 On Life and Letters 同 Hardy 的 Jude the Obscure 合在一块儿,因为都是红色的。我望着她,更望着这不同类的,杂乱着的书籍,心里觉得又是可恼,又是好笑。她却仍是用

---

① 张定璜.路上[M]//郑伯奇编.中国新文学大系·小说三集.上海:上海文艺出版社,1981:319.
② 王统照.车中[M]//茅盾编.中国新文学大系·小说一集.上海:上海文艺出版社,1981:172.
③ 张资平.伯约之泪[M]//郑伯奇编.中国新文学大系·小说三集.上海:上海文艺出版社,1981:20.
④ 郑坚."五四"时代的校园叙事及其现代想象[J].中国文学研究,2006(4).

着她的 Innocent 的眼睛来望着我,仿佛想要从我这里得着回答。于是我也用眼睛去回报她,心里是不停的悸动着,疼痛而且悲伤。①

这段文字中的西方语汇真正成为一种象征符号,它与小说情节共同组织成一套完整的西方话语象征系统。作品中的"我"接受了现代教育,阅读的书籍大多是西方的——"Saintsbury 的英国文学史""Korolenko 的小说集""France 的 On Life and Letters""Hardy 的 Jude the Obscure"。这些都是主人公自我西方认同的表现。也就是说,虽然"我"作为中国的青年在现实中不得不受制于庞大的封建家族观念的束缚,与一名素不相识的女子结婚,但"我"却拥有一套与中国封建观念截然相反的思想体系。这种体系是源自西方的,它通过现代教育机制影响到"我",使得"我"随时随处都在使用这套思想体系作为价值评判的标准。这就难免要与中国传统思想体系发生冲突,而作品中那个作为"我"妻子的女人实际上是中国传统文化的象征。用中国传统的审美标准来看,她无疑是完美的。但问题在于,"我"使用的审美标准是西方化的,这便使得她具有另外一种形象:"她身材瘦削,面容十分苍白,不大美丽,而且还可以说一见面便不大能遭人爱。"②这既是"我"眼中的中国传统女性形象,也是西方视野中的中国形象。所以,"我"与"妻子"的对话实际上成为东西两种文化间的矛盾隐喻。而出现在小说中的西方作家与书籍,也就成为西方现代观念的象征物,既是作家自我身份的隐喻,也成为西方现代因素对中国传统文化解构的话语象征。

总之,话语并不仅仅是表意的所指,它在不同民族语言系统的文化矛盾中成为一种权力场,占有了某种话语实际上就具备了某种权力。"五四"小说中大量出现的西方语汇,既是西方现代机制对中国落后社会制度的

---

① 陈翔鹤.西风吹到了枕边[M]//鲁迅编.中国新文学大系·小说二集.上海:上海文艺出版社,1981:147.
② 成仿吾.一个流浪人的新年[M]//郑伯奇编.中国新文学大系·小说三集.上海:上海文艺出版社,1981:226.

一种侵入方式,以及西方文学精神对中国本土文学的语言霸权,又是"五四"作家主动争取西方话语权与文化资本的自觉追求。但值得注意的是,中间语境下这种冲突非但不可避免而且具有深刻的意义。当然,这种多元混杂的语言形式也不可避免地给"五四"小说的艺术品位造成了一定的影响。从某种意义上讲,它是东西文化系统在本质上难以相互融合而造成的矛盾复合体。

三、中间语境与"五四"小说未完成的现代性

"五四"文学作为滥觞期的现代文学,呈现出了种种过渡时期的特殊情状,而将其放到整个现代文学的历史进程中,它又具有自身必须担当的社会责任和无法避免的历史局限。宋剑华先生指出,"20世纪的中国文学,是一种转型期的文学,同时也是一种不成熟的'现代文学'"[①]。郑敏在《世纪末的回顾》一文中也严肃地批判了"五四"时期单一的思维系统给中国现代文学(尤其是新诗)带来的严重影响:"我们一直沿着这样的一个思维方式推动历史:拥护——打倒的二元对抗逻辑。""这正是一种形而上学的对待矛盾的封闭式的思维,从心态上讲,是简单化理想主义的急躁。"[②]针对这一问题,刘纳提出了比较客观的论断:"90年代的一些学者指责'五四'白话文学倡导者'二元对抗'的思维方式与拒绝古典传统的偏激,却忽视了在新文学发难者的理论倡导与创作者的写作实践(包括发难者的写作实践)之间存在着不短的距离。"[③]我们今天重估"五四"文学,必须将其置于特定的历史背景中,"五四"时期的历史中间语境决定其必然会呈现出它事实上的面貌。从这一角度来看,"五四"文学的发展之路是值得肯定的,虽然启蒙救亡的社会责任将文学思维引向了简单的二元对立

[①] 宋剑华.论20世纪的中国文学运动[J].中国现代文学研究丛刊,2000(2).
[②] 郑敏.世纪末的回顾:汉语语言变革与中国新诗创作[M]//陈思和,杨扬编.90年代文学思潮批评文选.上海:汉语大词典出版社,2001:349,352.
[③] 刘纳.中国现代文学语言与传统[J].文艺研究,1999(1).

系统,但这是符合当时中国社会要求的思维模式的。确切地看,"五四"时期的中国现代文学处于纵向二元对立下的横向多元的中间语境中,过渡时期的印记明显地打在了《中国新文学大系·小说集》的每一部作品中。所以,我们今天面对"五四"文学的唯一坐标就是历史,只有触摸历史才能深层次地进入"五四"。

西方语汇在"五四"小说文本中大量出现,是历史中间语境下西方现代性话语对中国文学观念的侵入。"五四"文学自觉地学习西方文学的表现方式、情感韵味及审美特征等现代因素,这必然形成中国文学传统与西方现代精神在艺术思维领域的碰撞。而二元对立的中间语境约束着"五四"文学的审美立场选择了西方,这种主动的西化形成了西方现代性话语对中国文学观念的解构。也就是说,西方文学的现代性特质在"五四"时期已经解构了中国古典文学的现实意义,"五四"文人首先在语言形态上放弃了对文言重构新文学的期待,而选择了欧式白话作为文学的语言表现形式。这一转变不仅是语言体系的进步,在一定意义上也表现出文学的进化历程。"特别是在那些几种语言传统相互争据主导地位的时代与国家中,诗人对某种语言的使用、态度以及忠诚不仅对这一语言体系的发展是重要的,而且对理解他的艺术也是重要的。"[1] "五四"小说家自觉地置身于二元对立的思维模式之下,同时又无意识地处于多元并存的话语体系之中,而西方现代性话语对"五四"文学的影响,决定其在语言形态上必然与这种西方语汇达成某种逻辑上的共识。

西方语汇在"五四"小说文本中大量出现,是历史中间语境下创作主体西方体验的外在表现形式。"五四"文学纵向上力求避免受古典文学的影响,但横向上对西方文学的效仿又显得比较盲目。"五四"作家希望借助西方文学使新文学迅速走上现代之路,而他们大多留学海外,直接或间接地从西方文学中获得现代体验,这为"五四"文学与西方文学之间的接轨

---

[1] [美]韦勒克,沃伦.文学理论[M].刘象愚,等译.南京:江苏教育出版社,2005:196.

提供了一定的可能性。但这种西方体验是否必然地表现为西方语言形态则与创作主体的表现方式密切相关,作家主观体验的表达方式是无法从文本内部进行理性分析的。文学艺术是创作主体的主观意识活动,小说文本的每一种呈现形式都与作家的主观意愿不可分离。也就是说,作家主观体验的表达方式是无法从文本内部进行理性分析的。外来语汇大量出现在"五四"小说文本中虽然是普遍现象,但其中也存在着巨大的差别。《中国新文学大系(1917—1927)》的三集小说中,西方语汇被直接引入文本的数量与频率也相去甚远,这便足以说明不同的创作主体对这一语言形式的认知各不相同。这些差异不属于小说文本的内部问题,而是小说流派或创作主体自身审美追求的结果。通过比较,我们不难发现,即便同是"五四"作家,有着相似的知识背景和西方体验,他们的小说文本中使用西方语汇的状况也各不相同。如文学研究会和乡土作家的小说文本中,西方语汇出现的数量和频率相对比较少。因为这派作家坚持"自然主义"的创作理念,极力避免在作品中出现与中国社会现实状况不相符的文学因素,而王统照、敬隐渔、陈翔鹤、冯至、郑伯奇等人的作品中则存在为数不少的西方语汇。当然,主张小说侧重情感表现的那派作家,如创造社、女性作家群体大多坚持从西方语言中寻找自身情感的中国体验。所以他们的作品中与西方有关的因素较多,尤其集中在创造社的干将郭沫若、郁达夫、张资平、陶晶孙等人的作品中(详见附表)。由此可见,西方体验与西方语汇之间并没有必然的关系,相反,创作主体自身的文学理念成为西方语汇进入小说文本的直接原因。然而站在历史高度来看,"五四"作家对西方语言形态的主观追求也是在中间语境的夹缝下产生的。中国社会的现实与一些西方国家(如俄罗斯)更为接近,所以在语言逻辑上较多地受西方国家语言形态的影响。"相近的民族社会现实以及相近的对这种现实的认识和感情态度,导致了他们的文学作品必然出现相近的特征和运用相类似的艺术手段。"[1]

---

[1] 王富仁.鲁迅前期小说与俄罗斯文学[M].西安:陕西人民出版社,1983:178.

总之,"五四"小说所处的历史中间语境和创作主体的审美理念直接地影响到小说的语言呈现形式。西方语汇作为文本的内部因素大量出现在"五四"小说中,虽然造成了审美情感传达的间歇性中断,客观上使小说呈现出异质化的审美倾向,但从小说文本存在的历史语境来看,它是西方现代机制在本土文学中的一种表现形态。然而,从西方文体理论角度来看,它确实是小说文本缺乏自律的外在表现。随着"五四"作家对中国社会认识的不断深入以及对西方小说理念的谙熟,理论成果和创作实绩都日趋丰硕,"五四"小说在历史中间语境下探索着走向传统与现代、东方与西方的融合。

西方语汇在"五四"小说文本中大量出现,具有其积极的意义,它象征了西方文学系统对"五四"文学的现代性关照,又在相当程度上将中国现代文学引向了全球视野。同时,我们必须承认它是一种转型期的文学,是一种不成熟的文学。"五四"小说中体现出来的现代性象征并不是西方现代精神的本质,它只是流于表层的感性触摸。然而,从"五四"一代人的努力方向来看,他们所走的道路无疑是现代的,"五四"以后的中国文学进化过程正是中国社会的现代化进程,是"五四"文学未完成的现代性的历史延伸。"五四"小说所处的历史社会语境明显地体现出"中间"特质,在传统/现代、东方/西方、新/旧等二元对立体系中,它毫不犹豫地站在了西方现代的立场上,自觉地作为启蒙救亡的工具。但西方并不是一个单线概念,现代机制的两面性也使得"五四"小说在自律过程中出现异质倾向。从某种意义上讲,西方现代机制通过小说文本得以建立,这本身就超越了文学的艺术范畴而深入到社会文化领域。"五四"作家坚定的西方信念和感性的西方体验,均使小说文本在表现方式上产生了西化的位移,在语言形态上体现为西方语汇对中国文学语言的侵入。但总体来讲,这正是中间语境下东西方现代观念激烈碰撞的文学表现形式。它必然导致中国现代机制的最终形成,并将中国现代文学引向世界视野。

附表：

《中国新文学大系·小说集》外文词汇统计表
（1917—1927）

作家姓名	入选小说集	小说篇数	外文词数	作家姓名	入选小说集	小说篇数	外文词数
冰心	小说一集	5	0	陈翔鹤	小说二集	2	21
庐隐	小说一集	1	0	陈炜谟	小说二集	4	22
叶绍均	小说一集	5	2	冯文炳	小说二集	3	0
王统照	小说一集	4	21	沅君	小说二集	2	0
落华生	小说一集	2	0	蹇先艾	小说二集	2	0
孙俍工	小说一集	3	0	裴文中	小说二集	1	0
潘训	小说一集	3	0	李健吾	小说二集	1	0
利民	小说一集	1	0	许钦文	小说二集	3	0
朴园	小说一集	1	0	王鲁彦	小说二集	2	0
王思玷	小说一集	3	0	黎锦明	小说二集	3	16
朱自清	小说一集	2	0	川岛	小说二集	1	0
徐玉诺	小说一集	2	0	汪静之	小说二集	1	0
李渺世	小说一集	2	0	凌叔华	小说二集	1	0
张维祺	小说一集	1	0	小酩	小说二集	1	0
潘垂统	小说一集	1	0	青雨	小说二集	1	0
严既澄	小说一集	1	0	朋其	小说二集	2	0
许杰	小说一集	2	0	尚钺	小说二集	2	0
徐志摩	小说一集	2	0	向培良	小说二集	3	0
罗黑芷	小说一集	2	0	魏金枝	小说二集	1	0
彭家煌	小说一集	2	2	李霁野	小说二集	2	0
郑振铎	小说一集	2	0	台静农	小说二集	4	0

续表

《中国新文学大系·小说集》外文词汇统计表 (1917—1927)							
作家姓名	入选小说集	小说篇数	外文词数	作家姓名	入选小说集	小说篇数	外文词数
黎烈文	小说一集	2	0	郭沫若	小说三集	4	86
赵景深	小说一集	2	0	郁达夫	小说三集	5	188
敬隐渔	小说一集	1	56	张资平	小说三集	5	226
王任叔	小说一集	1	0	成仿吾	小说三集	2	2
夏丏尊	小说一集	2	0	陶晶孙	小说三集	2	62
许志行	小说一集	1	0	何畏	小说三集	1	0
李劼人	小说一集	1	0	方光焘	小说三集	2	5
燕志儁	小说一集	1	0	滕固	小说三集	2	11
鲁迅	小说二集	4	0	张定璜	小说三集	1	14
俞平伯	小说二集	1	0	周全平	小说三集	2	0
罗家伦	小说二集	1	0	倪贻德	小说三集	2	0
汪敬熙	小说二集	2	0	洪为法	小说三集	1	0
杨振声	小说二集	1	0	严良才	小说三集	1	0
胡山源	小说二集	1	0	叶灵凤	小说三集	1	19
赵景沄	小说二集	1	0	白采	小说三集	1	0
林如稷	小说二集	1	3	王以仁	小说三集	1	0
顾随	小说二集	1	47	楼建南	小说三集	1	0
冯至	小说二集	2	19	曹石清	小说三集	1	0
高世华	小说二集	1	0	郑伯奇	小说三集	2	20
莎子	小说二集	1	0	备注:本表统计的外文词汇不含音译词			

第二节 压抑场域下的无意识符码
——鲁迅小说中的"呓语"现象

一、呓语的存在语境及其生成机制

鲁迅小说中存在大量承载隐性话语意义的无意识形态,它们以呓语的方式参与人物塑造、环境描写、思想情感等诸多方面,在一定程度上使得小说文本呈现出别样的审美价值。"呓语"在概念上不同于纯粹的梦境,它是叙述者在某种潜性背景下的无意识表达,创作主体直接对无意识进行言语书写。这种语言常常表现出逻辑性缺乏、诗性意义大于理性意义的特征。然而仔细体会这种近于"迷乱"的语言内涵就会发现,这并不是一种毫无价值的表达指涉,更非真正脱离现实的"荒诞"想象,而是压抑状态中某种恒定的反抗性异质。"非理性的经验既盘踞在思维空间内,也盘踞在语言空间内。"[1]值得注意的是,除了呓语的内容之外,其表现形式也直接关涉我们对隐匿于它身后深层话语意义的解码与阐释。正因为呓语的非理性特征,它必然被理性的目光视为"非常态逻辑"。也就是说,在理性的逻辑规范中,呓语本身无法作为任何意义的表征,它先验性地被忽略了。那么,我们在面对鲁迅小说中这套特殊的话语系统时,便需从其特殊的意义层面进行阐释。然而尴尬的是,只要我们试图解释这类"呓语"现象,就必然会陷于一种焦虑之中:用理性的逻辑去梳理无意识的荒谬本身就极易脱离常态,而研究者的特殊审美关照又不得不将文本分析限于理性的范畴。否则,诗意地游荡于文本中去阐释呓语现象,本身就会成为呓语的创造者,这种解读就只能成为又一次的创作与编码,我们无法信任这种感性的直觉。

---

[1] 汪民安.福柯的界线[M].北京:中国社会科学出版社,2002:21.

但精神分析的科学性让我们不得不重新面对并认识此种"非理性"话语中的"理性"意义。弗洛伊德认为,"诗人常利用舌误及其他过失作为文艺表现的工具。这证明他以为过失或舌误是有意义的;因为他是有意这么做的"[1]。也就是说,从精神分析的角度来看,鲁迅小说中的吃语形态是有意义的。那么,意义何在? 在此,我们可以对比地参照《野草》中一系列吃语的意义阐释。

……抉心自食,欲知本味。创痛酷烈,本味何能知?……
……痛定之后,徐徐食之。然其心已陈旧,本味又何由知?……[2]

这段文字实际上是鲁迅在意识清醒的状态之下,发挥理性思维,通过对梦幻场景的细致描绘与话语表达的刻意非逻辑处理,编译而成的无意识符码。它借助吃语内容来参与意义的表达,"抉心自食,欲知本味"是鲁迅对于"心"的另一种审视,尤其是对自我内心的拷问。然而两种"食心"的方法都不同程度地背离了本味,这便形成一种张力! 这种张力正是鲁迅的生命体验与哲性思考。"这不正是向'绝不显哀乐之状,但蒙蒙如烟然'的活着的死亡去追问主体么? 但本体(也即是'本味')是不可知的,如果创痛酷烈的人生搏斗不是'本味',那'痛定之后'的人生已经陈腐麻木,更不会是'本味'了。于是只能'于浩歌狂热之际中寒,于天上看见深渊,于一切眼中看见无所有,于无所希望中得救'。"[3]作者直接借吃语表达自我的生存体验和生命哲学,而这种假设梦境中的吃语则无疑成为意义的载体,也即吃语本身显在地成为关注的焦点。"在幻想的梦境中抒写自己的思想感受。"[4]也正缘于此,作为创作主体的鲁迅,不得不对它进行特殊的装饰与编码,以达到更加符合科学逻辑的效果——因为梦境中的语言表述必须以某种非理性的形式表现出来,即便鲁迅是假设梦境,他也不得

---

[1] [奥]弗洛伊德.精神分析引论[M].高觉敷,译.北京:商务印书馆,1984:20.
[2] 鲁迅.鲁迅全集(第2卷)[M].北京:人民文学出版社,2005:207.
[3] 李泽厚.中国现代思想史论[M].天津:天津社会科学院出版社,2003:109.
[4] 孙玉石.《野草》研究[M].北京:中国社会科学出版社,1982:147.

不将呓语包装得更为逼真。所以,它以话语内容的无意识性与非逻辑性成为研究者关注的焦点。然而,这种普遍存在于《野草》中的呓语形态实际上只是一种虚构的无意识符码,它自觉地承载着一系列理性的意义。

与此不同,鲁迅小说中的呓语现象是一种真正的无意识符码。它丢弃了必须与梦境伴随而生的科学逻辑,更多地将其置放在意识清醒的现实场域中,以一种隐蔽的话语方式展示无意识状态下主体的生存境遇。这一呓语形式多出现在日常的生活场域中,也理所当然地有其特定的叙述者,作者只是隐藏在文本背后间接地参与了意义的建构。正因如此,它的表现形式便不能采取《野草》中那种直接对呓语内容的无意识形态进行特写的方式,而不得不顾及现实存在的秩序。所以,鲁迅小说中的呓语现象最主要的呈现形式是各种"非常态"的叙述主体在压抑语境中的无意识表达,如疯癫状态、麻醉状态、过失状态等特殊的话语场域中叙述主体对自我意识的潜在性书写。狂人"被迫害"的焦虑,使他发出"吃人"的呓语;疯子被囚禁的压抑,使得他发出"放火"的呓语;祥林嫂生活于冷漠的群体空间中,却因自身的遭遇被群体驱逐,她一遍又一遍地重复阿毛的故事,实际上成为毫无意识的呓语;孔乙己尴尬的身份,决定了他在世俗社会中所受的嘲弄不可避免,于是"之乎者也"成了毫无实际意义却饱含了无意识反抗的呓语形态。

将呓语的这两种呈现方式进行对比,我们不难发现,其表现形式虽然不同,但背后隐藏着大致相同的生成机制,即压抑场域的作用。所谓压抑场域,是指一种对现实环境具有实在感知的心理空间。所以并非任何人都可以体验到这一空间内的压抑感,只是特殊状态的出现才使得生于其中的某些特殊个体感受到难以言说的巨大压力。也就是说,只有经历了特殊遭遇的人才能体验到这种压抑,并以一种无意识的反抗形式表现了出来,这种呓语不是虚构的,而是这一场域内的压抑作用间歇性失效导致的。中国社会的乡土性质,使得传统文化的传承得到了不可质疑的规范,"乡土社会的信用并不是对契约的重视,而是发生于对一种行为的规矩熟悉到不假思索时的可靠性"①。而20世纪初的西方文明,并未在很大程度上影响到中国腹地内民众的思想。对于大多数中国民众来说,现代性的压抑体验并没有取代因袭而来的生存危机。所以,压抑场域实质上成为一种超越现实的心理空间,它的存在源于某些处身于传统和现代两种文明碰撞前沿的知识分子的切身体会与寓言性书写。

鲁迅小说中,几乎所有的压抑场域都是超现实的,虽然它借助现实场景生成呓语并规范其话语意义。狂人、祥林嫂、孔乙己等人所处的社会环境与历史语境都是颇为真实的,与中国社会大语境联系在一起,组成了毫不陌生的小说环境。也就是说,如果没有呓语的介入,而单纯作为现实场景来分析鲁迅笔下的压抑空间,其存在并不能引起身处其中的人们的警醒。然而,作为一种生命体验,对鲁迅这种深受传统与西方文明双重影响的知识分子来说,他的心理空间无不充斥着这种难以名状的压抑感。由此投放出来,就是他笔下形形色色充满压抑气氛的现实空间。"作者对叙述者主体性的压抑,同时也是社会霸权话语对作者主体性进行压抑的结果。作者无法承担或不想承担的社会环境的压力,一定会转嫁到叙述者的身上,并由叙事者的叙述直接转嫁到文本构造的身上,最终则转嫁到读者的身上,因为小说作者和小说叙述者是无法截然分开的。"②现实空间中的压抑感经过鲁迅的艺术组合,被杂糅放大,置换到小说特定的文本场景中,便产生了更为"撄人心"的艺术效果。所以,这一空间实际上只是作家生命体验的寄存场景,它虽然带有一定的寓言色彩,但本身却是真实的,是启蒙者的"心"与被启蒙者的"心"之间的一个艺术性转换布景。

"无意识是他者的话语。"③鲁迅小说中"呓语"现象的表现形式虽然不同,但其背后的生成机制却是相同的,即来源于一种压抑性场域。这种场域本质上是作家的心理空间在文学文本中的现实投射。与现实场景的不

---

① 费孝通.乡土中国[M].上海:上海人民出版社,2006:8.
② 王富仁.中国文化的守夜人——鲁迅[M].北京:人民文学出版社,2002:158.
③ [美]詹明信.晚期资本主义的文化逻辑[M].张旭东,等译.北京:生活·读书·新知三联书店,1997.

同之处在于,它先验性地承载了鲁迅受压抑的生存体验,而这种体验正是"五四"一代受中西文化双重熏陶的知识分子的共同感受。鲁迅正是通过这种压抑场域对自我体验进行隐喻性艺术书写,以达到启蒙的效果。

二、呓语的呈现形式及其意义阐释

鲁迅小说中的呓语有多种呈现形式,如狂人发现自己将被人吃掉时的胡言乱语,"似乎怕我,似乎想害我""他们想要吃我了""救救孩子"(《狂人日记》);疯子不顾一切地要吹熄长明灯,"熄掉他罢""我放火"(《长明灯》);陈士成听见来自内心深处的无意识呼唤,"耳边又确凿听到急促的低声""左弯右弯"(《白光》);单四嫂子丧子后精神麻木的自言自语,"宝儿,你该还在这里,你给我梦里见见罢"(《明天》);祥林嫂多次向人群重复"我真傻,真的"这段没有人听的故事(《祝福》);孔乙己在旁人的嘲笑与戏弄中不自觉地使用"窃书不能算偷""君子固穷""多乎哉?不多也!"这类早已被现实遗弃的语言形式,下意识地自我保护(《孔乙己》);道学家四铭见到孝女时潜意识里的性冲动,借助"咯吱咯吱"的呓语传达了出来(《肥皂》)……这些不同形式的呓语在小说文本中构成了一个完整的体系,既具有某种艺术上的审美特征,又促进了情节的推动和意义的升华。此类无意识符码在鲁迅的小说文本中的呈现形式主要有三种,即疯癫状态、麻醉状态、过失状态。

(一)疯癫状态:《狂人日记》

疯癫状态是一种非常状态,它以理性意识的缺失为标志。这实际上是对一种特殊身份的规范与体认,也即疯癫成为理性社会中的禁忌。它在拒绝承担言语责任的同时,也被动地放弃了自己的言说权利。疯癫者的语言能力虽然仍在,但他失去了听众;他的语言不再受到语法的规范,但同时也失去了承载意义的能力。这就是疯癫者最大的压抑机制。然而

"人类必然会疯癫到这种地步,即不疯癫也只是另一种形式的疯癫"[1]。福柯在《疯癫与文明》中引用帕斯卡的这一说法,实际上等于间接承认了疯癫者在社会中的合法地位,他们与正常人的唯一区别在于思维方式的不同。理性被规范为正常人应有的思维方法,并且具有一套人为的逻辑命题。其实,这些被冠以"理性"之名的命题并非完全具有不可怀疑的说服力,而是因袭了某些带有"禁忌"色彩的伦理规范历时性地生成的。所以,一旦正常人步入疯癫状态时,他们便在无意识中怀疑并证明了某些理性逻辑的虚伪,进而揭示出某些极具价值的规范之外的命题。"虽然疯癫是无意义的混乱,但是当我们考察它时,它所显示的是完全有序的分类,灵魂和肉体的严格机制,遵循某种明显逻辑而表达出来的语言。虽然疯癫本身是对理性的否定,但是它能自行表述出来的一切仅仅是一种理性。简言之,虽然疯癫是无理性,但是对疯癫的理性把握永远是可能的和必要的。"[2]

《狂人日记》中"吃人"主题的揭示,正是这一非理性逻辑打破常规逻辑禁区而发现的历史奥秘,实际上隐含着更为理性的价值意义。但由于这一发现没有合乎规范的逻辑推理,所以这一结论无法求证——其实准确地说,是无法用现有的命题及逻辑推理得出结论。疯癫者理性思维能力的丧失(或隐退),直接导致了思维逻辑规范性的破灭,然而却在另一方面开拓了潜意识的体验深度及推己及人的"心性"逻辑。这种对于某一命题的演化方式具有其独特之处,它本身的无法推理引发了疯癫者对所有推理的怀疑与否定,而现实生活中所谓的正常逻辑必须建立在理性逻辑的基础之上,因此疯癫者与正常人形成了两套截然不同的信仰系统。"理性的逐渐成熟期,正是疯癫的日渐衰亡期,理性的霸权巅峰,正是疯癫的

---

[1] [法]米歇尔·福柯.疯癫与文明:理性时代的疯癫史[M].(2版).刘北成,杨远婴,译.北京:生活·读书·新知三联书店,2003:1.
[2] [法]米歇尔·福柯.疯癫与文明[M].刘北成,杨远婴,译.北京:生活·读书·新知三联书店,2003:97.

耻辱低谷。"①正常人信仰理性、推崇逻辑,却丝毫不怀疑逻辑起点的正确性。疯子只在乎体验,拒绝理性的说服而承认情感的传达;同时,他们否认了理性的逻辑起点,因为在起点上他们体验不到合理性。理性与疯癫的对立,及理性掌握社会霸权的现实,注定狂人只能发出一系列令人警醒的呓语,作为对压抑境况的无意识反抗。

《狂人日记》中明确指出了"狂人"所记其言的外在形态特征。"语颇错杂无伦次,又多荒唐之言;亦不著月日,惟墨色字体不一,知非一时所书。"②这一评价既表现出对狂人"非常态"的价值认定,同时又反映出"常态"思维对疯癫者的规范标准。"余"极为关注狂人日记的语言形式(颇错杂无伦次)、语言内容(多荒唐之言)、日记格式规范(不著月日)、日记书写态度(墨色字体不一)等方面,并从中获得了日记主人发疯的证据。这种以正常人的规范来约束、反观疯癫者的殖民视角,实际上本身就是不合逻辑的。它先验性地将狂人作为"他者"并拒绝承认他的话语价值。这正是狂人受到压抑的内部机制。也就是说,按照这一潜在的标准去判断狂人言语的理性意义,结论注定是否定的。然而,我们只要将狂人的言语逻辑归纳出来,并以此作为标准来反观以大哥为代表的正常人,就会得出另外的结论。所以,狂人与正常人之间存在的价值标准的互文性渗透,只是长期以来形成的惯性思维,让正常人无法接受来自狂人的诊视目光。"'狂人'与世俗社会(包括历史)形成一种互为诊视对象的对应关系,以大哥为代表的世俗社会在诊视'狂人',形成一种对具体的、生物学意义上的'人'的精神分析;另外的一种诊视是'狂人'对世俗社会与文明历史的诊视,形成了一种社会学意义上的精神分析,并总结出'吃人'的症结。"③

那么,狂人究竟是如何得出"吃人"这一结论来的?

从《狂人日记》的文本叙述来看,狂人发现"吃人"的主题,缘于以下步骤:

---

① 汪民安.福柯的界线[M].北京:中国社会科学出版社,2002:21.
② 鲁迅.鲁迅全集(第1卷)[M].北京:人民文学出版社,2005:444.
③ 周怡,王建周.精神分析理论与鲁迅的文学创作[M].桂林:广西师范大学出版社,2005:4-5.

首先,狂人莫名地感觉害怕,对自我生存的环境产生了巨大的焦虑感,并由此开始注意周遭环境对自己的态度及评介。缘于这样一种"病态"的"被迫害"体验,狂人的"病态"逻辑得到肯定的基点并按照理性的思维不断延伸。也就是说,狂人立论的起点是建立在一种感性意识之上的。而这种感性意识恰恰就是我们所谓的无意识,因为狂人本身也无法得知这一立论基点是如何生成的。它只是一种潜在的经过多重装饰而形成的意识,所指并非真正生物学意义上的"吃人",而是其背后那一套与"吃人"有着本质关联的权力机制。毋庸置疑,狂人只意识到它浅层的意义指向,而对其背后的深层意义毫无知觉。但即便如此,狂人"被吃"的生存体验依旧具有相当的说服力。它使得整个延伸性推理基于其上,毫不怀疑。在狂人的观察中,周围的环境四处潜藏着吃人者:赵家的狗看了他两眼,让狂人觉得"我怕得有理"[1]。"赵贵翁的眼色便怪:似乎怕我,似乎想害我。"[2]但是,狂人并不害怕,"我可不怕,仍旧走我的路"[3]。这说明在狂人的意识里,赵贵翁想害他是早已料定的事,并且他能够猜出赵贵翁想害他的原因——"廿十年以前,把古久先生的陈年流水簿子,踹了一脚"[4],因此心态也很坦然。然而,当狂人发现连二十年前尚未出生的小孩子"也在那里议论我;眼色也同赵贵翁一样,脸色也都铁青"时,却真正感觉到害怕了,"这真教我害怕,教我纳罕而且伤心"[5]。在狂人的逻辑里,小孩子是最纯洁的,他们不能与成人一样,但现实的情景却是相反的,孩子与大人同样有一副凶残的吃人的面孔。然而狂人依旧信任小孩,将罪责归咎于其父辈——"这是他们娘老子教的!"[6]于是,狂人理所当然地将自己放置在所有成人的对立面,而将孩子作为无辜者加以保护。总之,在狂

---

[1] 鲁迅.鲁迅全集(第1卷)[M].北京:人民文学出版社,2005:444.
[2] 鲁迅.鲁迅全集(第1卷)[M].北京:人民文学出版社,2005:445.
[3] 鲁迅.鲁迅全集(第1卷)[M].北京:人民文学出版社,2005:445.
[4] 鲁迅.鲁迅全集(第1卷)[M].北京:人民文学出版社,2005:445.
[5] 鲁迅.鲁迅全集(第1卷)[M].北京:人民文学出版社,2005:445.
[6] 鲁迅.鲁迅全集(第1卷)[M].北京:人民文学出版社,2005:445.

人体验到"害怕"这种压抑与焦虑感时,他并没有像正常人想象的那样,完全失去了作为一个人应有的思维能力与情感指涉,相反却在两方面都做到了比常人更为精到的地步!从理性逻辑上看,狂人将这种"害怕"的生成原因归结为自己与"古久先生"的宿怨,并牵涉到赵贵翁的"代抱不平"及"约定路上的人,同我作冤对"①。这完全符合正常人的思维方式。从情感上来看,狂人明确地将儿童与其父母分为两类,并将儿童划归到受害者的行列中来。这说明狂人的情感已经超越了简单的血缘关系及家庭单位,在正常人的伦理规范中,应属于高层次的人类情感而得到褒扬。然而,狂人身份的特殊性导致同样符合正常逻辑与伦理规范的行为受到了异样对待。

其次,狂人在现实中找到了"吃人"的事实根据,并将其感受到的害怕进一步明确为害怕被人吃。当街上的女人打儿子说"我要咬你几口才出气"②,狼子村佃户说村里的大恶人被大家打死了,"几个人便挖出他的心肝来,用油煎炒了吃"③时,狂人第一次明确了"吃人"的概念。而这种概念并非凭空杜撰,而来源于一种符合形式逻辑的理性推理过程。

  他们会吃人,就未必不会吃我。④

这句看似疯癫的话语表述中,包含着极为严密的逻辑推理:大前提是"他们会吃人"!这一命题具有历史的实证性:

  易牙蒸了他儿子,给桀纣吃,还是一直从前的事。谁晓得从盘古开辟天地以后,一直吃到易牙的儿子;从易牙的儿子,一直吃到徐锡林;从徐锡林,又一直吃到狼子村捉住的人。去年城里杀了犯人,还有一个生痨病的人,用馒头蘸血舔。⑤

---

① 鲁迅.鲁迅全集(第1卷)[M].北京:人民文学出版社,2005:445.
② 鲁迅.鲁迅全集(第1卷)[M].北京:人民文学出版社,2005:446.
③ 鲁迅.鲁迅全集(第1卷)[M].北京:人民文学出版社,2005:446.
④ 鲁迅.鲁迅全集(第1卷)[M].北京:人民文学出版社,2005:446.
⑤ 鲁迅.鲁迅全集(第1卷)[M].北京:人民文学出版社,2005:452.

所以,"他们会吃人"是确切可证的真命题,大前提正确。小前提是隐性的,补充完全后为"我自己是人",当然无须苛证。而作为"疯癫者"的狂人,在正常人眼里是否具有人的资格也不必考证。因为"人"是生物界进化的最高形态,这意味着人具有超越其他物种的特殊优势。而如果人都会被吃,那么其他物种更不在话下。所以,在正常人的眼里,如果"疯癫者"具有人的资格,那么狂人关于"我自己是人"的命题就是成立的;如果"疯癫者"在正常人眼里不具备人的资格,那么他也就本能地被排除在"吃人"的逻辑之外,而使得被吃更具合法性。因此,小前提本身正确,并与大前提中的"人"存在包含关系。那么结论无疑就是正确的了——"就未必不会吃我"! 也就是说,从逻辑推理的角度来看,他们吃我具有必然性,然而也可能不吃,这是特殊性!"未必"一词,实际上包含了两层意思:第一,人类的情感或许可以改变吃人者的生物性欲求,因为"吃人的是我的哥哥";第二,文明的进化或许可以从历史上得到借鉴,因为"吃人者也被人吃",所以文明人抛弃"吃人"这一恶习的可能性也不能被排除。由此,我们可以看到狂人关于自己会被人吃的命题,也不像正常人想象的那样来源于毫无理由的"狂病",而是一种经得起推敲的理性逻辑。

最后,狂人进一步研究"吃人"的机制,在反抗绝望的压抑中发出"救救孩子"的呼吁。现实的压抑感与被迫害的焦虑使狂人坚信,"吃人"不只是生物进化过程中的弱肉强食,更是在"仁义道德"伪饰下更为残忍的生存法则。"一切道德都是建立在这样一种观念基础上的:即一种行为的结果使这种行为本身成为合法的或者使它磨灭。"[①]在历史伦理的规范下,吃人已经成为道德禁忌,但这并不意味着它已经完全消失,而是借助于另外一种更为合理的方式得以施行。善恶观念规定恶人被吃完全符合道德规范,然而善恶的区分标准却值得怀疑。费孝通指出:"我们传统社会里所

---

① [法]加缪.西西弗的神话:加缪荒谬与反抗论集[M].杜小真,译.西安:陕西师范大学出版社,2003:79.

有的社会道德也只在私人联系中发生意义。"①也就是说,善恶标准并不是恒一的,它本身具有私人性,而这种基于私人联系之中的社会道德必然无法公正。狂人发现了这一逻辑:"照我自己想,虽然不是恶人,自从踹了古家的簿子,可就难说了。""况且他们一翻脸,便说人是恶人。"②由此可见,恶人之所以恶,是因为他们触犯了所谓善人的利益,而善人正是掌握社会话语权的人,也就是距离权力中心更近的人。这种善恶的区分本身就是伪命题,它不具有存在的合法性,而是用权力规定下来的。在看清这一问题后,狂人更加坚信:吃人的正是这些所谓的"善人"!而吃人的工具就是他们制定出来的那一套善恶标准与伦理道德。这是一种更为残忍的吃人方式,因为吃人者丝毫不会受到应有的谴责,相反被吃者却成为众人诅咒的焦点——其逻辑在于善之为善、恶之为恶的身份终身不可更改!"我还记得大哥教我做论,无论怎样好人,翻他几句,他便打上几个圈;原谅坏人几句,他便说'翻天妙手,与众不同'。"③一旦被界定为坏人,那么被吃就是难免的了;而狂人深感自己已经成为周围一切人眼中的"恶人",那么被吃是必然的!为了自我拯救,他转而开始用进化论的逻辑规劝这些道貌岸然的吃人者:

> 大约当初野蛮的人,都吃过一点人。后来因为心思不同,有的不吃人了,一味要好,便变了人,变了真的人。有的却还吃,——也同虫子一样,有的变了鱼鸟猴子,一直变到人。有的不要好,至今还是虫子。这吃人的人比不吃人的人,何等惭愧。怕比虫子的惭愧猴子,还差得很远很远。④

这番话含有极端的讽刺意味,其矛头指向的是整个社会的吃人者,尤其是从一个被社会置于失语状态的疯子嘴里说出来,更显得意味悠长。

---

① 费孝通.乡土中国[M].上海:上海人民出版社,2006:25.
② 鲁迅.鲁迅全集(第1卷)[M].北京:人民文学出版社,2005:446.
③ 鲁迅.鲁迅全集(第1卷)[M].北京:人民文学出版社,2005:446.
④ 鲁迅.鲁迅全集(第1卷)[M].北京:人民文学出版社,2005:452.

狂人的逻辑是进化论的,然而其进化又与朴素的道德观结合在一起。除了"吃人不利于进化"之外,"吃人者对不吃人者应该感到惭愧"这一结论更具有深刻性。其实,这正是善恶的标准,而正常人却看不到。然而,疯子的身份注定他的劝说只能以失败告终,没有人听他说话。这段话从狂人口里说出,在正常人看来,它根本没有承载任何意义,同哑巴嘴里发出的"呜呜"声一样,是一种不必解读的声音符码。而大哥的话恰恰证明了这一点——"疯子有什么好看!"既然是疯子,那么无论怎样有深度的思想表达也失去了其效力。

狂人自己要被人吃,却反过来劝那些吃人者,这就形成一种悖论:吃人者掌握权力,被吃者掌握真理,而世俗则认为权力和真理是伴随而生的。在正常人看来,权力象征着真理。于是狂人彻底失去了一切希望,他没有资格来说服别人,关键是没有人认为狂人掌握着真理,因为他已经被社会放逐,遑论权力了。所以,狂人不顾自己被吃的厄运,却奋身拯救那些吃人者,本质上是一种西西弗斯似的反抗绝望的精神。

> 你们可以改了,从真心改起! 要晓得将来容不得吃人的人,活在世上。
> ………
> 你们立刻改了,从真心改起! 你们要晓得将来是容不得吃人的人……[①]

这是狂人在成人世界里最后的发言。省略号成为一种隐喻,暗示着狂人连发言的权利也被取消了。发言权与话语权是两个概念,作为疯子,狂人本能地失去了话语权;但作为人,他应该具有在公众场合发言的权利。然而,因为其"狂言乱语"给规范者带来颇多不便,所以最后狂人丧失了发言的权利。在《狂人日记》小说文本中,这是狂人最后用声音表达出来的语言。成人世界里绝望的反抗带给狂人更为深入的分析。他原本就

---

① 鲁迅.鲁迅全集(第1卷)[M].北京:人民文学出版社,2005:453.

将成人与孩子分为两个不同层面,对成人的绝望必然促使他将目光移向孩子的世界。但历史的证明与现实的境况,让他对孩子是否也曾吃过人产生了巨大的怀疑:"没有吃过人的孩子,或者还有?"这一无奈的反问没有直接的回答,随之而来的是"救救孩子……"的呼吁。那么,从文本分析角度来看,即使过度阐释也无法证明狂人相信孩子绝对没有染上吃人的恶习!虽然狂人认为孩子身上表现出来的"吃人"面目是他们"娘老子教的",但这种思想已经深入孩子的骨髓中了。因此,狂人发出"救救孩子"的呼吁,也只能是一种理想罢了,因为除了他以外没有人认为孩子处于危机之中。

综上所述,狂人对"吃人"主题的揭示,实际上具有深刻的内涵与丰富的意义。然而基于狂人"疯癫"的身份,这一切推理都是无意识的。因为其推理的根源是一种超乎理性认可的压抑感,即"被吃"的焦虑。也就是说,狂人的焦虑是由其特殊身份产生的,疯癫者本身的无意识状态(至少在正常人观念中是无意识的)就注定他发出的所有言语都是一种无须阐释的"呓语"。它不具有任何话语意义而无须承担社会责任,所以疯子的呓语被人为地忽略了。但通过分析,我们得知,狂人关于"吃人"这一呓语的阐释有其理性意义上的说服力,而不是毫无意义的符码。狂人逢人就说"吃人",这是一种潜藏巨大价值内涵的呓语,其主体是无意识的。因为狂人处于疯癫状态这一现实,拒绝了任何理性思维出现在其头脑中的可能。所以,狂人倍感焦虑的"吃人"问题,在常人看来都成了无法解释也无须解释的无意义符码。那么,"吃人"这一主题到底是否真具有揭示重大历史规律的价值呢?

  我翻开历史一查,这历史没有年代,歪歪斜斜的每叶上都写着"仁义道德"几个字。我横竖睡不着,仔细看了半夜,才从字缝里看出字来,满本都写着两个字是"吃人"![1]

---

[1] 鲁迅.鲁迅全集(第1卷)[M].北京:人民文学出版社,2005:447.

分析文本可知,狂人并没有将"礼教吃人"作为自己焦虑的出发点,周围的人也并没有将其作为有意义的话语进行解读,只认为那不过是疯子的胡言乱语罢了。而且,狂人由历史推及现实,认为大哥、母亲和他自己都吃过妹子的肉,这已经严重触犯了生活逻辑,极端违背了伦理道德的规范。因此,本身具有一定合理性的"呓语"至此也就失去了意义的价值,而狂人的逻辑又是泛化的。在他看来,个体之间没有差异,所有的人都处于这一背景之下。基于这种认识,狂人关于"吃人"的呓语就以其对象界定过于广泛而失去了所有的意义,变成毫无意义的声音符号。"'病狂者独白式呓语'的形式不仅没有削弱独白内容的真理性,相反却强化了它的真理性。"① 那么,我们得出狂人的呓语在于揭示"礼教吃人"这一重大历史主题的同时,也就并不是超越文本的哲性推理了。这一推理的潜在逻辑不是对狂人疯癫身份的否定,而是将其疯癫视为理性的遮蔽物。疯癫借助理性的发现来揭示历史真相,通过对历史本身治乱规律的分析,揭穿"礼教吃人"的伦理本质。"他用十足的傻瓜语言说出理性的词句。"②

即便参与了对真理性问题的揭示,但狂人确实是疯癫者,其呓语的生成机制在于受迫害的压抑感,这是一切分析的前提。狂人身份的特殊性导致言说权利的失效,而狂人自己则有着相当强烈的表达冲动。这一欲望得不到满足,就必然会产生一种压抑感,并经过无意识包装变形,以"被人吃"的焦虑感与迫害的体验发泄了出来。这种发泄本身就是对压抑场域整体氛围的极端反抗,但狂人的发泄再一次以否定的形式反馈到内心深处,由之而来的便是绝望。

疯癫这一"非常态"的身份使狂人的所有话语都不可避免地具有了呓语性,正常人不会对疯子的话产生实质的兴趣。于是,真正的张力充斥在疯癫与正常这一病态与非病态的对立空间内。疯癫的身份永久性地拒绝

---

① 汪晖.反抗绝望:鲁迅及其文学世界[M].石家庄:河北教育出版社,2000:239.
② [法]米歇尔·福柯.疯癫与文明:理性时代的疯癫史[M].(2版).刘北成,杨远婴,译.北京:生活·读书·新知三联书店,2003:11.

了理性存在的可能,而事实上理性确实存在。人们拒绝相信狂人的话语逻辑中存在理性因素,原因是话语本身的荒诞性,而狂人的话语中却真正包含着理性的逻辑。也就是说,呓语在疯癫状态中的表现形式为理性潜藏于疯癫者的无意识空间中,以变形的方式发挥作用。那么,呓语理所当然地具有可解读性,并承载了一定的话语意义。狂人的呓语表现出一种"反抗绝望"的理性精神,彰显出作为人类应当具有的野性力量。"疯癫泄露了兽性的秘密:兽性就是它的真相,在某种程度上,它只能再回到兽性中。"[1]疯癫状态实际上是人类野性的生存状态,面对绝望时,他敢于奋身反抗,并时时为人类进化着想。而与之相对的那些正常人,受传统"仁义道德"熏陶与约束,却显得呆滞愚蠢,失去了作为个体的人起码的人生价值与是非判断。他们毫不怀疑地极力维护传统伦理道德,而对正在失去的人性则表现冷漠。詹姆逊认为,第三世界国家的小说都带有其特定的寓言性,"第三世界的文本,甚至那些看起来好像是关于个人和利比多趋力的文本,总是以民族寓言的形式来投射一种政治:关于个人命运的故事包含着第三世界的大众文化和社会受到冲击的寓言"[2]。《狂人日记》明显地包含了这种关于民族历史、社会道德及个体生存压抑的寓言形式。其寓意不仅在于借助狂人的疯癫状态揭示出一个潜在的历史规律,还在于对疯癫状态作为人性复苏与回归的肯定,及启蒙者面对群体性压抑困境时所做出的"病态"反抗。

(二)麻醉状态:《祝福》

麻醉状态是一种较疯癫表现正常的无意识状态,其特征是处于麻醉状态下的言说者都是失神的。常表现为毫无意识的自言自语,或者在与他人的言语交流中仍旧无法摆脱其失神的状态。所有的言说都不经过思维过滤。也就是说,说话者本身也不知道他说了什么。如果说疯癫状态

---

[1] [法]米歇尔·福柯.疯癫与文明:理性时代的疯癫史[M].(2版).刘北成,杨远婴,译.北京:生活·读书·新知三联书店,2003:68.
[2] [美]詹明信.晚期资本主义的文化逻辑[M].张旭东,等译.北京:生活·读书·新知三联书店,1997:523.

下主体性更为突出的话,那么麻醉状态下的主体性是缺席的,言说者根本找不到自我在言说中的地位,仿佛进入一个混沌的空间。麻醉状态的生成原因是多样的,但其共同点在于主体的关注内容与言说内容的不一致。

祥林嫂的麻醉是在非常场合下精神受到极度的刺激而形成的,丧夫失子的巨大悲痛加上群体对其表现出来的冷漠与排斥,造成她精神麻木的生存状态。祥林嫂"仿佛木刻似的"神色证明她已经陷入极大的无意识领域中,"只有那眼珠间或一轮,还可以表示她是一个活物"①。从外貌描写上不难看出,祥林嫂已经远离了一个活人应有的精神状态,而成为一具灵魂丧失后留存下来的活体尸骸。她两次来到鲁镇,表现得非常不同。第一次来的时候丈夫刚死,她"头上扎着白头绳,乌裙,蓝夹袄,月白背心,年纪大约二十六七,脸色青黄,但两颊却还是红的"②。从这些描写中,我们看出祥林嫂虽然经历了家庭的变故,但精神状态还是饱满的,做起活来也"安分耐劳",得到了鲁四老爷一家的认可。年底的时候,所有祭祀的活计都由她一人来担当,她也毫不抱怨,反而更满足,"口角边渐渐的有了笑影,脸上也白胖了"③。与第二次来鲁镇时精神麻木的祥林嫂相比,我们不难发现,生活的变故对她的影响是颇为有限的,甚至可以通过另外一种形式的价值认同而得到弥补。只要能够得到群体的认定,祥林嫂就能找到在原有生活中存在的价值。然而,第二次来到鲁镇时,祥林嫂"仍然头上扎着白头绳,乌裙,蓝夹袄,月白背心,脸色青黄,只是两颊上已经消失了血色,顺着眼,眼角上带些泪痕,眼光也没有先前那样精神了"④。通过对比,可以发现祥林嫂前后两次来鲁镇时衣着是完全相同的,只有神色差别明显。祥林嫂以一种精神麻木的状态再次来到鲁镇,实际上是寄托着一种希望的,她希望像前一次那样在这里得到群体的认可,重新找到精神的寄托。于是她的"呓语"开始了。

---

① 鲁迅.鲁迅全集(第2卷)[M].北京:人民文学出版社,2005:6.
② 鲁迅.鲁迅全集(第2卷)[M].北京:人民文学出版社,2005:10.
③ 鲁迅.鲁迅全集(第2卷)[M].北京:人民文学出版社,2005:11.
④ 鲁迅.鲁迅全集(第2卷)[M].北京:人民文学出版社,2005:15.

"我真傻,真的……我单知道下雪的时候野兽在山墺里没有食吃,会到村里来;我不知道春天也会有。我一清早起来就开了门,拿小篮子盛了一篮豆,让我们的阿毛坐在门槛上剥豆去。他是很听话的,我的话句句听;他出去了。我就在屋后劈柴,淘米,米下了锅,要蒸豆。我叫阿毛,没有应,出去一看,只见豆撒得一地,没有我们的阿毛了。他是不到别家去玩的;各处去一问,果然没有。我急了,央人出去寻。直到下半天,寻来寻去寻到山墺里,看见刺柴上挂着一只他的小鞋。大家都说,糟了,怕是遭了狼了。再进去;他果然躺在草窠里,肚里的五脏已经都给吃空了,手上还紧紧捏着那只小篮呢。……"[1]

这是祥林嫂呓语的完整陈述,在小说文本中一字不差地出现过两次,其后多次以同样的开头准备重复陈述这段别人早已熟悉的故事时,毫无例外地被人打断了,没能继续说下去。实际上,祥林嫂多次重复向人讲述自己阿毛的不幸遭遇,起初是有意识的,她在痛苦失望中以这样的形式向周围的人群求救,希望得到群体的认可与安慰。但事实上,祥林嫂的不幸遭遇本身确定了一种规范,她因"败坏风俗"而被鲁四老爷定位为"帮忙还可以,祭祀的时候可用不着她沾手"[2]。这一界定与阿毛的死没有任何关系,其评介标准属于另外一个系统,即再嫁的身份。从这层关系来看,我们可以发现祥林嫂作为个体的求助方式与群体的评介标准并不一致。也就是说,阿毛的故事最多只能给她带来些许情感释放后的平静,但注定不会成为她被群体认可的有效途径。祥林嫂的麻醉状态使得她根本没有发现其行为的方式与意图之间存在的巨大反差。所以,阿毛的故事在反复述说中呈现出其特有的呓语性质。在文本中,这段话以完全相同的形式出现多次,这本身就成为一种隐喻,暗示着形式比内容更重要。因此,准确地说,并不是阿毛的故事是一种无意识的呓语形态,而是阿毛故事重复出现的形式具有了呓语性质。

---

[1] 鲁迅.鲁迅全集(第2卷)[M].北京:人民文学出版社,2005:15-16.
[2] 鲁迅.鲁迅全集(第2卷)[M].北京:人民文学出版社,2005:16.

结构主义文论关注"代码"在文本中不同层次的意指功能。巴特将代码分为五种:解释性代码、寓意代码、象征代码、行动代码与文化性代码。①不同代码在文本中的意义指向是有偏差的。根据这一理论,《祝福》中祥林嫂多次陈述阿毛的故事,虽然在内容上是完全一致的,但每次出现时的意义指向是不同的。第一次的陈述是有意识的,祥林嫂向鲁镇人群述说阿毛的不幸遭遇及自己的丧子之痛,属于解释性代码,其功能是指出问题,编织情节,为故事的发展提供线索。祥林嫂最初几次陈述这段故事时,周围人群的反应是同情与宽慰。"男人听到这里,往往敛起笑容,没趣的走了开去;女人们却不独宽恕了她似的,脸上立刻改换了鄙薄的神气,还要陪出许多眼泪来。有些老女人没有在街头听到她的话,便特意寻来,要听她这一段悲惨的故事。直到她说到呜咽,她们也就一齐流下那停在眼角上的眼泪,叹息一番,满足的去了,一面还纷纷的评论着。"②这说明叙述本身得到了认可,也即"解释性代码"的作用得以实现。而其后的几次陈述则仅以"我真傻,真的……"这种片段的方式出现,原因在于祥林嫂的陈述被鲁镇人群打断,他们早已熟悉陈述的内容,无须再听她讲完。那么从文本阐释上看,这类片段有其完整的意义,其特殊的意义指向在于其中所包含的"寓意"。这也就是巴特所谓的"寓意代码","它决定着小说的主题,或'主题结构'"③。也就是说,这类片段型的呓语陈述方式,才真正蕴含着深刻的话语意义。

那么,此类呓语的意义何在?我们知道祥林嫂说这段话的本意,是希望借此得到别人的同情和宽慰。因为在她第二次来到鲁镇时,她已然发现自己的身份决定了她无法通过另外的渠道(如做活计时的表现)得到认可。所以,向群体陈述阿毛的故事本能地成为她寻求庇佑的唯一手段,并以此来排遣自己丧子后内心的自责与愧疚。然而,祥林嫂的麻醉状态使

---

① 张首映.西方二十世纪文论史[M].北京:北京大学出版社,1999:176-177.
② 鲁迅.鲁迅全集(第2卷)[M].北京:人民文学出版社,2005:17.
③ 张首映.西方二十世纪文论史[M].北京:北京大学出版社,1999:176-177.

她在陈述本身中失去了意识。每次陈述阿毛的故事都一字不差,这本身就是无意识的表现。她潜在地借助语言来陈述,但言说的内容却不是她关注的问题。她只是麻木地陈述,却不知道她陈述的内容及其意义。于是,我们可以断定,祥林嫂在后面几次讲述阿毛的故事时,完全是一种自言自语的呓语,其唯一作用就在于宣泄积郁,然而这种宣泄又是主体未曾感受到的无意识言说。

然而,无意识并非无意义。就像做梦一样,"梦者确实明白自己的梦的意义;只是他不知道自己明白,就以为自己一无所知罢了"①。由此,我们可以推断,祥林嫂在麻醉状态下屡屡讲述阿毛的故事潜意识里有其合理性。祥林嫂的身世遭遇,让她承受了比别人更大的痛苦,而唯一能带给她希望的就是自己的阿毛。也就是说,祥林嫂在第二次被迫嫁给贺老六以后,儿子阿毛就是她生存的意义和价值。然而阿毛的惨死,给祥林嫂带来了更大的打击。这使得她从此一无所有,既失去了她在群体空间中寄托骄傲的载体(祥林嫂多次说阿毛听话,这实际上就是一种母性的骄傲),又被动地承担了死后无法向丈夫交代的责任。于是她顿时变得失魂落魄,找不到自己灵魂的归宿。作为祥林嫂在群体生存空间里寄托希望的阿毛的不幸惨死,使她失去了生存的依据,她需要依靠群体力量才能生存。因为作为群体中的一员,祥林嫂的生存方式是属于大众性的,她没有自己的主体,更没有独立于群体之外的生存信念。祥林嫂面临巨大的情感压抑与生存焦虑。她内心既为阿毛的死感到悲痛,又无法排遣自己的愧疚与自责,同时还被动地受到群体驱逐。这些因素同时作用,导致了祥林嫂无意识呓语的生成。"祥林嫂向他人告白自己的过失,希望得到别人的原谅,借此使被击垮了的自己获得释放,她的絮叨就是发自这种无意识的欲求。"②

当然,祥林嫂的潜意识里隐藏着一种巨大的向心力,牵引她发出呓语

---

① [奥]弗洛伊德.精神分析引论[M].高觉敷,译.北京:商务印书馆,1984:72.
② [日]丸尾常喜."人"与"鬼"的纠葛:鲁迅小说论析[M].秦弓,译.北京:人民文学出版社,2006:195.

的直接对象就是群体。群体是个集体概念,中国社会的乡土性质决定了生于其间的每个人都无法摆脱群体的束缚而独立生存,个体的价值只有在群体中间才能实现,也即只有得到群体的认可,个体生命才是有价值的。而祥林嫂的特殊身份让她失去了被群体认可的所有凭依,她需要以另外的方式获得群体性身份,即得到群体的同情并承认其作为群体成员的合法性。祥林嫂的呓语正是进入群体的话语武器,她感知到自己被动地从群体中脱离了出来,所以她希望回去。其实这正是中国传统社会下农民的求生定律,永远处于群体之中,成为群体的一员。这同时也意味着自己的生存方式有了引导者和比照对象,而无须将自我孤立出来,成为站在群体对立面的卑微个体。祥林嫂的悲剧正在于她已经被群体驱逐出来成为群体规范外的人物,她却主动以弱者的身份寻求同情与援助,但处处碰壁,群体不仅拒绝恢复她的成员地位,相反以"伤风败俗"的理由进一步规定其群体道德的破坏者身份。祥林嫂已经成为无可依靠的个体,游离于群体之外,无法生存。这种充满张力的压抑场域必然导致祥林嫂"百无聊赖",而极端的无意识状态使得她失去了阿毛已死的意识。每一次陈述阿毛的故事,实际上成为祥林嫂对阿毛存在状态的描述与构想。只是她并不知道这套呓语的生成机制。表面上她借此呓语寻求别人的同情,实质上她通过这种无意识言说来证明自己的存在价值。祥林嫂的呓语产生于她本人潜意识体验到的压抑感,既包括外部世界的压抑,也包括其内心深处的压抑。而这种压抑感,直接导致她生的希望逐渐破灭。于是,鬼神信仰成为暂时性的生命延存方式。而当祥林嫂将"灵魂的有无"作为一个信仰问题求助于"识字的""出门人""见识得多"的"我"时,得到的回答却是"其实,究竟有没有灵魂,我也说不清"[①]。最后一次求助的失败,直接导致了祥林嫂的死。

总之,祥林嫂的呓语体现出几种复杂的压抑状态:第一,祥林嫂的身世遭遇及其直接影响导致了"百无聊赖"的现实压抑体验;第二,群体的放

---

① 鲁迅.鲁迅全集(第2卷)[M].北京:人民文学出版社,2005:7.

逐决定与祥林嫂的求助希望形成一对矛盾,产生了巨大的精神压抑;第三,失子之痛与群体的冷漠反应造成了祥林嫂的情感压抑;第四,作为言说者,祥林嫂关注的内容与其言说内容本身的差异性导致了一种终极的压抑体验。祥林嫂关注的是个体如何得到群体认可的问题,而其言说内容却是丧子的悲痛,这两者之间潜在地存在逻辑关联。但作为言说者的祥林嫂和作为听众的群体,都没有发现其中的联系。所以,这二者之间必然产生一种巨大的张力,其指向为终极的压抑感。这些压抑体验迫使我们思考:祥林嫂被动地承受了身份的变化,被动地负载了"伤风败俗"的身份,她毫无选择的权利,反抗失败后只能接受现实,她的屈服实际只是维持自己的一种群体性身份,她想永久性地将自己置身于群体中,然而群体却因为其特殊身份而拒绝了她,这实际上也成为一个悖论:究竟是肯定习俗还是肯定反抗并接受习俗的人？如果肯定习俗,那么必然肯定接受习俗的人;如果否定习俗,那么必然接受反抗习俗的人。然而,祥林嫂同时具备反抗和接受习俗两种身份,按逻辑应该是群体的英雄,而事实上却成为群体的败类。这种个体与群体之间的对立关系,集中体现在群体逻辑的非规范性。"伤风败俗"只能是结论,而不许推理。其实质是裁决者与被裁决者之间的关系,因为在乡土社会中"一切普遍的标准并不发生作用,一定要问清了,对象是谁,和自己是什么关系之后,才能决定拿出什么标准来"[1]。祥林嫂的绝望实际上是作为弱者的本能性体验,她的遭遇发生在群体中任何一位弱者的身上,结果都是相同的。群体性空间的道德准则成为成员之间相互约束的伦理规范,但许多时候,伦理原则并不能维持这种普遍的认同感,绝望由此而生!"绝望的恐惧和战栗产生于伦理原则无力支撑人为展开召致的善与恶的抉择。"[2]

总之,鲁迅先生借助祥林嫂的呓语揭示了一个寓言性主题:个体生命依赖于群体空间,但群体对个体的驱逐却并不需要一个确凿的理由;而被

---

[1] 费孝通.乡土中国[M].上海:上海人民出版社,2006:30.
[2] 刘小枫.拯救与逍遥(修订2版)[M].上海:华东师范大学出版社,2007:58.

放逐的个体并不能清醒地反思自己的生存状态,相反却依旧将回归群体当成自己生存的唯一屏障。那么,群体的社会作用就显得十分巨大了。中国民众不仅是一个奴性十足的群体,更是一个极具统摄力的群体。他们既是个体生命的刽子手,又群体性地被屠戮。

(三)过失状态:《孔乙己》

过失状态指的是一种无意识言语的错乱状态,是另一种形式的舌误。其生成原因是,在极端压抑状态下,一种潜意识的心理意向对另一种理性逻辑意向的否定与改装。也就是说,说话者潜意识的意念冲破了现实观念的逻辑约束力而表现了出来,但由于其话语指向与现实的话语逻辑截然不同而导致交流受阻,话语意义缺席。

弗洛伊德认为,舌误的生成机制有两种:"在第一组的'舌误'中,一个意向完全排斥了其他意向,说话者完全把自己所要说的话说反了,在第二组中,一个意向仅只歪曲或更改了其他意向,因此,就造成一种有意义的或无意义的混合的字形。"[1]过失状态下的舌误正是我们所谓的"呓语"。二者的意义指向是相同的,只不过呓语大多以后一种形式出现,完全排斥言说本意的呓语多出现在个体的自我言说中,也即其存在方式回避了直接交流的需要,个体的意识并未得到具体话语场景的约束,其可以不必顾及交流的对方,只注重自我的意识作用。而产生意向歪曲或变形的呓语则多出现在具体的话语场景中,交流是其直接目的,但由于交流过程中主体意识感受到了巨大的压抑或预料到了这种压抑感的必然来临,而生出一种无意识的自我保护意向。这一意向因为受到交流语境的约束而不得不以相关的内容表现出来,但其作用却是为了阻止交流的继续进行。所以,这类意向多为经无意识包装过的话语形式。它在主体意识中以维持交流的作用出现,实质上却阻碍了交流的继续——这正是呓语参与言说的真正目的,也即其自我保护作用。呓语以潜意识包装变形的方式出现

---

[1] [奥]弗洛伊德.精神分析引论[M].高觉敷,译.北京:商务印书馆,1984:25.

在具体话语场中,必然产生意义的完全或部分消失。也就是说,在特定的言语交流状态中,以过失形式出现的舌误,本质上就是一种呓语。在言说主体的无意识中,它具有自我保护的意义;但在现实的言说语境中,它因意向的变更而失去了话语的现实意义。

鲁迅在小说文本中对孔乙己形象的塑造借助呓语得到升华。同狂人与祥林嫂一样,我们首先对孔乙己的身份进行描述。正是因为身份的特殊,他才能体验到这种来自于现实场域中巨大的压抑感,而这种压抑的体验正是无意识呓语生成的根本原因。同样,呓语产生的价值与作用就在隔离这种压抑,以达到自我保护的目的。

> ……孔乙己原来也读过书,但终于没有进学,又不会营生;于是愈过愈穷,弄到将要讨饭了。幸而写得一笔好字,便替人家钞钞书,换一碗饭吃。可惜他又有一样坏脾气,便是好喝懒做。坐不到几天,便连人和书籍纸张笔砚,一齐失踪。如是几次,叫他钞书的人也没有了。孔乙己没有法,便免不了偶然做些偷窃的事。……①

这是鲁迅交代的孔乙己的身世经历与基本生存状况,也是带给他压抑体验的根本原因。孔乙己"原来也读过书"的经历,让他形成一种传统知识分子"唯有读书高"的自命清高的思想,而"终于没有进学"的现实境况,又给他带来了巨大的失意感与生存焦虑。也就是说,思想的清高与身份的卑微形成一对矛盾。只要这对矛盾的一方无法消失或弱化,其压抑体验就是必然的。而其他因素,如"不会营生""好喝懒做"的性格特征也间接源于其"读书人"的身份。孔乙己从观念上拒绝接受现实的生存方式("替人家钞钞书"),而希望以真正的读书人(即"进学"者)身份来生存。此二者的区别在于,一种传统礼教规范下根深蒂固的等级观念及不同等级之间生存方式的差异。孔乙己接受了这套规范,就必然地会在现实生

---

① 鲁迅.鲁迅全集(第1卷)[M].北京:人民文学出版社,2005:458.

活中依据这一规范来行事。但从世俗的观点来看,孔乙己根本算不上读书人,因为"终于没有进学"。这说明在普通民众看来,孔乙己跟他们应该是同一等级的,甚至是同一等级中的弱者,因为他愈过愈穷,弄到将要讨饭了。照此逻辑,民众对孔乙己的嘲弄并非是对读书人的嘲弄,而是对同一等级中弱者的嘲弄。而在孔乙己看来,民众对他的嘲弄是"愚民"对"读书人"的嘲弄——这在中国传统社会里是一种禁忌——他读书人的身份却不能维持应有的尊严,反而成为民众嘲弄的对象。于是,孔乙己感受到了巨大的压抑。然而从行为上来看,孔乙己又背离了传统知识分子的道德规范。"君子固穷"是传统读书人终生恪守的道德戒律,而孔乙己却在迫于生计时"免不了偶然做些偷窃的事"。这又是为读书人所不齿的。所以,孔乙己生存的压抑场域正来源于其特殊的身份及自己与民众对这一身份定位的差异。

因为言语交流的对象是下层民众,所以孔乙己的呓语多以文言的形式出现。这既是话语意向的歪曲与变更,又是无意识自我保护的意向系统。这些导致交流中断的"之乎者也",既是孔乙己对自我身份的重新确认,也是他对作为等级低下的民众嘲弄读书人这一颠倒伦理秩序行为的有力驳斥。当孔乙己来到咸亨酒店,对柜里说"温两碗酒,要一碟茴香豆"并"排出九文大钱"[1]时,酒客们便开始取笑他了,起源是因为孔乙己这次有钱喝酒,话题是关于他偷书的事。我们可以看出,当民众开始故意嘲弄孔乙己时,他最初的反应是睁大眼睛说:"你怎么这样凭空污人清白……"[2]这说明孔乙己起初并没有将民众的嘲弄当作无法抵抗的攻击,只是用自己的读书人气质与品格来对待大家的嘲弄。他辩驳的话完全符合读书人在面临困境时的表现,并没有对攻击者使用更为恶劣的手段,只是希望用自己的身份告诉周围的人,民众说他偷书只是"凭空污人清白",并显示出自己的态度,豁达而从容。但孔乙己的回应并不能

---

[1] 鲁迅.鲁迅全集(第1卷)[M].北京:人民文学出版社,2005:458.
[2] 鲁迅.鲁迅全集(第1卷)[M].北京:人民文学出版社,2005:458.

阻挡民众对他继续嘲弄,而且有人证明亲眼看见他偷书被人吊着打。这时孔乙己感觉到了压抑,他知道自己无法摆脱民众的嘲弄,因为偷书之事实有,但他不能轻易承认自己的恶习,这是作为读书人起码的尊严。于是在这种境况中,他无意识地采取了另一种与民众话语系统完全不同的语言形态来保护自我,文言文成为呓语的语言形态。他先辩解道:"窃书不能算偷……窃书!……读书人的事,能算偷么?"①接着便是"君子固穷""者乎"之类的文言语汇。从孔乙己的语言内容来看,这显然是违背现实逻辑的。但这并不重要,重要的是他的呓语形式成功地抗拒了这种他已经体验到的压抑感。因为这些呓语形态本身未经过多重编码,只是以一种被现实废弃的语言形态表现出来,产生民众感觉"难懂"的效果,同时阻碍了交流的继续进行,成功地把主体从压抑场域中解救出来。第二次也是如此。民众嘲笑孔乙己"当真认识字"却"连半个秀才也捞不到"时,"孔乙己立刻显出颓唐不安模样,脸上笼上了一层灰色,嘴里说些话;这回可是全是之乎者也之类,一些不懂了"②。我们不难发现,孔乙己在突然面临巨大的压抑时,他的自救意识是清醒的,但却无法找到合适的理由为自己开脱,他也不曾意识到"嘴里说些话"竟全是民众根本听不懂的文言文。孔乙己的意识深处隐藏着文言这一种已经被现实淘汰的语言形态,他只有在这种语言之中才能找到所有成立与不成立的理由以抗拒民众的嘲弄。虽然在民众看来,孔乙己嘴里说出的文言使他变得更加好笑,"引得众人都哄笑了起来"③。但事实上,使用这种并不承载现实语言意义的文言形态的呓语,才是孔乙己真正的人生追求。他拒绝承认自己的弱者地位,拒绝与嘲弄他的民众为伍,但却苦于找不到将自己和他们进行区分的标准。只有使用文言的能力是孔乙己独有而民众没有的,因此即便孔乙己平日里也不用文言作为交流的工具,然而一旦遇见危机,他就会本

---

① 鲁迅.鲁迅全集(第1卷)[M].北京:人民文学出版社,2005:458.
② 鲁迅.鲁迅全集(第1卷)[M].北京:人民文学出版社,2005:459.
③ 鲁迅.鲁迅全集(第1卷)[M].北京:人民文学出版社,2005:458.

能地拿出文言作为武器保护自己。"孔已己越是被紧逼穷追就越是失去口语,代之以文言。他正是在文言文建构的他的观念世界里才是自由的。而他的观念世界恰恰完全堵死了参与现实中与民众共有的日常世界的道路。对于民众来讲,孔已己只有科举合格了才是具有权威性的存在,他头脑里储存着的知识本身什么权威也没有。孔已己没有官职与经济地位,只是作为一个一文不名的读书人,置身于民众面前,这样,他的头脑中确实储存的知识的权威性就受到了质疑。"①这种经过无意识包装的文言形态并不需要在现实中表达意义,它只是一种带有寓意的象征体。在民众看来,它象征着孔乙己的迂腐可笑;在孔乙己自己看来,它象征着与众不同的知识者身份。

总之,孔乙己在感到压抑时使用文言保护自我是一种无意识自救,但自救的手段正显示出他意识深处对文言形态作为其身份认定标准的认可与追求。孔乙己的尴尬之处在于,他所期待的身份界定标准与世俗的评介并不吻合。由于自己身份的特殊性,孔乙己承受着巨大的心理压力,他被动地从读书人阶级中退却出来,却固执地坚守着自己读书人的身份,不愿意与民众同伍。这就意味着,在现实中,孔乙己同狂人、祥林嫂一样都是群体之外的个体求生者,他们站立在群体的对立面,得不到认可;而他的呓语则是自我群体性归属的某种无意识表态。

三、呓语叙述的文本价值及其哲学意义

呓语在鲁迅小说文本中作为一种特殊的话语载体,其审美价值与哲学意义都超越了呓语内容本身的内涵。而以无意识的形态来表现人类在压抑场域中面对生存焦虑的方式,这本身就是一种现代性的言说手段。鲁迅小说作为新文学的代表,这些现代性因素的渗入必然会使小说文本在审美价值和哲学意义上具有一种自觉的指向,从传统小说注重内容的

---

① [日]丸尾常喜."人"与"鬼"的纠葛:鲁迅小说论析[M].秦弓,译.北京:人民文学出版社,2006:62.

意义转向了现代小说关注形式的意义。呓语本身不是凭借其承载的现实意义来产生作用的。也可以说,呓语表面具有的话语意义是薄弱的,甚至是缺席的,即便它以一种确定的意义表达出来,这种显著的意义也是经过包装的。如果我们按照呓语本身的呈现意义来阐释,实际上恰走入了无意识设置的陷阱。所以,鲁迅小说中的呓语形态,既承载着与无意识本意发生偏离的话语意义,又本能地远离了这种话语意义,而走向其背后的隐喻和象征。

鲁迅小说中的呓语常常以文本细节的形式出现,参与情节的发展并在某种程度上推动主题的升华。这些呓语包含了深刻的寓意,并传达出鲁迅在中西文化交汇语境下的压抑体验。这种压抑体验超越了个体差异,而成为"五四"时期中国社会启蒙阶级面临的集体焦虑。

第一,鲁迅小说中的呓语现象以其独特的形式蕴含着民族的生存寓言。呓语出现的所有场合都是压抑性的,而中华民族在历史变迁中积淀而成的民族性格,在西方现代文明的巨大冲击之下,被迫形成一种文化的抵抗场域。启蒙者拥有一套西方文明的价值系统,以民主科学、自由平等、个性独立等与中国传统文化价值观相背离的新理念为标准,反观中国社会。其结果是,中华文明的精神走向在接受了西方现代文明的知识分子观念中成为阻碍民族进步的思想障碍,他们批判的目光紧盯着传统文化的种种局限,以及在此文化熏陶下中国民众的各种陋习。然而,中华文化长期以来形成的历史优越感,在西方文明的冲击中仍然具有强大的控制力,中国民众自觉地维护传统文化确立的种种制度。所以,启蒙者的首要任务在于开启民智,也就是在思想上改造中国民众。鲁迅留学日本时期就已初步形成的"立人"思想,在启蒙语境下得到发挥。所以,鲁迅的小说理所当然地承担着启蒙民众的社会责任,而拒绝执行"为艺术而艺术"的浪漫标准。那么,鲁迅的小说必然地承载了某些超越文本平面的深刻主题。而这些社会性的思想主题包含在小说这种纯粹艺术的文本中,就必然导致一种张力,即小说的文体规范本能地拒绝承载这些宏大的主题,但其启蒙功能要求它必须承载这些主题。这时,作者便需要采用某种兼容的手段将社会性主题隐含在小说叙述中,也即用小说的内在要素,如人物形象、故事情节、具体环境等因素来表现这些主题。但不管采用哪种方式,都必须有一个意义的延伸与拓展。也就是说,小说本身的人物、情节、环境必须可以进一步深化,其外延意义必须能够与某种启蒙主题相契合。

鲁迅小说中的呓语,正是承载启蒙主题的绝妙形式,它以无意识的言说方式将文本的个体经验转化为具有象征意义的民族寓言。《狂人日记》中,疯癫作为一种不被认可的人类生存方式,实际上象征着西方现代文明"重估一切价值""张扬个性"的精神理念。疯癫状态是一种人类的本能状态,远离道德的规劝而关注人类本能的感觉,注重感性经验的传达而将"吃人"的道德礼教推向人类进化的历史法庭,"道德本身就是某种形式的非道德"[①]。狂人的疯癫状态展示出他对历史道德的重新审视,善恶、美丑、真假等一系列传统文化规定的伦理标准,实际上正是将人合法地变为任人宰割的奴隶道德。其本质是扼杀人性的,也就是狂人所发现的吃人。"吃人"具有一种民族历史的普遍性,而且延伸至今。这些传统的伦理道德规范在中国历史上根深蒂固,丝毫不会受到怀疑,但西方文明的价值标准给中国启蒙知识分子提供了一种全新的审视视角:他们开始怀疑价值本身的合法性,并发现了中国传统礼教的"吃人"本质。这种理性思考在"五四"知识分子当中具有普遍的认同性,新文化运动将传统与现代隔离为两个对立的价值立场,启蒙者对传统文化的批判正是他们的立场选择。不但如此,通过一系列有效的途径对民众进行启蒙,而鲁迅的启蒙思想借助狂人的"胡言乱语"得以实现。他通过呓语及其背后的寓意,将狂人的个体经验扩散为整个民族的生存焦虑。"那个病人从他的家庭和邻居的态度和举止中发现的吃人主义,也同时被鲁迅自己应用于整个中国社会:如果吃人主义是

---

① [德]尼采.权力意志——重估一切价值的尝试[M].张念东,等译.北京:商务印书馆,1991:242.

'寓意'的,那么,这种'寓意'比文本字面上的意思更为有力和确切。"①

此外,我们不难发现,鲁迅笔下发出无意识呓语的人们有一个共同的身份,那就是处于失语地位,他们被群体弃置而濒临生死的边缘。狂人发疯本身就是受压抑的结果,他体验到"被人吃"的焦虑正是一种经过无意识包装的真实经验;祥林嫂被动地失去了群体的身份,她本身应该是最大的受害者,可是却荒谬地成为礼教的败坏者,她失去了生存的一切意义,自我的生命价值被群体否定以后只能选择死亡;孔乙己的身份实际上正暗示了"五四"知识分子的尴尬处境,他们作为启蒙者的身份得不到民众的认可,反而成为他们嘲弄的对象。知识分子的处境相当尴尬,他们希望得到权力中心的认可,却被排挤打击,他们希望担当起启蒙民众的时代人物,最终却发现自己不是"振臂一呼应者云集的英雄"②;而革命者常成为民众嘲讽的对象这一现实,也与孔乙己的遭遇暗合。

总之,鲁迅小说中呓语产生的基本条件就是人物的非常态身份,这一身份决定着所有情节的发展都必须以悲剧告终,而这种"非常态"的身份隐喻了中华民族在世界文明中的独特病态。在历史的进化过程中,中华民族的文化形态逐渐呈现出病态,民族在政治经济上丧失了话语权,文化也随之成为傀儡。在西方文明巨大的冲击面前,产生了阻拒历史进化的负面作用。在这一中西文化碰撞的历史语境中,中华民族如果不对其传统文化进行重新审视,而一味盲目信仰,必然会陷入危机之中。而鲁迅小说中的呓语形态,实质上就是对中国传统文化中某些不适应现代文明的因素进行揭露与清理。

第二,鲁迅小说中的呓语现象以其独特的表现形式传达出启蒙者的压抑体验。鲁迅小说中所有的呓语都产生于某种压抑场域,而这种场域实质上是一种心理空间。也就是说,小说文本中的压抑场域实际上是创

---

① [美]詹明信.晚期资本主义的文化逻辑[M].张旭东,等译.北京:生活·读书·新知三联书店,1997:525.
② 鲁迅.鲁迅全集(第1卷)[M].北京:人民文学出版社,2005:439-440.

作主体受压抑的心理在现实环境中的投射。从小说的文体特征及其启蒙作用来看,我们不难发现,鲁迅笔下的人物感受到的压抑正是创作者的生存体验,而小说中的呓语陈述恰是创作者传达这种压抑体验的艺术手法。"实际上,鲁迅并不是思辨型的哲学家,他本质上是一个具有世界眼光和现代意识的现实文化的观察者和富于批判精神的思考者。"[1]

"五四"时期,中国社会的文化语境笼罩着一层压抑的浓云。西方现代文明以其殖民者的身份,合法地进入中国社会,并以其政治经济上的霸权,迅速建立起一套将中国纳入西方视野的文化殖民话语。中国传统知识分子作为本土文化的卫道士,高举"尊孔复古"的文化大旗,借助儒家的伦理道德来维护世道人心,形成与西方文化对峙的局面。而从历史进化的角度来看,西方文明是一种先进的文化形态,它伴随现代国家机制而生,并相应地形成了一套西方社会的组建模式,推动了生产力的巨大发展。中国传统文化则与一种已经宣告消失的封建社会形态伴随而生,拒绝接受西方的意识形态模式,而以回归传统为指向,其实是一种阻碍历史前进的落后文化形态。那么,在中西文化交汇碰撞并发生矛盾冲突的历史场景中,某一群体必须以理性的眼光反观两种文化,并针对当时中国的具体现实做出选择。这一群体就是同时接受了东西文化的新知识分子。这一特殊身份使得他们唯一地具有对社会文化取舍发言的权利。而新文化运动的发生宣告了知识分子站在现代文明的阵营中,对传统文化发起了猛烈的攻击。

"五四"知识分子的文化立场无疑是正确的,然而这并不意味着传统文化在中国社会中顿时失去了价值。事实上,西方现代文明对20世纪初中国社会的影响是极为有限的。它只在城市范围内对某些特定阶层的思想塑造产生影响,而在农村,传统文化依旧占据着主流地位,甚至可以说西方现代文明几乎没有影响到中国腹地内最广大的农民阶级,他们依旧以封建社会的小农经济作为生产方式,传统的伦理道德规范依旧是他们

---

[1] 杨义.鲁迅与中国文化的现代启示[J].文学评论,2006(5).

思想的本源。有的学者将当今中国与20世纪初的中国社会与西方文化的直面关系进行对比后指出:"20世纪初的西方主要资本主义国家的工业化水平是有限的,文化霸权尚未确立,对别国思想文化的操控远未达到经济与思想全球化的今天所达到的程度;同样的,中国当时的对外开放也是初步的与浅层次的,西方文化无法像列强的兵舰在中国横行一样轻而易举地完成对中国文化空间的占领。"① 从这一论述中我们可以看到,20世纪初西方文明对中国社会的影响,实际上仅限于几个殖民化程度较高的城市,而对广大农村腹地的影响相当有限。启蒙者有意夸大了西方文明的冲击力,希望借此警醒尚沉迷于传统文明麻醉之中的广大民众。那么,知识分子的境遇就必然面临一种两难,主动脱离群体的个体生命在面对集体冷漠时的压抑感,无时无处不困扰着他们。他们既要作为传统文化的破坏者,同时又必须担当新文化的建设使命,而且要作为启蒙者开启中国广大民众的思想之门。而"五四"知识分子自身的局限性导致他们的思想启蒙缺乏理性的前提,启蒙内容多为对传统文化弊端的抨击而无明确的建设意见。这就使得他们的思想不可避免地陷入困境,来自传统文化阵营中的反对意见,来自民众的冷漠反应及自身的反思判断,都造成了难以名状的压抑体验,而这种压抑体验常常借助文学的形式传达出来。

鲁迅作为新文化运动的主将,同时又与传统文化有着不可忽略的关系。他曾声明自己"中了韩非庄周的毒"②,而来源于西方的"托尼思想"(托尔斯泰和尼采的思想)也深深地烙在鲁迅的心中。研究者指出,鲁迅的前期思想是个人主义的。此说来源于他1907年的三篇文言论著,以及"任个人而排众数"的思想观念。然而,中国社会广大民众却是一个巨大的无意识群体,他们成为"个人"的直接扼杀者。我们从鲁迅的各类文章中不难看出他对个人与群体关系的思考。这一思考并不是置身事外的对观念的审视,而是直接对自我生存境遇的反思。作为启蒙者的鲁迅,在面

---

① 庄锡华.五四新文学的文化渊源与学理反思[J].文学评论,2006(2).
② 鲁迅.鲁迅全集(第1卷)[M].北京:人民文学出版社,2005:301.

对固守传统文化的敌对势力时,他并不害怕。因为敌对阵营的出现恰为新文化运动的传播树立了前进的指向,而他最担心的是面对民众的麻木与群体对个体发难时形成的"无物之阵"。从鲁迅小说中的呓语及其背后承载的社会思想观念来看,鲁迅思考的个体与群体之关系的线索十分明了。狂人、祥林嫂、孔乙己尽管身份各不相同,但他们都是作为个体的存在,他们面临的生存威胁正来源于群体。群体可以放逐个体,并以某种道德的标准来宣判"先觉者"为"狂人",将受到传统礼教的"迫害者"称为"伤风败俗者",还可以对一名落魄的读书人宣判知识的无效,从而使其成为众人嘲弄的对象,这无不说明群体在扼杀个体生命与精神时具有的强大力量。而这种对小说文本中主人公压抑体验的描述,正是鲁迅传达启蒙者在现实语境中压抑感受的有效形式。

第三,鲁迅小说中的呓语形式承载着丰富的哲学意义,是鲁迅生命哲学的某种折射。鲁迅受西方现代哲学思想的影响是通过对小说中人物生存境遇的抒写而传达的,呓语就是其重要呈现形式。尼采提出的"重估一切价值",实际上就是一种对传统文化及历史意识的重新审视。鲁迅深受尼采思想的影响,并立足中国社会的现实提出了自己的审视标准。鲁迅在长期的生存斗争中形成了自己的一套生命哲学,主要表现为对"心"的关注。"鲁迅的思考中心,总的来看,是心性层面的问题,灵魂的问题。"[1]鲁迅关注"心性层面"的问题是因为在他看来,拯救国民的灵魂才是真正的"立人"。然而,这一思想在实践的过程中存在着许多具体的问题,如启蒙者与被启蒙者之间的复杂关系,现在与将来,希望与绝望,等等。这些问题以某种"心性"的方式存在于鲁迅的思想中。也就是说,作为新文化运动的传播者与拥护者,鲁迅本身必须面对一系列问题,并给出自己的答案,才可以坚定信念坚持自己的立场。但实际上,对这些问题的深入思考将鲁迅带入了哲学的殿堂,他无法用艺术的描绘去隐蔽这些问题,即便启蒙者的责任让他尽力将自己的怀疑掩盖下去。但面对自己时,他无时无

---

[1] 王乾坤.鲁迅的生命哲学[M].北京:人民文学出版社,2001:69.

刻不思考这些问题。通过对这些问题的思考与回答,鲁迅形成了自己的生命哲学,即虚无思想、中间物思想与反抗思想。不难发现,鲁迅的一生都在这三种思想的影响下发表自己的观点。在小说文本中,虽表现得比较隐晦,但我们也可以发现其内在联系。

首先是虚无思想。鲁迅与其他新文化运动的主将不同,他既明确地站在坚持新文化的立场上,大张旗鼓地反对传统文化的种种弊端;但同时,他也对这种破坏传统文化的行为做出反思。他将对传统文化的破坏分为两类,即"盗寇式的破坏"与"建设式的破坏",并声明只有"建设式的破坏"才能真正达到进化的目的。但事实上,新文化运动的主将大多只是明确地抨击传统文化,而对如何走向西方的问题少有研究,更无一致的意见。所以,这种对传统文化的清算只能算得上"盗寇式的破坏",对将来的社会发展不见得有用。其实鲁迅的怀疑,正体现为他对一系列社会现实的清醒认识及对早年进化论思想的重新认识。鲁迅相信进化是生物的必然规律,"青年必胜于老年"[1]。然而,社会上许多青年的反动行为让鲁迅对这种朴素的进化论产生了怀疑,由此衍生出若干对立的矛盾主题,如现在与将来之关系。鲁迅立足现在,却不相信将来。他虽然对现实世界有诸多不满,但与所谓的"将来的黄金世界"相比,他更关注此岸的世界,而对将来持有一种审慎的态度。"绝望之于虚妄,正与希望相同"[2],这是一种超越希望与绝望的入化状态,也即虚无状态。鲁迅虚无思想实质上是一种对于事物本身呈现出来的状态的怀疑。一切可以言说者在鲁迅的思想中都成为怀疑的对象,只有无意识的存在才能较为真实地反映存在者的本来面貌。于是,鲁迅小说中出现了大量借无意识力量表达特殊体验的大胆尝试。这既得益于他对精神分析的认同,又与他对世界的虚无本源的观念相同。在这一虚无状态中,一切逻辑都是可以回避的,逻辑思维不过是一种为社会所认可的言说方式,并不能代表绝对的正确。因此,发现

---

[1] 鲁迅.鲁迅全集(第4卷)[M].北京:人民文学出版社,2005:5.
[2] 鲁迅.鲁迅全集(第2卷)[M].北京:人民文学出版社,2005:182.

了历史真理的不是道貌岸然的卫道士,而是精神错乱的狂人。而狂人得出这一结论的本源更不是对历史本身的清醒认识,而是一种无以名状的压抑体验与被吃的焦虑。

其次是中间物思想。中间物思想是在进化论的基础之上形成的,其根本特征是任何生命在整个进化链条中都是一个微不足道的过渡阶段,是过去与将来之间的一段生命形态。"'中间物'意识首先是对人的有限性的把握,它把人可以隐匿的精神避难所,疗养所——气球般地戳穿,也就是把一切外在于己的虚妄寄托或希望——撕开,剩下的只有中间物状态的我和黑沉沉的大地。中间物意识的一个应有之义,是对永恒的中断,是对最终希望的消解,更确切地说,是有限与无限,可能与必然之平衡的打破。作为一种存在论体验,不妨说,中间物意识同时也就是绝望意识。"[①]作为中间状态的人,必然会面对一个困境,就是将现实孤立出来,没有从前也没有将来,只有现实的生存才是真正的意义。所以,鲁迅的文艺观也染上了这种"中间"的思想,关注当下的生存状态,用于承担对现实问题的表态义务。鲁迅小说的题材选择、思想意识及主题意义都是面对现在的,而呓语正是当下生存状态的一种压抑性表达。无意识的呓语实际上是一种反抗压抑的自觉形式,社会现实使生于其间的人产生巨大的压抑,而这种压抑尤其体现在某些特殊的个体身上。所以,鲁迅小说中的呓语形式,不论是表现了怎样的话语意义,其最终指向都是对当下人们生存困境的言说与思考。

最后是反抗思想。鲁迅的虚无意识及中间物意识必然导致"反抗绝望"的生命哲学。这种反抗虽然表现为多种具体的形式,但本质上是对"虚无"的反抗。人在虚无状态下的精神理念是绝望的,会怀疑一切,却不得不有所作为。而"中间物"意识的另一个主题就是对现实的责任承担。那么,面临现实的虚无而且必须承担一定的社会责任时,人所做的一切都是对绝望的反抗。鲁迅一生对现实不满,并且多加指责,但却终生关注现

---

① 王乾坤.鲁迅的生命哲学[M].北京:人民文学出版社,2001:177.

实,为改变现实付出艰辛。这其实就是一种反抗形式,是一种带有对生命本身价值追寻的有意义的形式。"鲁迅骂现在是'执着现在'的贯彻方式,否定在场是强调在场的实现环节。二重态度的指向为一,那就是本真的生命自由的落实。"[1]所以,鲁迅小说中的呓语也便延伸出一个特殊的意义,即对现实压抑的反抗,狂人、祥林嫂和孔乙己的死既是现实压抑对他们的迫害,又是他们反抗压抑的直接手段。这种反抗借呓语形式表现出来,本能地有着深刻的话语意义,狂人与周围环境的对抗关系,祥林嫂及孔乙己对群体的希望逐渐破灭,都是一种绝望状态。也就是说,现实的压抑场域并不会因为某些特殊个体的反抗而改变,群体性的冷漠依然是现实空间的主流语境。但这些具有特殊身份的个体,却用他们各自不同的方式表达了对现实绝望状态的反抗,是某种悲剧式的心理对抗模式。

总之,鲁迅小说中的呓语现象是一种具有研究价值的无意识形态,对于新文学尝试阶段的作品而言,这种对无意识以及人类心理机制的关注及表现,无不具有积极的文本意义与社会价值。呓语的生成机制是生命受到压抑的内心体验,而其表现方式则是经过包装变形的。也就是说,呓语是现实经验的剩余表达。它虽然在言语内容上极其含糊,甚至与具体语境错位,但本质上正是对日常经验的隐性表达。呓语本身的无意识性导致研究者不得不关注个例,而笔者对于三种无意识状态的划分及具体表现也采取了个案分析的方法。以狂人的疯癫状态、祥林嫂的麻醉状态及孔乙己的过失状态为代表进行分析,其实鲁迅的其他小说中还或多或少地存在着对无意识的有意描写。但以小见大,我们不难发现,这套无意识话语被作为创作主体的鲁迅有意识地置于文本中进行书写本身就有着不可忽略的意义。这种呓语叙述传达出鲁迅的生命体验,而这种生命体验恰是鲁迅长期思考形成的生命哲学的具体反应。它不仅是个体性的经验言说,更是代表了社会转型期启蒙者的普遍经验。鲁迅将其内心的压抑体验借助小说中的压抑场域表现出来,并分散到不同的生命个体中,使

---

[1] 王乾坤.鲁迅的生命哲学[M].北京:人民文学出版社,2001:28.

得小说文本具有了超越性的哲学意义与社会价值。可以说,鲁迅对呓语的叙述及其对此种叙述的积极态度,都折射出他对人类"心性层面"深入剖析的伟大思想。

第三节 疾病氛围与鲁迅小说的文本隐喻
——以《药》《弟兄》为例

一、作为隐喻的身体疾病及其文本症候

疾病作为一种身体病症,历来就广泛地进入了作家视野,并根据不同的认知体验及意义范畴进行了极致的书写。"疾病和疗救的主题成为仅次于爱与死的文学永恒主题。"[①]从文本意义的生成上说,对疾病症状、疾病氛围、疾病人物、疾病心理等方面的书写,不仅营造了巨大的压抑语境与焦虑氛围,而且形成了指向疾病本身意义之外的话语张力。小说文本借疾病这一"非常态"意象,将疾病本身及其蕴含的社会历史文化意义延伸开去,也就是疾病成为一种隐喻:它必然地开创小说文本空间的另一个审美维度。

鲁迅作为中国现代文学史上一个将文学文本意义与其承载的社会价值完美统一的作家个体,对疾病这一意象的书写具有极其重大的意义。鲁迅小说中塑造了许多堪称经典的病态人物形象,如狂人(迫害狂症)、疯子(神经症)、华小栓(痨病)、靖甫(疹子)等直接以其病症作为主要书写对象的人物,以及宝儿(《明天》)、魏连殳(《孤独者》)等没有直接说明病症的

[①] 叶舒宪.文学治疗的原理及实践[J].文艺研究,1998(6).

人物形象。这些人物有的是小说文本中的重要角色,有的只作为疾病语境的生成原因而存在。但无一例外的是,他们的身体疾病不仅给自身带来了严重的生理病痛,而且自为地营造了一种焦虑氛围,通过疾病症状、医治过程以及疾病结果,给患者周围的其他人造成了整体性的精神影响。疾病本身并不是单一的意义载体,它虽然以直观的生理功能病症作为主要的言说方式,但因为疾病历史性地与某种对应的隐喻结合在一起,而使得这种言说必然地成为一种超越疾病本身话语意义的特殊精神关照。"病本身已让身体和精神蒙受痛苦,而隐喻着附着在疾病之上的象征意义则要施加另一层的重压:疾病及其隐喻,成为生命中不能承受之重。"[1]

　　生理疾病自明地意味着某种期待之外的结果,它悲剧性地指向一个终极目标:死亡。人类求生的本能在疾病中也会显现得更为自觉,不管是疾病患者还是其亲缘关系范围内的所有人群(在本书中,把与病者有各种亲缘关系的人群命名为牵带群体),理论上说,都会极力地为摆脱病症,拒绝死亡而不懈努力。然而,这种求生的挣扎永恒地存在于一种向死的阴影之中。只要疾病症状存在,求生就只能是一种理想。它先验性地规范着病者及其牵带群体的精神逻辑,即他们虽然拒绝直接地将死亡作为话语言说的对象,并采取积极的态度来对待疾病及其结果,但本质上他们并不能得到必然摆脱死亡的求证过程。也就是说,一旦疾病成为某个群体内的特殊关照对象,那么这一群体就必然地面临着一种精神向往与现实境况之间的巨大张力。这种张力构成了疾病氛围的第一种隐喻:死亡隐喻!从精神分析角度来说,病症中的人物通常具有两种本能,即生存本能与死亡本能。这是作为人类动物性的两种极端的无意识倾向,而且值得注意的是,这种无意识在疾病的量变聚集到一定程度的时候就会明显地呈现出来。不难发现,所有的疾病在没有出康复或死亡两种结果之前是永远无法停止的。所以,从伦理规范来讲,人类在面对疾病时,无法借助任何人为因素在上述两种结果来临前中断疾病过程,唯一能做的就是等

---

[1] 吴锡平.反抗隐喻的病痛——读苏珊·桑塔格《疾病的隐喻》[J].书屋,2005(1).

待。"他们算着自己的日子:康复的日子或永诀的日子。"①疾病氛围中的人群急切地盼望康复,但在另一层隐性的伦理层面上,人们期待着死亡。也就是说,疾病至少衍生出这样一个隐含着挣脱道德规劝的潜意识价值逻辑,生与死的对抗并不停留在疾病的层面上,而上升到社会道德规范之内。疾病只是一种社会价值的承载体,它在某种程度上已经成为一个无实际含义的隐喻体。通过这一实体,人们将关注对象从患者身上移开而转向社会价值层面。此外,死亡隐喻在一定程度上被异化为群体性的灾难,如传染病患者对其生存环境内人群的死亡威胁。这又使得疾病氛围内充斥着另一种形式的隐喻——耻辱隐喻!患者一旦与某种疾病概念建立了联系,他便不再是自己而成为一种潜在的威胁。因而疾病患者在抵抗身体病痛的同时,还被动抵抗着疾病加在他身上的种种耻辱。"首先,内心最深处所恐惧的各种东西(腐败、腐化、污染、反常、虚弱)全都与疾病划上了等号。疾病本身变成了隐喻。其次,借疾病之名(这就是说,把疾病当作隐喻使用),这种恐惧被移置到了其他事物上。"②正因如此,小说对疾病的描写才能在更为深刻的意义上达到触动人物内心、反映社会物态、唤起精神建构的作用。

在对疾病氛围做出界定之前,我们有必要对处于这一语境之内的人群进行分类,并考察不同人群对于疾病的价值立场与道德反应。在疾病氛围生成之后,至少存在着患者、牵带群体、医生、旁观者四类人群。他们与疾病中心的亲疏关系不同,在面临生与死的话语争执时持有不同的观点,这些观点各具说服力,但也因为价值立场的不同而呈现出某种潜在的逻辑结构。首先是患者本人,距离疾病中心最近。在患者自身之外的人群中,"病人"就等同于"疾病"!疾病氛围中的人群在言说疾病时,并不以疾病的医学概念作为立论根据,在求证过程中也不会以科学的方式进行思考,而是单纯地将疾病与患者等同了起来。从这一意义上说,患者就是

---

① 吴亮.医院简略图[M]//汪民安主编.身体的文化政治学.开封:河南大学出版社,2003:161.
② [美]苏珊·桑塔格.疾病的隐喻[M].程巍,译.上海:上海译文出版社,2003:53.

疾病中心！然而牵带群体通常采取措施向患者隐瞒疾病的真实情形。所以，我们不难发现，在疾病氛围中，患者对自己的病情并不足够了解。他们虽然能够切身地体验到疾病带来的种种生理痛苦，实际上却并没有获得对疾病的命名权！患者"被真诚地诊治，又被谎言所安慰"[1]。所以，我们可以这样给患者定位：他虽然处于疾病的中心，却不能确切知道自身疾病的真实隐喻。其次是牵带群体。作为与患者关系最亲密的人，他们无疑具有对患者疾病的知情权。这一群体必须承担两种不同的角色，即面对患者与面对医生以及旁观者时采取不同的态度。对患者病情的隐瞒实际上是某种变相的死亡焦虑，它意味着对疾病的命名已经决定了患者的最终归宿，但人性的情感价值又迫使他们必须反抗这一隐喻。所以，在疾病氛围中，牵带群体成为伦理道德的审视对象！再次是医生。他们作为疾病氛围中的特权群体，具有对疾病进行诊断和命名的权力。医生向牵带群体汇报患者的疾病情况，本质上是对患者的生命宣判。"只有那些表情和蔼（或者严峻得近乎冷漠）的医生们，才知道等待着每个病人的结局是什么。"[2]疾病氛围中，医生具有无可反抗的言说权力，他们无需对宣判的有效性承担责任，只负责对疾病进行命名，并在力所能及的范围内遵照牵带群体对疾病的态度进行治疗。医生在疾病氛围中的作用主要有两种：第一，对疾病命名。第二，宣告疾病过程的结束。最后是旁观者，这类人群具有一种隐性的价值评判权力。他们是疾病氛围中唯一不受疾病直接影响的群体，因此而将自身放置在无关利益的评介立场上，对其他群体的行为进行潜在规劝。也就是说，旁观者成为疾病氛围中社会伦理隐喻的中心。他们凭借众数的力量及承袭而来的伦理规范，对受疾病之累的个体（包括患者、牵带群体、医生）进行伦理价值的宣判。

对疾病氛围内的四类人群进行分析，并将其中潜在的逻辑关系进行梳理，我们不难发现，其实疾病氛围中的压抑与焦虑，本质上已经被抽象

---

[1] 吴亮.医院简略图[M]//汪民安主编.身体的文化政治学.开封：河南大学出版社，2003：162.
[2] 吴亮.医院简略图[M]//汪民安主编.身体的文化政治学.开封：河南大学出版社，2003：162.

化了。它并不限于疾病本身,而在于疾病的隐喻! 其实,疾病氛围正是为所有具有社会意义的隐喻提供了一个有效的平台。它同时具备了几种张力,生存本能与死亡本能,希望与绝望,反抗与顺从,隐瞒与揭露,希望与绝望,等等。正是在这张力关系的牵引下,鲁迅"化用了医学史上疾病症候与社会环境互为联系,即医学症候与'社会病症候'之间,存在着一定联系的相关知识和背景"[①],将身体疾病与某种社会疾病相对应,在极富寓言性的情节建构中承载社会改革、思想启蒙的价值。

二、鲁迅小说中的疾病氛围与文本隐喻

鲁迅小说直接对疾病氛围进行书写的有《狂人日记》《药》《弟兄》,而其他如《明天》《长明灯》《孤独者》等也间接地对疾病进行了描写。这些小说虽描写疾病,但本质上并不是为了描绘疾病给肉体带来的种种苦痛,而是将疾病氛围作为某种话语言说的平台,将小说的文本意义提升到疾病之外的社会历史层面。我们知道,疾病作为某种隐喻,是与疾病的症候关联在一起的。它象征死亡,并在一定程度上成为"众矢之的",承担了耻辱的隐喻。疾病(尤其是致命的疾病)必然地导致肉体生命的消溃,及其中延伸出来的死亡威胁,使得所有的疾病氛围都以无可名状的死亡作为终极隐喻。如《弟兄》中的靖甫所患的疹子并没有导致死亡的结果,但在诊治过程中却一直充溢着压抑的气氛,沛君作为患者的大哥,潜意识里始终存在着死亡的画面;《狂人日记》中的狂人与《长明灯》中的疯子所患的是精神疾病,这种疾病并不直接导致死亡,但从文本中来看,死亡的命题却永恒存在,狂人的"吃人"焦虑本质上就是扼杀生命的死亡隐喻,而疯子周围的人群也多次出现过将他杀死的念头:"这种子孙,真该死呵!"[②]并且出主意,"大家一口咬定,说是同时同刻,大家一齐动手,分不出打第一下的

[①] 逄增玉.鲁迅小说中的"医学"内容和叙事[J].社会科学战线,2003(4).
[②] 鲁迅.鲁迅全集(第2卷)[M].北京:人民文学出版社,2005:65.

是谁,后来什么事也没有"①。这都直接关涉死亡,所以疾病的隐喻实际上成为生命个体面对死亡的巨大焦虑,而这种焦虑并不来源于生理的疾病,相反却是心理的某种病态症状。"在疾病带来的痛苦之外,还有一种更为可怕的痛苦,那就是关于疾病的意义的阐释以及由此导致的对于疾病和死亡的态度。"②也就是说,生理疾病的死亡隐喻直接导致了心理的焦虑病症。这种焦虑虽然由身体疾病引申出来,但却迅速地转移到了精神领域。在20世纪初中国特殊的社会语境中,对精神领域的关注远远超过对身体疾病本身的关注。鲁迅在《〈呐喊〉自序》中明确提出,改变民众精神为"第一要著":

> 凡是愚弱的国民,即使体格如何健全,如何茁壮,也只能做毫无意义的示众的材料和看客,病死多少是不必以为不幸的。所以我们的第一要著,是在改变他们的精神,而善于改变精神的是,我那时以为当然要推文艺,于是想提倡文艺运动了。③

既然鲁迅首推文艺改变国民精神的重要作用,"文艺是国民精神所发的火光,同时也是引导国民精神的前途的灯火"④。那么在鲁迅的文学世界中何以存在着如此数量众多而形象明晰的"疾病患者"呢?换句话说,以改变精神为主的文艺为何要对"身体疾病"做大量细致的描绘呢?二者之间是否存在着某种不可分割的内在联系?若是,这种联系又是以什么方式建构起来的呢?笔者对《呐喊》《彷徨》中两篇涉及身体疾病的作品《药》和《弟兄》进行分析,试图从具有不同情节背景的疾病氛围中寻找其共同主题,并探寻其内部的话语机制。

(一)《药》:疾病氛围与耻辱隐喻的运作机制

疾病作为某种身体病症,最直接的结果是导致肉体生命的消溃,尤其

---

① 鲁迅.鲁迅全集(第2卷)[M].北京:人民文学出版社,2005:65.
② 吴锡平.反抗隐喻的病痛——读苏珊·桑塔格《疾病的隐喻》[J].书屋,2005(1).
③ 鲁迅.鲁迅全集(第1卷)[M].北京:人民文学出版社,2005:439.
④ 鲁迅.鲁迅全集(第1卷)[M].北京:人民文学出版社,2005:254.

以和死亡结果关系密切的疾病为甚,而此种疾病却因为死亡的可延伸性导致了群体精神状态的集体性焦虑。这一焦虑的根柢不在于疾病本身,而是将疾病患者置放于道德审判的焦点中心。这一行为呈现出的隐喻性话语是:疾病将生理病痛转移到了精神领域,生理疾病被动地承担了精神的耻辱。最典型的案例就是鲁迅小说《药》中华小栓所患的"痨病"。

痨病,医学上称为"结核病",是由结核杆菌引起的传染病,多由呼吸道感染,偶见消化道感染,病理特征为结核形成和干酪样病变,最为常见的是肺结核。早期无明显症状,病情进展时,除全身症状如疲乏、食欲不振、清瘦、潮热等外,还有病变器官的局部症状。[①]在20世纪初的医疗领域中,结核病是致命性疾病。这意味着一旦染上结核病,就在极大程度上与死亡成为同源体,即便努力治疗,最终也难以逃脱死亡的必然后果。从这层意义上说,结核病的病理特征直接导致了死亡的焦虑。对疾病患者的宣判如果以结核病命名,那么无疑就向患者宣判了死刑。因此,这种疾病对于患者来说,是死亡的隐喻,是对生命绝望的巨大焦虑。然而,这并不是结核病产生的全部焦虑。从该疾病产生的压抑场景中看,真正畏惧结核病的不是患者,因为其本身对于已经身患此疾病的现实无能为力,只能被动接受。这一疾病也给患者之外的人群带来了巨大的焦虑,这种焦虑(甚至是恐惧)是对于自我生命危机感的变相体验。他们由于害怕被传染而对作为疾病中心的患者产生了一种厌恶感,进而将此种厌恶上升到了精神观念与价值逻辑的领域。在此基础上,疾病本身的罪感被动地转移到最为不幸的患者身上。身患此疾不仅要承担生理上的种种病痛,而且必须被动地作为罪恶的化身——这意味着人格变质!也就是说,结核病这种在医学上不具有任何精神破坏性的疾病,往往以精神的破坏者身份出现。它先验地象征肉体生命的死亡,然后又被动地将业已承受死亡焦虑的患者推向道德审判的前台。"任何一种被认为是神秘之物加以对待并确实令人大感恐怖的疾病,即使事实上不具有任何传染性,也会被感到

---

① 辞海(缩印本)[M].上海:上海辞书出版社,1979:1500.

在道德上具有传染性。"[1]更不用说实际上能够传染的结核病了！那么,由结核病带来的疾病氛围,就必然地会引发集体性的精神压抑,并延伸出种种关于"道德""罪恶""耻辱"的伦理命题。

鲁迅小说《药》的主题虽在于革命者被民众所"吃"的巨大不幸,然其文本空间内却也包含疾病的耻辱隐喻,以及耻辱隐喻的运作机制。小说开始虽未直接点明华小栓所患的是痨病,但从开篇华家的紧张气氛中,我们不难猜测病情非同一般。华老栓半夜"忽然"坐起之后与老婆的对话包含着诸多的神秘,而"里边的小屋子"时不时发出的"咳嗽"之声更将这份紧张与神秘推向了极致。鲁迅行文的巧妙之处在于,他用老栓的一系列行动将真正的疾病中心隐藏起来。这正是疾病氛围中牵带群体的行为方式。我们虽然看不见疾病患者小栓的病理症状及精神面貌,但从老栓的行为方式中可以看出疾病带给华家的巨大阴影。在面对疾病中心的小栓时,老栓的态度是积极而乐观的,他等小栓咳嗽平静后,安顿儿子不要起来,不要操心店铺,安心养病——这是牵带群体面对疾病中心的态度——必然是一种对死亡结果的隐匿。同时也反映出对生的希望,虽然这种希望只是不切实际的理想。总之,牵带群体对患者的态度是保护性的,不论是对患者隐瞒病情还是精神安慰,都是以减轻患者的生存焦虑为目的。值得注意的是,牵带群体的保护性行为并不以相信疾病的治愈为前提,而是以减少病者精神痛苦为前提的。然而这并不意味着疾病本身的死亡隐喻和耻辱隐喻消失殆尽了,而是发生了转移,从疾病中心转移到了牵带群体。华老栓在保护儿子的同时,也就主动将痨病的耻辱(传染源)与罪恶(导致死亡)归附于自己身上。也就是说,疾病氛围中,作为疾病中心的患者(小栓)被牵带群体(老栓)保护起来,使他避免承担疾病痛苦之外的精神审判,却将自己推向了群体伦理的审判前台。从老栓半夜起床"求药"时的"鬼鬼祟祟"神态中,我们不难发现,老栓清醒地知道,自己已经成为群体中的"罪人",等待他的是群体的责难与被放逐的命运。

---

[1] [美]苏珊·桑塔格.疾病的隐喻[M].程巍,译.上海:上海译文出版社,2003:7.

华老栓面对旁观者评判时的行为反应与精神特质,明显地呈现出上述症候。旁观者看见老栓时,虽从未直接点明疾病症状,但却发出"哼,老头子""倒高兴……"①等一类羞辱性的言辞。这些言语背后隐藏着的正是疾病氛围中,外围群体对疾病中心的身份定位与鄙视心理。他们认为,身患疾病的小栓是有罪的,继而将这种罪感扩散到整个华家。正因这一机制,老栓在面对旁人的冷言冷语时所表现出的行为方式与心理状态都呈现出病态:

> 老栓又吃一惊,睁眼看时,几个人从他面前过去了。一个还回头看他,样子不甚分明,但很像久饿的人看见了食物一般,眼里闪出一种攫取的光。……仰起头两面一望,只见许多古怪的人,三三两两,鬼似的在那里徘徊;定睛再看,却也看不出什么别的奇怪。②

从这段话中,我们不难发现,老栓内心对疾病耻辱隐喻的认可。在他看来,儿子的疾病确实具有罪感,它使得自己在旁人的责难与嘲讽中抬不起头来。也正是在这层意义上讲,治疗疾病成为个体应对群体责难的唯一方法——既然疾病尚未以死亡作为终结,就必须朝着康复的理想努力——这种努力实质上并不是"反抗绝望"的表现(因为他们知道"痨病"本身无法治疗),而是对自我给群体造成死亡威胁这一罪恶的无奈洗刷。牵带群体希望借助自己的努力,在疾病氛围中得到群体的原谅与认可,而始终能站在群体中,不被孤立。那么,我们看到《药》中,老栓为儿子求到"药"之前的精神状态是"承认有罪"的,他与群体之间的关系也处于敌对状态,即面临着被群体放逐的危险,自我个体成为群体道德的破坏者。从另一层面来讲,老栓为儿子求得"药"之前,民众的态度是极为恶劣的。他们鄙夷具有"痨病身份"的小栓全家,痛恨他们给群体带来的死亡威胁,并一致认为其有罪……然而,这只是在吃"药"之前的民众态度。当

---

① 鲁迅.鲁迅全集(第1卷)[M].北京:人民文学出版社,2005:464.
② 鲁迅.鲁迅全集(第1卷)[M].北京:人民文学出版社,2005:464.

老栓为儿子求得"药"并趁热服下之后,整个疾病氛围中的精神压抑状态似乎发生了转变。不论是牵带群体还是外围的旁观者,他们虽然依旧承认疾病中心的巨大危害,却在一定程度上放松了戒律的尺度。也就是说,疾病本身固有的"罪恶"与"耻辱"渐次消失了。首先是华大妈,她相信儿子吃完"药"后就会好起来。"吃下去罢,——病便好了。""睡一会罢,——便好了。"①这种对待疾病的态度其实已经发生了某种细微的变化,从"向死"的巨大的绝望中转向了"向生"无限希冀。她相信"药"具有起死回生的神奇作用,而这一走向的最终结果便是康复,这正是打破疾病压抑氛围的理想模式。除此之外,在患者服药以后,旁观者的心理态度也发生了转变,康大叔进门就问:"吃了么?好了么?"②花白胡子在听完康大叔的话后也说:"这病自然一定全好;怪不得老栓整天的笑着呢。"③从这些话语中,我们体验到了华家的轻松,而这由压抑到轻松的过程正缘于"药"的巨大疗救作用。确切地说,是因为疾病氛围中人们对于"药"神奇功效的信仰。虽然这是一种迷信,从结局看也没有起到治疗小栓痨病的作用,但它却成为暂时洗刷疾病耻辱的唯一有效工具。从本质上看,旁观者放松戒律的原因并不在于对"药"能否治愈痨病的理性认识,而在于对"吃药"这一"赎罪"方式的认同。他们认为,华家的"吃药"行为在精神领域已经达到了根除死亡威胁的作用。也就是说,虽然现实中的疾病过程并没有结束,但在精神领域"吃药"就等于"治愈"!也即疾病过程宣告终止,疾病氛围被打破,生活秩序恢复正常,濒临被群体放逐的"有罪个体"(华家)又回到群体中来等等。也就是说,人们对于"药"的普遍认同在一定意义上消解了对疾病中心罪感身份的指认。由此更加证明了,使疾病中心(华家)承载了耻辱与罪恶隐喻的并不是疾病(痨病),因为疾病的死亡威胁并没有减退;使疾病中心卸下耻辱的也不是疾病的治愈,而是旁观者对疾病中心道德

---

① 鲁迅.鲁迅全集(第1卷)[M].北京:人民文学出版社,2005:466.
② 鲁迅.鲁迅全集(第1卷)[M].北京:人民文学出版社,2005:467.
③ 鲁迅.鲁迅全集(第1卷)[M].北京:人民文学出版社,2005:468.

评介尺度的放松,甚至改变。笔者说过,旁观者在疾病氛围中具有道德评介的权力,他们对于疾病中心的态度直接影响到疾病本身的隐喻。

因此,不难得出这样的结论:疾病氛围中充溢着的巨大精神压抑与焦虑症状,在很大程度上并不直接来源于疾病本身,而来源于这一氛围中集体性的价值评判。这种价值偏离是必然的,至少在鲁迅的思维意识中,它始终处于中心地位,并且无可撼动。我们从《药》中发掘出来的疾病隐喻运作机制可以归纳为"群体对个体宣判"!这一主题本质上是对"个体的人"生存状态的关注,是对"立人"思想的呼唤,是对处于传统与现代交叉路口的国人"灵魂"痼疾的密切关注与深刻思考。"鲁迅的思考中心,总的来看,是心性层面的问题,灵魂的问题。"[1]那么,我们注意到对于疾病的言说,本质上已经转移到对于疾病氛围内集体生存状态的关注。这种状态是我们早已熟悉的"国民性"状态,也即群体对于生存其间的个体生命价值的宣判状态。疾病只是一种承载了特殊话语隐喻的先验主体,它的特殊之处在于可以本能地掩饰这种"群体对个体宣判"的逻辑结构,而将病者本身的罪恶与耻辱摆放在道德的前台。也就是说,在《药》这篇生动的小说文本中,我们发现真正将个体置于死地的不是具有死亡特质的疾病,而是整个疾病的"非常态"氛围对"人"的戕害。而环境对个体生命迫害的方式,又是通过群体性的道德评判机制来实现的。"用'人数的力量'可以说是'环境吃人'的一种最重要手段。"[2]因为疾病只是某种灾难性的象征,它本身并不具有特殊性,所以在此基础上形成的一切认识也便成为一种假象,即痨病本身的病理特征与其呈现出来的隐喻症状并不完全符合。如果是痨病直接导致华家成为疾病氛围中"罪与耻"的化身,那么我们不难论证,在疾病获得它必然的康复与死亡结果之前,罪恶感与耻辱感是不会主动消失的。然而,在鲁迅的书写中,事实并不是这样。只通过一味饱含讽刺的"药"便彻底颠覆了疾病氛围中的所有价值关系,隐喻本身也充

---

[1] 王乾坤.鲁迅的生命哲学[M].北京:人民文学出版社,2001:69.
[2] 何锡章.中国现代理想人性探求[M].武汉:湖北人民出版社,1986:155.

满了矛盾。其实,正是在人们先验性地将疾病作为隐喻的本源进行逻辑推理时,才使得"药"彻底将一切理性的逻辑困入矛盾中。那么,我们有理由选择另外的思路,即将群体性的价值评介作为疾病氛围中隐喻的本源。站在这一立场上来反观《药》中疾病导致死亡的演进方向并未改变,而人们对疾病中心的态度却发生变化这一现象,也就显得合情合理了。事实上,鲁迅小说中的疾病隐喻正是通过疾病本身被包装了起来。它的真实指向并非疾病,而是将疾病氛围作为一种"非常状态"来揭示这一状态下国民的精神症状与社会病因。

(二)《弟兄》:疾病氛围与道德评介机制的转向

疾病的不同症候直接导致疾病氛围中道德评介机制的转向。从这种意义上说,疾病本身不具有道德规劝的价值与力量,但它却本能地推进了疾病氛围内的价值言说方式发生转变,由对疾病本身的关注转向了对道德评介机制的关注。疾病作为某种病理症候,它直接将群体的目光聚集在患者身上。但疾病作为一种氛围,情形则发生了变化,群体性的关注对象往往由疾病中心扩展开来,最终引向某种人为建立的关系。正由于此种聚焦的转向,群体性的价值评介标准也随之发生了转移,由疾病中心发散出来,将距离疾病中心最近的牵带群体也纳入其中。可以这样说,对疾病的关注,在很大程度上是对疾病氛围中人与人之间关系的重新衡量与评价。尤其是对作为弱者的个体与作为强者的群体之间关系的考察,揭示出其中隐含着的"群体对个体宣判"的"奴役"机制。郜元宝指出,鲁迅经常"把弱者放在整体奴役关系中考察"[1]即是此问题的延伸。鲁迅的小说《弟兄》便属此类。通过对疾病氛围中兄弟之间关系的细致描写,展现出一幅"兄弟怡怡"的家庭和睦画卷。但值得注意的是,小说虽着力描写疾病症状,但本质上却将疾病作为考验兄弟关系的某种天然灾难。它只是作为场景而存在的,因此也是可置换的,并不具有特殊性。所以,我们

---

[1] 郜元宝.鲁迅六讲(增订本)[M].北京:北京大学出版社,2007:103.

不妨这样来看待《弟兄》中的疾病氛围:疾病只是作为一种潜在的灾难给整个家庭带来了巨大的焦虑。它的文本作用不在于传达这种焦虑,而是作为一个生活平台来考验兄弟之间的情感。

《弟兄》开头并没有提及任何关于疾病的话题,但却十分鲜明地刻画出兄弟间的不和关系。秦益堂家的老三和老五为了公债的事情打架,"从堂屋一直打到门口"[1],而且直接将小说的主角张沛君置于道德评介的地位,他说:"我真不解自家的弟兄何必这样斤斤计较,岂不是横竖都一样?……"[2]这实际上已经隐含着一种符合传统伦理道德规范的价值认定。秦益堂认可沛君的观点,并羡慕地说:"像你们的弟兄,那里有呢。"[3]汪月生也说:"像你们的弟兄,实在是少有的;我没有遇见过。你们简直是谁也没有一点自私自利的心思,这就不容易……。"[4]虽然这段对比性颇为强烈的开头与疾病没有任何直接的关系,但本质上却非常巧妙地将小说的主人公放在一个道德言说中心的位置,从周围人群对沛君弟兄的评价,我们可以想象得出一幅"兄弟怡怡"的画面,但这份和睦却是人为建构出来的。它虽然极力阻止人们对于其不真实性的任何怀疑,而实际上秦益堂、汪月生的话语中却隐藏着一种态度,即这种弟兄关系的"少有"与"不容易"。这种肯定性的怀疑与上述话语中建构出来的"兄弟怡怡",实质上形成了一种张力,它预示着这种张力必然要打破弟兄之间的理想关系。然而,必须载入一种巨大的考验场景才可能实现这一结果,也正是在此基础上,鲁迅将疾病引入了文本。在鲁迅的意识里,疾病具有特殊的考验作用。这与他本身的经历有关,"父亲的病"在童年鲁迅的内心深处埋下了巨大的阴影,而成年鲁迅自身的多病状况让他体验到了更为深刻的焦虑感。鲁迅曾患肺病,1936年9月3日,他于病中写信给母亲说:"男所生的病,报上虽说是神经衰弱,其实不是,而是肺病,且已经生了二三十

---

[1] 鲁迅.鲁迅全集(第2卷)[M].北京:人民文学出版社,2005:135.
[2] 鲁迅.鲁迅全集(第2卷)[M].北京:人民文学出版社,2005:135.
[3] 鲁迅.鲁迅全集(第2卷)[M].北京:人民文学出版社,2005:135.
[4] 鲁迅.鲁迅全集(第2卷)[M].北京:人民文学出版社,2005:135.

年。"[1]这种疾病与《药》中的结核病有着一定的联系,而《弟兄》中提及的"疹子"则来源于周作人1917年生病症状。因此,选择疾病作为考验人与人(尤其是亲人)之间关系的场合就具有特殊的意义。疾病氛围中的人际关系面临着巨大的挑战,而疾病对人们心理观念与精神价值的重塑作用显得尤为重要。"疾病首先是正常界限的逾越,因而疾病会成为显露一个人人格深处的条件,展现出常态下看不到的东西或不愿表露出的东西,并由此也会成为对人精神的检验。"[2]

疾病在《弟兄》这一小说文本中的出场,是以另外的方式进行的。它并不像《药》中的疾病那样直接将某种固定性的身体疾病与对应的医学命名结合起来,并且从头至尾与这一命名联系在一起,而是采取循序渐进的"推进式"策略,将疾病一步步地引向了焦虑中心。沛君首次提到弟弟靖甫的病时相当轻松:"这几天可是请假了,身热,大概是受了一点寒……"[3]这说明沛君并未将弟弟的小疾当作值得关心的事情,而听说当前正在流行"猩红热"(原文中月生未指明,只说"记得是什么热罢"。)时才突然紧张起来,"迈开步就奔向阅报室去"。[4]实际上,沛君的这一行为并不完全是主动的,在某种程度上已经掺入了群体的意见。也就是说,在群体目光的驱策下,沛君开始重视原本被他轻视了的弟弟的疾病,并相应地生成了一系列象征性的紧张动作。这一细节呈现出的心理机制,并不完全是以疾病作为中心的。沛君只是听说时下在流行"什么热",可见疾病在此时并未完全呈现出来,最多只是一种怀疑。然而在得知这一消息后,另外一种隐性的规劝力已经产生,即群体的评介目光。我们可以认为,沛君正是在群体性的审视目光中扮演了他事实上呈现出来的文本角色。

如果说上述观点因主观性因素参与过多而呈现出学理性较弱的缺陷,我们还可以从文本中继续求证。沛君对弟弟靖甫的疾病相当关照,文

---

[1] 鲁迅.鲁迅全集(第14卷)[M].北京:人民文学出版社,2005:140.
[2] 邹忠民.疾病与文学[J].江西社会科学,2004(12).
[3] 鲁迅.鲁迅全集(第2卷)[M].北京:人民文学出版社,2005:136.
[4] 鲁迅.鲁迅全集(第2卷)[M].北京:人民文学出版社,2005:136.

中通过几个细节来表现疾病氛围中沛君的精神状态。第一,是"急"。沛君在报纸上看到时下流行猩红热时,便着急了起来,"他仿佛已经有什么大难临头似的,说话有些口吃了,声音也发着抖"[1]。随即是回家的动作。"他到路上,已不再较量车价如平时一般,一看见一个稍微壮大,似乎能走的车夫,问过价钱,便一脚跨上车去,道,'好。只要给我快走!'"[2]而准备请医生时,"沛君不但坐不稳,这时连立也不稳了"[3]。这些"急"的画面既表现出作为兄长的沛君对弟弟病情的关心,同时却也隐藏了一些细节。沛君的着急原动力是疾病——或者这样说,在他看来是疾病——他主观地将弟弟"身热"的病理症状与报纸上说的"猩红热"果断地对应了起来,并且通过一系列焦急的行动将靖甫的病症与预示死亡的猩红热紧密地联系起来。笔者在论述疾病氛围中的"医生"这一群体时曾说过,只有医生具有对疾病命名的权力,其他群体则无权在疾病症状与疾病名称之间建立对应关联。而沛君的行为则与此结论相反,他作为患者的牵带群体,却过早地担负起为病者命名的责任。这反映出一种潜意识的逻辑走向,他既害怕弟弟身患猩红热,同时又希望他真患猩红热,因为只有在疾病焦虑达到最大时,道德力量的主宰作用才能发挥殆尽。也就是说,在旁观者的眼里,只有在面临生死考验的场景中才能最大限度地展现"兄弟怡怡"亲睦画面,他们期待着看到这一画面,沛君的潜意识里也有着同样的希望。第二,是"乐"。当白问山为靖甫诊病得出他患的是"红斑痧"时,沛君以为弟弟所患的不是"猩红热"而"有些高兴起来"[4];第二次西医普悌思诊断靖甫的病为"疹子"时,"他惊喜得声音也似乎发抖了"[5]。"竟没有出过疹子。哈哈哈!"[6]这些"乐"生成的语境是特殊的。从伦理道德角度来看,沛君的

---

[1] 鲁迅.鲁迅全集(第2卷)[M].北京:人民文学出版社,2005:136.
[2] 鲁迅.鲁迅全集(第2卷)[M].北京:人民文学出版社,2005:137.
[3] 鲁迅.鲁迅全集(第2卷)[M].北京:人民文学出版社,2005:138.
[4] 鲁迅.鲁迅全集(第2卷)[M].北京:人民文学出版社,2005:138.
[5] 鲁迅.鲁迅全集(第2卷)[M].北京:人民文学出版社,2005:141.
[6] 鲁迅.鲁迅全集(第2卷)[M].北京:人民文学出版社,2005:142.

"乐"是符合常理的。因为听说弟弟的疾病不具有致命性而顿时放松下来,显示出高兴正是疾病氛围中牵带群体的正常反应,符合群体性的价值评介标准。也就是说,担心弟弟患"猩红热"时的"急"与得知病情只是"疹子"时的"乐",都处于日常价值评判的逻辑之下,与群体性的评介指向完全一致。然而,我们只要注意文本中的几个细节就不难发现,这种"乐"实际上只是一种显性的心理呈现模式,并不是沛君的全部内心世界。也正缘于此,我们才不得不关注鲁迅先生特意为我们安排的一段"梦境"中:

——靖甫也正是这样地躺着,但却是一个死尸。他忙着收殓,独自背了一口棺材,从大门外一径背到堂屋里去。地方仿佛是在家里,看见许多熟识的人们在旁边交口赞颂……

——他命令康儿和两个弟妹进学校去了;却还有两个孩子哭嚷着要跟去。他已经被哭嚷的声音缠得发烦,但同时也觉得自己有了最高的威权和极大的力。他看见自己的手掌比平常大了三四倍,铁铸似的,向荷生的脸上一掌批过去……。

……

——荷生满脸是血,哭着进来了。他跳在神堂上……。那孩子后面还跟着一群相识和不相识的人。他知道他们是都来攻击他的……。

——"我决不至于昧了良心。你们不要受孩子的诳话的骗……。"他听得自己这样说。

——荷生就在他身边,他又举起了手掌……。①

精神分析的研究方法认为:"梦不是一种躯体的现象,乃是一种心理的现象。"②"梦者确实明白自己的梦的意义;只是他不知道自己明白,就

---

① 鲁迅.鲁迅全集(第2卷)[M].北京:人民文学出版社,2005:143.
② [奥]弗洛伊德.精神分析引论[M].高觉敷,译.北京:商务印书馆,1984:71.

以为自己一无所知罢了。"① "梦的显意也就是隐意的一部分,不过是一片段罢了,梦的潜意识思想,有一小部分闯入梦里,成为片段,或暗喻,有如电报码中的缩写。释梦倾向将此片段或暗喻凑成全义。"②这些论断都说明,对潜意识的"梦"进行深入研究,甚至"过度阐释",具有其特殊的言说价值。这个奇怪的梦是在沛君得知弟弟靖甫的病症是"疹子",不具有生命危险时做的。也就是说,沛君是在由"急"而转"乐"之后,情绪稳定了下来,然后做了这样一个"噩梦"。这个梦中的情景却是与现实生活相违背的:现实中,靖甫在疾病的死亡威胁中逐渐摆脱出来,不再有生命危险,而梦中却走向了死亡;现实中,他们弟兄关系和睦融洽,成为中国理想家庭关系的典范,而梦中他却残忍地殴打刚刚丧父的侄儿荷生;现实中,许多熟识的人都交口称赞他,而在梦中这些人却听了孩子的话来攻击他……我们暂且不论梦的内容,只从梦里出现的几组意象来分析沛君的潜意识状况。在这个梦中出现了三组人物,并且全部与沛君形成了极具张力的对话关系:第一组是"靖甫—沛君",第二组是"荷生—沛君",第三组是"人们—沛君"。这三组人物出现在沛君的梦里并不是偶然的,从某种意义上讲具有必然性,他们一起构成了沛君的心理世界。

首先是"靖甫—沛君"这组关系,既是兄弟关系,也是整个小说文本中最着力建构的关系。沛君在现实生活中为身患疾病的弟弟奔忙不已,四处求医问药,目的就是治好靖甫的病。而当确定靖甫的疾病只是十分寻常的"疹子"时,沛君紧锁的眉头得以舒展,心情顿时缓和了下来。这些都是常理。但梦境中靖甫的死,却并不是凭空浮现出来的。精神分析方法的科学性业已澄清了这种潜意识心理机制的逻辑。沛君在一定程度上希望死亡结果的出现,这种非伦理道德规范的心理意识在疾病氛围中往往以潜在的方式存在着,而且在极端的疾病状态中,它也会转化为显在的意识甚至行为(牵带群体在疾病极度恶化时呈现出盼望患者死亡的心理意

---

① [奥]弗洛伊德.精神分析引论[M].高觉敷,译.北京:商务印书馆,1984:72.
② [奥]弗洛伊德.精神分析引论[M].高觉敷,译.北京:商务印书馆,1984:101.

识甚至行为)。然而对于沛君来说,这种盼望靖甫病亡的心理机制的生成与上述极端状态并不完全相同。在一定意义上,沛君希望疾病导致死亡的结果,目的正是向群体证明"兄弟怡怡"的亲情关系。可以这样说,沛君的心里对靖甫的疾病存有极大的希望。他希望能在弟弟遭遇重大病故的时候显示自己作为兄长的亲情伦理与高尚品格,但事实上,靖甫的小疾并没有成全他,他没能获得在最大程度上向群体证明自己对弟弟的"怡怡"的机会。所以,沛君的梦境中出现了弟弟死亡的画面。并且值得注意的是,在办理弟弟丧事时,他的行为再一次地受到了"熟识的人们"的"交口赞颂"。这才是沛君在整个疾病氛围(包括梦境)中最为关注的对象。与关注弟弟的病情相比,沛君更关注群体道德对他的评价。这可从小说最后对于沛君生理状态的侧面描写得到证明。当靖甫的病已无大碍后,沛君在去公益局上班时,汪月生说:"现在来了,好了!但是,你看,你脸上的气色,多少……。是的,和昨天多少两样。"①从中我们可以断定,汪月生本来要说沛君的脸色还是那么坏,但鉴于人际交往时的措辞,才说"和昨天多少两样"。从这一细节描写中我们可以看出,沛君对于靖甫的病即将转愈并不显现出兴奋的神气,相反倒与昨天差不多。这是否能表明,沛君对弟弟的疾病不是"猩红热"而表现出些许不快呢? 此外,当秦益堂与汪月生再次赞颂他们"兄弟怡怡",甚至表示佩服得"五体投地"时,沛君的表现与上次并不相同,他没有做任何评价,只是"不开口"。当汪月生抢着要去办公时夸赞说:"我来办。你还是早点回去罢,你一定惦记着令弟的病。你们真是'鹡鸰在原'……。"②这时沛君的表现也与上次完全不同,他坚决要自己办这件公事,而对"一定惦记着令弟的病"这一观点未置可否。从行为上来看,他已经不再惦记靖甫的病了,但这并不完全是因为弟弟已经脱离了危险,而是对弟弟的病多少有些不满。

第二组是"荷生—沛君"之间的关系。在现实的小说叙事中并没有交

---

① 鲁迅.鲁迅全集(第2卷)[M].北京:人民文学出版社,2005:144.
② 鲁迅.鲁迅全集(第2卷)[M].北京:人民文学出版社,2005:146.

代这二者之间的关系,而在梦境中,作为"死者"兄长的沛君与作为"死者"儿子的荷生之间产生了极大的冲突,甚至荷生给沛君带来了巨大的焦虑。他动手打了荷生,因为他"觉得自己有了最高的威权和极大的力"[1]。也正因如此,荷生无法正面与他抗衡。所以在沛君的梦里,荷生带来了"一群相识和不相识的人"[2]作为评介者出现在沛君的面前。这个细节也能说明沛君最关注、最畏惧的群体正是这些相识和不相识的人。在他的潜意识中,这群道德评介者不仅关注他与靖甫之间的兄弟关系,甚至连他与荷生之间的叔侄关系也无法超越这一群体的评介范畴。所以即便是在梦中,沛君仍旧清醒地知道"他们是都来攻击他的"[3]。这让他真正恐惧,慌忙辩解:"我绝不至于昧了良心。你们不要受孩子的诳话的骗……。"[4]可见,在沛君的意识中,兄弟关系还可以延伸为叔侄关系,甚至已经隐约地感到叔侄之间的关系不会像兄弟之间这样和谐。然而这些都是表象,真正重要的是,沛君的梦通过潜意识的包装变形传达了这样的信息:即便他在靖甫的病上做得再好,也依旧不能完全获得赞颂与认同,作为评介者的群体会将评价范畴无限扩大,直到和睦关系的破裂。这既是对现实中靖甫的疾病没有在最大程度上给他得到群体认可机会的一种自我安慰,同时也表现出某种切身的焦虑。他知道,在表面"怡怡"的现象之下隐藏着的是兄弟间的对立与冲突(梦的包装机制将兄弟之间的对立冲突转移到叔侄之间)。

第三组是"人们—沛君"这组关系。从文本情节来看,这组关系并不重要,它只是在兄弟关系未完全呈现出来时做了相应补充。但从潜意识角度来分析,这组关系才是《弟兄》一文中所有关系的核心。笔者在论述疾病氛围中群体旁观者的身份时曾指出,这一群体在整个疾病关系中处于道德评判者的地位,他们直接对牵带群体的行为方式表态,而这种涉及

---

[1] 鲁迅.鲁迅全集(第2卷)[M].北京:人民文学出版社,2005:143.
[2] 鲁迅.鲁迅全集(第2卷)[M].北京:人民文学出版社,2005:143.
[3] 鲁迅.鲁迅全集(第2卷)[M].北京:人民文学出版社,2005:143.
[4] 鲁迅.鲁迅全集(第2卷)[M].北京:人民文学出版社,2005:143.

伦理道德价值的表态比医生对患者的判决更具威慑力。我们已经发现，这种群体的评介作用给沛君的心理产生了怎样的意识，并在多大程度上规劝了其行为方式，现在我们只需进一步论证即可得出相应的结论。现实中人们对沛君与靖甫之间兄弟关系的认同与夸赞，实际上就是某种先验的评介结论；而疾病氛围则在另一个层面上为考验兄弟二人的关系提供了平台，同时也为群体对业已形成的评介结论进行重新审核提供了机遇。所以，作为疾病氛围中唯一必须有所作为的沛君，他深刻地懂得这层评介关系，并且对符合日常规范的道德评介机制有着相当深入的了解。从某种程度上说，沛君在整个疾病氛围中的行为方式的最终关照对象不是靖甫，而是群体大众，他所有行为的最终指向就是群体的道德评介机制。也正缘于此，才有梦中两次提到熟识和不熟识的人们对他的不同态度。当沛君竭尽全力地安顿靖甫的后事时，得到了人们的交口赞颂；而当他打了侄子荷生时，人们都来攻击他。这就是沛君的心理机制，同时也是群体大众的道德评介机制。而此处所谓的"人们—沛君"这组关系，本质上是"群体—个体"关系的具体化。也就是说，鲁迅再一次把思考的中心移向了"群体对个体宣判"的命题。只有这个命题才是作为思想家的鲁迅始终关注的对象，疾病氛围只是包装这一命题的外在形态。

所以，我们从《弟兄》的疾病氛围中发现了与《药》相同的思想主题，即群体性的道德评介机制规劝着生存于这一群体内个体生命的意识逻辑与行为方式。这种被规劝而形成的意识与行为在个体思维领域占据重要地位，甚至超越了亲情关系。疾病氛围对于这一命题的包装，有的是显性的，如《狂人日记》和《药》；有的则是隐性的，典型的例证就是《弟兄》。这一小说文本中的疾病只是导火索而不是根本。它将整个人物关系限定在疾病这一特殊的氛围中，但却在行文过程中有意识地将论述的中心转向了道德评介机制层面。文中所有关于疾病的描述，只是作为某种背景性的因素而存在的，其本身并不具有无可更替的特殊性。与其他对于疾病氛围书写的小说不同，《弟兄》文本的现实主义特征与某种史料性的对应关系(取材于周作人的病),"关于这篇故事,我没有别的上面考证,只是说这主要的事情是实有的"①,使得象征性与隐喻性因素变得更为隐秘。但这并不能说明这一文本只是真实地摹写一段现实场景,而不具有隐喻性特征,相反却是隐喻性呈现最精妙的典范。鲁迅论及《呐喊》与《彷徨》的艺术性时认为,总体上看,《彷徨》的艺术手法更为精妙,艺术价值高于《呐喊》。对比《药》与《弟兄》便可发现,《药》中的隐喻性书写过于直观;而《弟兄》中的隐喻性书写则显得十分隐秘,必须经过细致的挖掘才能显现出来。但梳理之后笔者认为,《药》与《弟兄》的文本寓意在一定意义上具有雷同性。它们都将疾病作为一种文本氛围,在疾病氛围中反观群体与个体之间的病态关系。"具有医学知识背景的鲁迅,在借鉴医学关系和意象的时候,往往不做简单外在的医学知识堆砌和医疗过程的描绘,而是深入到医学病理学……'意在医外'的文学主题,寄托和隐喻作者与作品的双重'所指'。"②从疾病的隐喻以及文本自身的社会价值来看,这种隐喻本质上已经发生了偏离。它并不着眼于疾病本身,而将疾病作为一种隐喻,成为整个社会人生病态万象的象征性言说。

三、身体政治:作为疾病隐喻的社会性症候

中国新文学的发生,在某种意义上就来源于"疗救"社会疾病的主观意识。"所以我的取材,多采自病态社会的不幸的人们中,意思是在揭出病苦,引起疗救的注意。"③也就是说,文学的社会功能在新文学发生之初就成为主要的价值指向。鲁迅曾用"进化中的病态"④一词来概括中国大地上形形色色的文化场态。政治、经济、文化等各个领域无不充斥着明显的精神痼疾,中国民众更是作为病入膏肓的社会群体,毫无意识地沉睡在华

---

① 周作人.鲁迅小说里的人物·《弟兄》[M]//止庵.关于鲁迅.乌鲁木齐:新疆人民出版社,1997:309.
② 逢增玉.鲁迅小说中的"医学"内容和叙事[J].社会科学战线,2003(4).
③ 鲁迅.鲁迅全集(第4卷)[M].北京:人民文学出版社,2005:526.
④ 鲁迅.鲁迅全集(第5卷)[M].北京:人民文学出版社,2005:332.

夏大地上。针对整个民族的疾病症状,许多先觉的有识之士借助思想启蒙来达到救治民众的兴国目标。"'病'成为整个民族精神状态的隐喻,疗病也被引申为对民族精神的救治,是'启蒙'的一个比喻说法。"[①]也正是针对这一民族疾病,中国现代文学才呈现出与医学有着亲缘关系的历史形态,新文学的第一批作家中不少人有过弃医从文的经历,如鲁迅、郭沫若、郁达夫等,他们有一个共同的认识,就是治疗疾病中的民族,只靠医学并不能实现,而必须从精神上唤醒民众。"'疾病'作为隐喻日益弥漫在中国知识精英的话语表达之中,并转化为一种文化实践行为。"[②]这些文学现象的产生并不是一个简单的巧合,而是来源于其背后的一种社会价值逻辑,这种逻辑缩小了看其实就是疾病氛围中首要的思维形式,即对两种疾病结果的追求。当然,从新文学产生的社会语境来看,文学作为治疗社会病症的工具,其作用在于起死回生,希望借助文学救治社会人生,进而完成思想启蒙、强国保种的社会任务。正是在此基础之上,鲁迅将文艺看作疗救国民精神劣根性的有效工具,在文学的艺术性之外加入了大量社会性的话语言说。"五四"时期,这种社会性的言说方式大量存在于新文学作品中。然而,绝大多数新文学作家过于直露地将文学的社会价值突显出来,在一定程度上使文本游离于艺术世界之外,本能地成为"载道"的工具而导致文本艺术性普遍降低。这种文学现象的出现具有历史的必然性,我们无法采用某种理论性的言说标准来苛求它。但值得注意的是,同样作为新文学第一批作家的鲁迅,却具有把文学艺术价值与社会价值高度统一的天赋。在鲁迅小说中,我们既可以感受到文学作为艺术的巨大魅力,同时也能清醒地认识到中国社会的深层病态结构。"正因为'疾病的隐喻'中暗藏着复杂的意识形态,所以超越病理学的文学阐释和广义的精神治疗('引起疗救的注意'),很自然地上升为鲁迅对自己的文学的一种期待。"[③]

[①] 姜彩燕.疾病的隐喻与中国现代文学[J].西北大学学报(哲学社会科学版),2007(4).
[②] 杨念群.再造"病人"中西医冲突下的空间政治(1832—1985)[M].北京:中国人民大学出版社,2006:6.
[③] 郜元宝.鲁迅六讲(增订本)[M].北京:北京大学出版社,2007:189.

(一)身体疾病的文本价值

身体疾病在鲁迅小说中普遍存在,并且以各种不同的方式呈现出来。《狂人日记》《药》《明天》《孤独者》《弟兄》等文本中的身体疾病,都是作为显性的情节要素组成文本的,但却有着各不相同的表现情状。这类疾病在小说中成为一种意象。它既完整地作为小说情节的内在成分,直接参与小说艺术层面的塑造;同时又外在地承担了某种象征功能,将小说的社会价值通过一定的接受机制传达给受众,起到思想启蒙的作用。如《狂人日记》中的"迫害狂"症。从小说叙事的情节上来看,它是一种显性的疾病症状,直接导致狂人一系列行为模式的产生与发展。也就是说,如果没有疾病的出场,狂人的行动无法按照艺术真实的创作原则顺利完成,但疾病作为社会性意象的另一身份,却将读者的视野引向文本之外的民族历史与社会思想层面。在本文中,我们企图着力厘清的正是这一层面上的疾病症状及其隐喻本质。然而,疾病在鲁迅小说中的呈现形态并不相同。而且,即便呈现形态类似,也有着各自不同的归类机制。如前文详细论述的《药》与《弟兄》这两个文本,其外在相似点在于二者都将疾病作为中心意象来书写,并且在疾病氛围中营造出一种巨大的焦虑和压抑感,进而将着眼点从对疾病本身的聚焦上移开,转移到精神领域的体察,"病体对他来说简直就是一个谈论世事的好借口和看取世事的一扇窗户"[1]。鲁迅将考核对象从生理性的疾病转移到精神上的缺陷,从对疾病中心的过分关注转移到对疾病氛围内群体精神状态的深刻反思,并最终将话语转向疾病氛围中压抑机制的生成本质——"群体对个体生命宣判"的伦理逻辑。然而,不同的是,这一层层不断推进的关系却并不是采用相同的方式推导出来的。换句话说,小说在完全不同的故事模式下借助疾病这一中心意象承载着同样的社会性命题。

那么,我们必须进一步反思:为何要在疾病氛围与这种社会性言说机制之间建立某种人为的关系呢?也可以这样发问:为何疾病氛围在鲁迅

---

[1] 郜元宝.鲁迅六讲(增订本)[M].北京:北京大学出版社,2007:188.

的文学视野中有着特殊的承载社会命题的作用呢？要解决这个问题,我们首先需要对疾病氛围的文本症候进行分析。首先,疾病是一种直接对人体产生作用的侵害方式。它普遍发生在生物界各个领域,形式多样,病原体的丰富性直接导致疾病的呈现方式形态不一。并且在一定意义上,疾病的产生是自为的,不需要对其产生的合理性负责。同时,它的结果往往是灾难性的。虽然对患者身心的影响程度不同,但总体来看,正面影响远远少于负面影响。"光是这些疾病的名称就似乎具有一种魔力。"[1]其次,疾病的侵害具有扩散性。这一扩散性表现为部分疾病本身的传染性症状与疾病作用于社会性群体时人为的发散作用,也即疾病一旦产生于社会性群体中(作为高等动物的人类本质属性即为社会性),它必然会以患者为疾病中心向外扩散,将疾病的影响波及到疾病中心以外的相关群体,即牵带群体。这一特征导致疾病产生后,群体直接介入疾病氛围,并且人为地将群体与个体之间的矛盾呈现出来。在某种意义上说,这是疾病氛围中最大的张力来源,也是鲁迅小说中疾病的主要牵涉对象。最后,疾病不以人的意志为转移,它一旦生成即按照自然规律来发展,不以人类的主观逻辑来运作。这意味着人在疾病面前的巨大焦虑,以及由长期压抑导致的惶惑、恐惧等精神症状,此外,对疾病的无可奈何使人类产生了一种清晰的无力感,并且由此衍生出绝望与虚无的人生体验。总之,疾病氛围在小说文本中的出现,实际上形成了某种场态。这一场态中所有的社会逻辑都将在自然法则面前发生偏离。也就是说,符合常规的话语机制被动退场,适合于疾病氛围下的生存原则的新秩序迅速建立。而这种新秩序往往同样是病态的。然而,疾病氛围下的权力制度却承认了这种病态秩序的合理性。它成为新的伦理规范,对疾病氛围中所有元素发挥作用。这是一种对理性逻辑的囚禁方式,表面上符合规范的伦理道德,实际上隐含着某种对人性的扼杀手段,"凡是人尚且无力进行因果思维的地方,人

---

[1] [美]苏珊·桑塔格:疾病的隐喻[M].程巍,译.上海:上海译文出版社,2003:7.

们就会进行道德思考"①。采用道德规劝来达到禁锢人心的效果,本质上是一种"先验的""拒绝质疑"的统治方法。

鲁迅正是站在对这种病态秩序的揭示与批判立场上,将疾病引入小说文本。但疾病在鲁迅笔下只是一种象征,是对所有疾病特征的艺术性概括。它不具有特性,只作为某些病态特征的广义命名而存在。也就是说,鲁迅将疾病氛围(而不是疾病本身)引入小说文本,主要是因为疾病包容了某些不单单隶属于疾病本身的病态特征。这些病态特征比疾病本身更具有社会价值。所以,我们注意到,鲁迅小说中的疾病氛围必须在疾病的基础之上才得以营造。但这一氛围形成之后对疾病本身的关注,远逊于对生存于疾病氛围中人类(群体与个体)病态症状的关注,并且常常将肉体的病态症状转化为精神的痼疾,进而完成拯救国民灵魂的历史任务。"疾病的隐喻还不满足于停留在美学和道德范畴,它经常进入政治和种族范畴。"②也正是在此机制中,身体疾病本身成为一种政治隐喻。

(二)身体疾病的政治隐喻

将身体作为一种形象的对应物与政治联系起来,并不是现代社会机制下产生的思维逻辑,而是人类社会形成之日就已生成的普遍逻辑。中国古代社会的伦理观中,明显地呈现出将人放置在政治伦理中心地位的特征。"人命关天"的说法,实际上就将生命形态与某种政治象征物联系了起来。而对"身体发肤"的权限设定,也从另一个层面证明了个体身体的非自我性特征。它在显性层面上是"受之父母"的,而实际上中国社会的"家族性"特征又在更为广阔的意义上将这层权限关系延伸出来,直至国家政治领域。儒家伦理观更注重将个人身体与国家联系起来,"天将降大任于斯人"等一系列规范机制,从本质上来讲,是将作为生命载体的身体与政治责任的担当对应起来……这些形态各异的思想中有一共同的因

---

① [德]尼采.权力意志——重估一切价值的尝试[M].张念东,等译.北京:商务印书馆,1991:356.
② [美]苏珊·桑塔格.疾病的隐喻[M].程巍,译.上海:上海译文出版社,2003:5.

素,就是将个体生命与国家政治关联起来。

"身"和政治紧密结合着,它是政治的工具,也是政治的目标,同时也是政治的结果。"身"在肉体论、躯体论、身份论三位一体意义上,从来就不是单纯的自然现象,而是一个人类政治现象。或者说,"革命"作为非常态的政治手段,它既是以身体(改造、消灭、新生)为目标,也以身体为工具,革命是身体政治最暴烈的手段,革命的文学家同时必然是治病救人的"医生"。①

虽然,这种关联有的只是浅层的象征性对应,但无疑也可说明个体的生理精神状况与国家的政治形态有着某种伦理观念上的附着关系。那么,身体的健壮可以对应地象征国家的强大,身体的羸弱则对应地呈现出国家的衰微。当然,中国的传统观念中,"国家"的概念并不十分明晰,人们常常以"民族"概念来代替"国家"概念。但这二者在某种广义的界定范围内,意义的内涵和外延具有很大程度的重合性。因此,在分析身体疾病与国家政治(也可称为民族政治)的某种隐喻关系时,我们不妨将国家与民族作为同一概念。事实上,在中国现代文学发生阶段,大多数新文学作家都倾向于使用"民族"概念,虽然它在意义指向上涉及现代国家的概念。

鲁迅作为思想启蒙者与新文学作家,其双重身份决定了他必须同时思考两类命题:一类是思想性的。它直接指向社会思想领域,是对整个中华民族集体症候的缜密思考,涉及政治、经济、思想、文化、历史等各个领域,通过某种具体的生命体验与哲学观将自我思想领域的民族特征建构起来。鲁迅对于中华民族在20世纪初的整体定位可以用"病态"二字来概括。"鲁迅对于中国人身体的认识,是基于一个基本的看法:病态。鲁迅将他对中国人身体的观察上升到'国民性'理论的高度。"②在他的眼中,整个民族由于历史原因和政治因素的长期积淀,在当下已经形成病态的社会症候,其具体表现如旧伦理观念对现代性素质的吞噬,政治(政权)的畸

---

① 葛红兵,宋耕.身体政治[M].上海:上海三联书店,2005:50.
② 葛红兵,宋耕.身体政治[M].上海:上海三联书店,2005:55.

形发展,知识分子对社会责任的歪曲性担当,以及鲁迅最为关注的"国民性"问题。这些属于思想类的问题大多是宏观的,其意识指向多为集体性的人。而作为文学家的鲁迅,其思考方式必然与此有别。他更多地将自身设定于最下层的民众中间,通过对生活细致入微的观察与自身的体验,将某种焦虑感传达出来。在一定意义上说,在鲁迅的文学文本中呈现出来的问题,首先必然是属于"个体的人"的问题,它不涉及宏大的历史叙事,也极力避免直接将某种社会性的思想引入文学艺术的殿堂。所以,我们可以看到,所有鲁迅小说中,个体的人始终是书写的中心。然而,鲁迅作为思想启蒙者,以及通过文艺来疗救国民的文学观,注定他必须在文学艺术的领域内"载道"!"当文学作品无法脱离社会文化语境而处于其中的时候,肉体就会在社会文化的巨大网络中处于中心位置,身体符号则往往成为映射社会文化的一个窗口。"[①]借对身体疾病的书写,来隐喻社会性的思想主题,在新文学的发生阶段具有广泛的适用性。新文学倡导者虽明确反对"文以载道"的艺术观,但在某种程度上却主动地承担了承载社会人生的责任。文学史家司马长风认为,中国新文学以反对"载道"始,以自觉"载道"终。"自文学革命开始,以及新文学的诞生初期,那些披荆斩棘的先驱作家们,都一致的反对'文以载道'的古文传统。这本来非常正确,可是在发展途上,转了几个圈子,多数人又都莫名其妙的成为载道派的孝子贤孙了。"[②]也正是在此意义上说,鲁迅的小说必然呈现出时代性特征,也即在文学中加入对社会问题的思考,并通过某种合理的嵌入将西方现代文明引入中国文学本土。从这一角度来看,鲁迅小说的意旨也十分明确。它拒绝孤立地作为艺术文本而存在,却主动承担了对宏大的社会性问题的言说。也就是说,鲁迅小说的终极指向依旧是思想性、社会性的"集体的人"。澄清这一问题后,我们不难发现,鲁迅正是通过"隐喻"的方法,将艺术领域"个体的人"与思想领域"集体的人"联系起来。

[①] 谭光辉.晚清小说中的疾病隐喻与中国小说的现代化进程[J].中华文化论坛,2007(2).
[②] 司马长风.中国新文学史[M].香港:昭明出版社,1975:4.

由于"隐——喻"的内在张力,使得鲁迅观察,感知和表现世界的空间扩大了,方式也更趋于复杂化。更重要的是,它使文本的创作获得了独特的艺术"变形"的能力。[①]

这种隐喻性不是一种写作技巧,不是一种艺术的表现形式,而是鲁迅对整个世界的把握方式,是鲁迅一种思维方式,与艺术构思方式联系在一起,所以对他来说是具有小说本体的意义的。[②]

那么,我们也就需要遵循这样一种思维逻辑进行推理:个体的人身上具有的种种特点,也必然会映射到集体的人身上,而将集体的人放大到适当的领域,即整个民族与国家,对民族国家命题的思考又属于政治范畴,那么个体身体就与国家政治建立起映射关系。所以,呈现在鲁迅小说文本中的个体疾病必然是一种政治隐喻。它意味着作为政治范畴的民族与国家集体性地呈现出某种病症。"于是,他笔下的"药"与"病"便在隐喻与祛魅的双重变奏中承担着启蒙功效。"[③]鲁迅小说中某些具体的疾病症状,可以直接与中华民族在特定历史时期的社会症候建立起对应关系。《狂人日记》中的"狂人"与《长明灯》中的"疯子"所患的疾病是精神性的,他们最直观的表现方式就是对传统文化的否定:狂人将伦理道德的本质界定为"吃人";疯子极力要将梁武帝时期就已点起的长明灯扑灭,甚至要"放火",这都说明他对旧文化象征物的极端仇视。这类以"疯癫者"形象出现在鲁迅小说中的"个体"与中国在东西文化碰撞、传统与现代文明交锋过程中出现的先觉者"群体"相互印证,形成互文关系。《药》中华小栓所患的"痨病"及在这一疾病氛围中形成的非正常人际关系,实际上正是中国传统文化所肯定的伦理道德。这一规范的实质是群体对个体生命的遗弃,这一结论不仅适合于处于疾病中心的华小栓,更适合以"药"的身份出现

---

① 郑家建.历史向自由诗意敞开:《故事新编》的诗学研究[M].上海:上海三联书店,2005:48.
② 钱理群.与鲁迅相遇:北大演讲录[M].北京:生活·读书·新知三联书店,2003:218.
③ 姜彩燕.疾病的隐喻与中国现代文学[J].西北大学学报(哲学社会科学版),2007(4).

的革命者。这正是传统伦理的巨大力量,它显示出群体掌握话语权局面下个体生命的卑微。《明天》中宝儿患病致死的过程,体现出各种"非常态"现象。作为拯救生命的中医剥夺了患者的生存权,流氓群体对弱者的卑鄙念头以及邻里之间的麻木关系等,这些都是当时中国社会中普遍存在的问题。而这些业已呈现出严重病态症状的现象,却被生存于其间的人们普遍认同,这才是整个社会疾病的根柢。《孤独者》中魏连殳所患疾病虽然没有明确指出,但整个文本呈现出的孤独氛围本身就是病态的。其中包括魏连殳在病态社会下形成的病态人生,他前后性格的转变既暗示了社会病症逼迫知识者放弃了本应固有的操守与良知,又在一定程度上将这种转变的根源指向疾病性的社会氛围。《弟兄》中疾病症状虽不具有某种特殊的隐喻性,但在疾病氛围之下生成的兄弟关系却也呈现出病态。这种病态关系的生成机制,正是病态伦理观念以及群体性道德的宣判作用。"中国社会伦理秩序与政治秩序的高度一体化过程,实际上不仅使政治伦理化,社会结构伦理化,同时也使伦理道德体系政治化、制度化、实体化。"[1]总之,鲁迅小说文本中涉及的疾病氛围,本质上来源于现实的社会氛围,这种社会性的"非常态"氛围却以普遍的形式存在于现实人生中。那么,对这种疾病氛围的描述,以及呈现出的某种压抑感与巨大焦虑,便不是作家对小说情节的虚构,它是现实社会整体氛围的真实写照。而通过我们对小说疾病氛围的论述可知,鲁迅极力描述疾病氛围的本意并不是展现其本身的疾病症状,相反却只是将它作为一种背景,在这一背景之下反观整个社会人生、世间万象。其中,他最为关注的还是生存于天地之间的人。在这种普遍呈现病态的社会氛围中,人以何种形象、何种态度、何种地位生活,才是鲁迅真正的着眼点。"他的文化批评的核心,在于解释隐藏在人们习以为常的普遍信念的道德背后的历史关系——这是一种从未与支配与被支配、统治与被统治的社会模式相脱离的历史关系。"[2]而事实上,在疾病氛围中,所有个体的命运都注定是悲剧的。不论是疾病本身

---

[1] 汪晖:反抗绝望:鲁迅及其文学世界[M].石家庄:河北教育出版社,2000:63.
[2] 汪晖:反抗绝望:鲁迅及其文学世界[M].石家庄:河北教育出版社,2000:18-19.

带来的悲剧(华小栓),还是人为因素带来的悲剧(宝儿、夏瑜),其最终走向都是"非常态"的,它无法合乎现代社会对个体生命尊重的价值逻辑。

总之,鲁迅小说中的疾病由隐喻关系而转向对特殊语境中整个社会病症的言说。那么,在此基础上,鲁迅小说展现出深刻的思想性。他通过疾病氛围将社会病态呈现出来,并在相当程度上指出病根。虽然,鲁迅对小说艺术性的自律使得许多文本中的疾病隐喻并不直观,但通过对隐喻本身的转化机制进行分析,依旧可以得出根本性的结论。笔者通过对《药》与《弟兄》中隐喻机制的逐步探究,得出二者的共同主题,即"群体对个体宣判"的社会伦理逻辑。这一逻辑本身导致了社会的疾病。而在疾病氛围中,这一逻辑又迅速转化为更为有效的特殊手段。虽然,疾病氛围中的特殊手段大多借助疾病本身的病理特征来掩饰自我本性的延承性,但实质上,疾病氛围中"非常态"的伦理规范正源于传统伦理规范的包装与变形,只是其特殊的残酷性使得这一原本被民众普遍认可的伦理价值呈现出"非常态"特征。本质上,疾病氛围中道德评介机制的这种"非常态",正是传统伦理规范在范围上的缩小与程度上的加重。这一变化,导致疾病氛围中的人们普遍体验到了压抑感与焦虑,于是呈现出种种反抗压抑的"非常态"行为。然而,鲁迅提醒我们的正是思维的逆向所发现的惊人结论:疾病氛围中的伦理规范与道德评介标准,与常规氛围(即正常生活秩序)中的价值标准的统一的,二者本质上就是一体的。可以说,疾病氛围中的伦理界限只是常规氛围中伦理界限的量变,并未发生质变。因此,同样的压抑感与焦虑体验应当存在于所有社会领域中,只是生存其间的人们尚未体验到那种"非常态",依旧普遍认同这一伦理规范。

因此,鲁迅小说中疾病氛围的巨大价值就在于它成为整个社会氛围的隐喻。它从个体疾病转向了社会疾病,从医学领域转向了政治领域。通过这一转变,小说的思想价值升华为对病态社会生成机制的探讨,并理性地表态。也就是说,在揭示身体疾病政治隐喻这一表层现象之外,还必须深入了解其背后的生成机制。

(三)疾病政治隐喻的生成机制

疾病氛围中伦理价值观念呈现出特殊的"非常态"特征,而这种特征又是传统社会中伦理价值观念的延伸。因此,有必要对传统社会中伦理规范在20世纪初呈现出的疾病症候进行分析,探讨其生成机制。种种社会性的疾病症状并不是偶然形成的,它背后必然有一套合乎"规范"的生成机制。这种机制有着巨大的约束力,可以促成整个社会集体认同的伦理价值,并且严格恪守,共同监督。这一机制背后不仅仅有权力作用,本质上来看,它是属于历史性的,是整个中华民族几千年历史的遗留问题。也可以说,这一机制的形成是传统社会一套完整的伦理价值观念深入人心的作用使然。梁漱溟先生在论及中国传统社会形态时指出,传统伦理观念在中国社会的作用甚至超过了西方法律的约束力。[①]它本能地具有道德宣判的权力,然而这种对传统伦常的道德界定却没有随着社会形态的变化而不断修缮,相反却始终保持着相对的独立性。当作为意识形态的伦理标准与社会形态的走向发生背离时,其约束力越大,造成的悲剧结局就越多。可以这样说,中国20世纪初整个社会的集体病症的本源问题在于社会形态与意识形态的严重脱节。中国历史上的朝代更迭,本质上只是统治者的交替,并没有深层地触动封建社会的意识形态,反而不断完善了封建伦理道德。而鸦片战争后,中国社会在西方现代体制影响之下的巨大变化,却从根本上偏离了封建社会各个朝代变化所遵循的唯一轨道。它拒绝了东方的传统模式而走向西方,认同西方的政权组织模式,从而也就认同与西方社会形态相符合的一整套意识形态。而这套取自西方的伦理价值标准,与中国传统社会的伦理价值又是根本对立的。"疾病隐喻的另一个重要内容是以疾病隐喻西方社会的政治经济侵略和文化思想侵略对中国古老文明形成的冲击和给社会带来的病变。"[②]西方进入资产阶级时代时就已形成对"人"的最高尊重,但在东方的传统伦理规范中却找

[①] 梁漱溟.中国文化要义[M].上海:上海人民出版社,2005.
[②] 谭光辉.晚清小说中的疾病隐喻与中国小说的现代化进程[J].中华文化论坛,2007(2).

不到具体的实践,本质上是对"人"的压制与扼杀。在中国传统社会中,不允许有所谓的"个体",整个社会都是以群体作为基本单位而建构的,个人在这套社会评介标准中没有适当的位置。所以,东西文明在20世纪初最大的冲突就在于:如何从没有个体观念的东方文明中开辟出西方文明中属于"人"的领地。

> 中国文化最大之偏失,就在个人永不被发现这一点上。一个人简直没有站在自己立场说话机会,多少感情要求被压抑,被扼杀。五四运动以来,所遭受'吃人礼教'等诅咒者,是非一端,而其实要不外此……①

虽然,接受了西方文化熏陶的新知识分子明确地提出"民主"与"科学"的概念作为思想启蒙的两大标准,但事实上,启蒙过程中真正的难题在于中国整个社会秩序中似乎并不需要它们。中国下层民众的思想意识中,"民主"与"科学"的观念几乎无法形成。因为对这二者的追寻在他们看来,并不是必需的,甚至是多余的。

> 权利、自由和观念,不但是中国人心目中从来所没有的,并且是至今看了不得其解的……他对于西方人之所要求自由,总怀两种态度:一种是淡漠得很,不懂要这个作什么;一种是吃惊得很,以为这岂不乱天下!②

启蒙者提醒中国民众注意的种种"受压迫"与"不自由"状态,在民众的意识中似乎无法得到认同。中国传统社会伦理观念对普通民众思想的禁锢达到了惊人的程度,以至于在面临灾难性的困境时,民众的反思意识也无法从"内"转向"外",即传统中国人的思维逻辑都是向内用力。他们接受的伦理观念使得自己在面对问题时,首先责难的总是作为"人"的自我,而并不反向思维来质疑社会。这也正是中国传统文化的巨大凝聚力,

---

① 梁漱溟.中国文化要义[M].上海:上海人民出版社,2005:221.
② 梁漱溟.中国文化要义[M].上海:上海人民出版社,2005:18.

直到20世纪,依旧发挥着超乎想象的作用。新知识分子的启蒙方式在一定意义上说,具有历史的局限性。在特定的时代语境中,新知识分子采取了"二元对立"的思维方式来处理传统与现代、东方与西方两种文明的冲突。新文化运动中,几乎全部启蒙者的思想都统一在对传统文化的决绝对立与对西方文化的热切追求上。这注定了思想启蒙无论在观念上还是行为上,都无法触及中国最下层的民众思想。因为这一数量庞大的群体的思想,也几乎统一于对传统文化的自觉坚守与对西方文化的非理性抵制。因此,我们不难看到,启蒙者与国民大众之间,不仅在思想意识上截然相反,而且在行为方式上也达到了最大程度的对立。这一分野直接导致启蒙的结果只能停留在知识分子之间的简单传递层面上,无法深入到普通民众中间,"二者缺少了对话的平台"[①]。就此结论可以得知,中国在20世纪初的社会语境中,整体氛围处于一种巨大的张力中,西方文明中"个体的人"是作为自由主体的,而在中国传统文明中,却几乎没有"个体的人"这个概念。所以,启蒙的首要目的在于将"人"的观念根植于民众的思维意识中,但启蒙方法的失当更加剧了二者之间的分裂。这一分裂最直观的表现就是:启蒙者与下层民众各自采用一套伦理价值标准,并据各自的立场来反观作为对立面的群体。也正是在此机制下,才出现了启蒙者眼中"愚昧无知""精神麻木"的国民大众,以及民众眼中"乱臣贼子""疯子"似的启蒙者。这种相互贬斥的称呼背后,隐藏着的正是对各自伦理价值观念的认同与坚守。

鲁迅作为启蒙群体中的边缘人物,虽然在一定程度上意识到了思想启蒙如此进行的巨大困难,但特殊的历史语境逼迫他必须沿着启蒙者开创的路线前行。然而,鲁迅自身的"民众性"背景,又使得他在许多价值取向上有别于胡适、陈独秀等处于权力中心的知识分子。鲁迅思考问题的第一逻辑是站在民众立场上的。民众的思维逻辑中,最关键的部分就在

[①] 李宗刚.新式教育下的学生和五四文学的发生[J].文学评论,2006(2).

于他们无法从群体性的伦理规范中脱离出来。也就是说,民众自发地拒绝自我被孤立为"个体",他们害怕被群体放逐。从鲁迅小说中,我们可以找到许多这样的例证:狂人主动脱离群体,祥林嫂被群体放逐,孔乙己既主动又被动地脱离群体,他们的命运都呈现出悲剧性结果。这是鲁迅终生思考的问题之一,即个体与群体的关系问题。启蒙者强硬地将"个体"概念从群体中独立出来,并希望通过"民主"意识将整个社会秩序从群体性单位转变为个体性单位,但实际上,中国社会的特殊语境具有很大的空想性。鲁迅在思考这一问题时,采取的思路与精英知识分子并不相同。他避免直接将个体与群体对立起来,而将着眼点放在群体中的个体身上。这并不意味着鲁迅站在了反对思想启蒙的立场上,而说明了鲁迅的启蒙方法偏离了单一而僵硬的预定轨道。所以,我们看到鲁迅小说呈现出来的情节模式并不是直观的新旧对立,而是新旧融合,将中与西、传统与现代等对立元素同时置放于群体之内,并且隐秘地设定群体与个体之间的话语悖反,造成张力,直到必然性的结局生成。而这种对群体与个体关系的考察,并不是局部的调查。鲁迅的思想中对这一问题已经有了深刻的认识,他虽然制造了一些特殊的氛围(如疾病氛围),但实际上呈现出的却是普遍的问题。也就是说,鲁迅通过对某一特殊氛围内群体与个体关系的描述,来传达一种普遍的论断,其中的转换机制就是隐喻。

"现代疾病隐喻使一个健全社会的理想变得明确,它被类比为身体健康,该理想经常具有反政治的色彩,但同时又是对一种新的政治秩序的呼吁。"[1]由此可知,鲁迅小说中疾病隐喻与政治性的话语建立关系,并不是由特殊向普遍的归纳,相反却是取普遍中的特殊来达到"撄人心"的效果。这也反映出呈现在鲁迅小说中的"群体对个体宣判"的结论是普遍的,而其生成的机制也是明确的,即传统社会伦理道德的规范作用使得生存于其中的广大民众自觉地遵守这套行为规范,而其约束力的来源正在于避

---

[1] [美]苏珊·桑塔格.疾病的隐喻[M].程巍,译.上海:上海译文出版社,2003:68.

免被群体放逐的个体心理。这套与启蒙思想同时发生作用的伦理标准,在一定程度上已经成为传统文化的等价物。虽然这种联系并不具有科学性,但特殊历史语境下生成的话语方式,注定了这种行为逻辑的合理性。也就是说,在这种逻辑下,启蒙者对民众发挥作用的方法是由上而下的。当然,反抗的力量则由下而上。然而,这两种力量的抗衡使得思想启蒙发挥作用的领域颇为局限。鲁迅则以为民众代言的身份自觉地突破这种启蒙模式,采取隐喻的方式将"个体的人"与"群体的人"对应起来,以小见大,达到启蒙效果。这一方法的优点在于其用力方向是扩散性的,而不是单线发展的,并且隐喻的直接方法是建立至少两套话语,一套为显性的,属于情节层面,它可以对基数较大的群体发挥作用;另一套是隐性的,属于思想层面,它可以对接受新式教育的青年发挥作用,达到启蒙思想的目的。所以,鲁迅小说在艺术层面通过对个体生存命运的书写将整个社会性的问题揭示出来,进而升华到思想层面对群体生存境况的整体性关注。从前文的论述中可以得知,鲁迅对当时中国社会的定位可用"病态"二字来概括,这本身就是"非常态"的。但在不觉醒的民众意识中并没有发现其病症,鲁迅有意营造了各种疾病氛围,作为对整个社会状态的缩微式书写。

综上所述,鲁迅小说中疾病氛围的政治隐喻是建立在这样一种机制之上的:中西文化碰撞的社会语境下,传统文化中某些非人性的伦理道德规范与西方突出人性的价值取向发生了冲突,互不相融,以至于站在中西不同立场上的不同人群之间形成了一种"互诊"目光。在新知识分子的视野中,下层民众身处残酷的非人性伦理规范中尚不觉悟,他们希望通过向民众灌输西方"民主"与"科学"观念达到启蒙的效果;但在民众意识中,传统文化才是正统,西方文明并未波及中国广大腹地的底层民众思想领域,以至于"人"的自觉成为一种莫名其妙的"疯癫行为"。这二者之间的冲突,与启蒙者对传统文化彻底否定,以及对西方文明的盲目追寻,有着一定的关系。鲁迅认识到这种冲突对于启蒙的负面效果,并采取了"以小见大""由表及里"的隐喻方式,在小说中建构特殊的话语场景,并将其意义外延引向整个社会,试图在避免冲突与更为有效的环境中达到启蒙效果。而在鲁迅的思维意识中,中国社会的"病态"面貌,中国民众的"国民性"症状,都需要通过某种病态氛围呈现出来。这也就是鲁迅小说中反复出现的"疾病氛围"。它的意义外延直接指向中国社会,本质上是思想意识与政治话语领域的深入思考与果断表态。

鲁迅小说中的疾病氛围以某种隐喻性方式具有了文本价值之外的社会文化价值,本质上是一种发生形变的社会现实。在疾病氛围中,通过对四类人群,即疾病中心、牵带群体、医生、旁观者的权力分析可以得知,真正对疾病中心以及牵带群体产生思想规训作用的是与疾病关系最弱的旁观者群体。这一群体虽然以某种聚焦之外的方式参与到疾病氛围中来,但本质上却具有对疾病中心及牵带群体道德宣判的权力(医生只能对疾病进行命名),是道德力量的规范者。整个疾病氛围中的道德规范机制通过群体的约束力施加于疾病中心及牵带群体,使得疾病不仅具有了医学领域中的死亡隐喻,还具有了道德上的耻辱隐喻。而这套直观的隐喻方式造成的巨大焦虑,打破了常态环境下"正常"的伦理价值标准,重新确立了一套完整的"非常态"伦理观。也正是这种显示出异常的伦理观念,使得特殊"个体"被置放于"群体"的对立面,成为被群体放逐的悲剧人物。值得注意的是,疾病氛围中"非常态"的伦理观念,实际上正是传统伦理道德(礼教)在特定氛围中的形变,二者在本质上是一体的。通过这一结论,我们不难发现,鲁迅小说的思想领域被合理地放大了。它从艺术之门深入进去,直到思想领域,政治舞台。也就是说,身体病症造成的疾病氛围,本质上就是整个社会病态环境的一种象征。小说文本对疾病氛围内所有关于伦理道德规范方式、群体—个体关系,以及民众对这套规范机制的认同等言说,都将变成对当时中国整个社会环境的隐喻。而这一隐喻的机制将身体疾病与国家政治直接对应起来,并在此基础上生成疾病的政治隐喻。

"鲁迅的医学知识和背景使他在小说叙事中很自然也很'现成'地对这样的关系进行了文学化的借用、开掘和转喻,以寄托和表达揭示国民精神病症进而批判和改造的文学主旨。"[1]所以,鲁迅小说中常常借疾病来营造一种压抑、焦虑,甚至恐惧的氛围。在此氛围中,通过对人物关系的精心编排,在显性的情节背后呈现出隐性的主题。这一主题是恒常的——"群体对个体的宣判"!

> 作为文学的主题或题材,它们首先传导了人们不寻常的经验。这种患病的经验或通过疾病表现出来的经验丰富了关于人类存在的知识。其次,疾病在文学中的功用往往作为比喻(象征),用以说明一个人和他周围世界的关系变得特殊了。生活的进程对他来说不再是老样子了,不再是正常的和理所当然的了。[2]

从某种程度上说,这正是病态社会中一切病症的根源。其难以更改之处在于,作为个体的民众对这一群体性的规范机制普遍认同,甚至极力维护。鲁迅小说中的人物关系,大多可以印证这一结论。没有人将个体生命作为参照系来反观这一规范机制,相反他们自觉地将自我纳入这一规范中,严格遵守群体性的伦理道德,对某些意识清醒了的特殊个体进行宣判。对传统礼教"吃人"本质进行大胆揭露的先觉者,被民众一致视为"狂人";饱尝厄运的祥林嫂,不但没有赢得人们的同情,相反被群体性的道德规范判了死刑;孔乙己是科举制度的受害者,他的意识中丝毫没有怀疑这套带给他不幸的规范机制,却竭尽全力维护它;闰土成年后自觉地叫"我"老爷;魏连殳在这个麻木的世界上成为"孤独者",却不得不改变自己的人生轨迹;革命者夏瑜的血成为民众的药引子;大胆泼辣的爱姑在面对七大人

---

[1] 逢增玉.鲁迅小说中的"医学"内容和叙事[J].社会科学战线,2003(4).
[2] [德]维拉·波兰特.比较文学研究的几个方面——文学与疾病[M]//北京大学文艺美学研究会.文艺美学(论丛)第二辑.呼和浩特:内蒙古人民出版社,1987:226.

时变得规规矩矩。这些例子都说明,生存于这一病态氛围中的个体对导致整个社会病态的机制自觉维护与遵守。还有笔者着力分析的《药》与《弟兄》,都呈现出群体性道德规范的严重病态,同时也反映出生存于其间的民众极力保持这一病态局面平衡的思想痼疾。这正是启蒙者的难题。

鲁迅思想的独特之处在于,他并没有完全将这一社会疾病的根源归结于民众的思想麻木与不觉醒,而是始终将"个体的人"作为关注对象,思考他们在整个社会疾病氛围内的悲剧命运。通过对个体生存状态的细致描写,揭示出"群体对个体宣判"的道德评介机制的不合理性,并将其升华为一个社会性的结论,引起社会的普遍关注,并共同探求其解决方法。虽然鲁迅明知思想上的改革是极难的事,甚至当最初的启蒙者对改革民众思想表示绝望的时候,他依旧抱着坚定的信念"反抗绝望"。其中的原因正在于,鲁迅对"个体的人"的命运的深切关注。在鲁迅的思想里,通过"立人"途径建立"人国"的梦想始终没有破灭。他一生持着文化批判与社会批判的思想武器,拒绝与任何"无特操"的知识分子结盟,并将"一个都不宽恕"的批判态度坚持到底。其根本原因在于,鲁迅对"人"这一现代命题的深层关注。存在主义哲学将"人在世界上的生存状态"引入哲学世界,成为20世纪最受关注的哲学命题。鲁迅与西方存在主义哲学家,如尼采、基尔凯廓尔、安德烈夫等人的思想有着一定的亲缘关系。他始终将"人的生存"当作中心命题来思考,并将其作为判断一切政治行为、思想意识的参照标准。我们可以发现,鲁迅一生论敌无数,派别虽然各异,针对问题也各不相同,但他坚守的阵地却始终没有改变,即他始终站在民众中间,以独立的"人"的身份来迎接所有挑战,并以独立的"人"的姿态戳穿历史、政治、文化等各个领域"吃人"的丑恶行径。

"鲁迅小说的特点是有丰富的'潜台词'。"[①]疾病氛围与他的许多象征物(如长明灯、屁塞)一样,只起到了"工具"的作用。它在小说情节的建构

---

① [苏]谢曼诺夫.鲁迅的创新[M]//乐黛云.国外鲁迅研究论集(1960—1981).李明滨,译.北京:北京大学出版社,1981:223.

中起到了必不可少的作用,但这一氛围一旦生成之后,它就从聚光灯下黯淡地退了出来,而将着眼点交给这一氛围下的"人",包括人与自我之间的关系、人与他人之间的关系、个体与群体之间的关系等一系列涉及个体的人的生存状态的问题,并将作者自己成熟的思想(疗救方法)嵌入文本中。所以,从疾病角度切入鲁迅小说具有一定的价值。但如果仅仅将着眼点与疾病本身纠缠在一起,则无疑误入了鲁迅小说情节线索设下的陷阱。也正是从这一层意义上来说,疾病氛围成为一种隐喻,成为社会病症的缩微性呈现方式,其最终指向不在于病态本身,而在于病态氛围下"个体的人"的存在方式,及人存在方式的异化所带来的巨大焦虑。

第四章

国民性批判：
民族国家背景下的
"立人"使命

第一节　民族国家观念的生成与国民性批判的立场

中国现代民族国家建构过程中,鲁迅的思想路线与言论方式所组成的民族意识和国家观念始终呈现出别样的姿态。除了前期几篇文言论文较为明显地涉及民族国家问题外,绝大多数文章的关注对象都不能单纯地以"民族""国家"这样一些政治意义十足的概念来准确涵盖。作为极具启蒙意识与怀疑精神的民间知识分子,鲁迅理应对这个几乎汇集了所有知识分子参加的现代民族国家建设运动有着自己独特的见解和直言的表露。然而,事实上我们在窥探这一问题的时候,遇见了不少麻烦,即鲁迅并没有直接地将民族、国家的建构作为支撑起思想的主要内容,甚至他并没有以某种积极的姿态对辛亥革命以后所建立的现代民国产生论述的热情。虽然,有论者认为鲁迅的写作活动"从一开始就是怀着救国的、爱国的目的。这种态度,一直贯穿着他整个一生的文学活动"[1]。毋庸置疑,鲁迅的文学作品中充满着对民族国家深切的爱以及由爱而生的恨。但这些具有一定偏向的爱憎,却没有以对中华民族或中华民国的直接言说得以完成,而是通过一系列相关问题转化成另一种终极性的问题,即"立人"的主张。"立人"思想是一种带有理想主义色彩的建构命题,意在将作为个体的"人"的全部内在本质与诸多权利通过某种有效的方式激发出来。在鲁迅那里,这种方式被赋予了另外一个名称:"国民性批判"。不难发现,"立人"正是"国民性批判"的逻辑起点,而"国民性批判"则是"立人"的实现途径。二者的正反相成使鲁迅的民族意识在这一范畴内显得更加丰富,更加深刻。

"立人"并不是启蒙意识形态的产物,在启蒙思想尚未在中国社会着陆的时候,鲁迅的"立人"思想就已经产生了。这一思想的生成源于中华

---

[1] 朱正.鲁迅的一世纪:朱正谈鲁迅[M].武汉:湖北人民出版社,2007:2.

民族族性的衰退,或者说是中华民族这一族群在民族进化的社会链条上出现了退化。其根源在于国民的弱性,这种集体性的种族品性被鲁迅称为"国民性"。而"国民性"概念的提出,实质上已经本能地在民族整体与生存于其中的生命个体之间建立了某种难以解脱的联系。也就是说,国民性不单单是国民个体的劣根性,而且象征着民族的精神状态。实际上,"这是一个颇为辩证也颇为独特的文化思路,实质上是把晚清以来国民性讨论中国家民族本位的思想转换到了个人本性本位上来,从而以一种自由、平等、自尊的人格心理去同世界进行文化对话"[1]。也正是在此话语逻辑的基点之上,当时的知识分子反向思考拯救民族的方法,既然民族的精神劣性与国民个体紧密相连,那么拯救民族也必然需要从开启民智着手,进而推广至民族国家。20世纪初,中国最富有启蒙精神的反思者大都站在这一立场之上提出自己的观点,从章太炎的"开民智",到梁启超的"新民"思想都遵循将国民个体的精神病症当作诊治的对象。鲁迅也在此认识基础上明确提出"立人"思想:"是故将生存两间,角逐列国是务,其首在立人,人立而后凡事举。"[2]可见,他把"立人"当作拯救民族国家的根本,只有个体人的精神得到了救治,才可能实现民族的强盛,进而达到"凡事举"理想局面。正是在此特殊的话语逻辑与历史语境之下,"国民性"才被当作中华民族国民个体身上共同具有的精神病症而被广泛批判。在国民弱性的种种表现中,又以"奴性"为最,所以启蒙者的批判眼光便盯在了国民的奴性思想上。虽然,鲁迅明确知道这种奴性思想的形成与历史因素密切相关,是作为历史的积淀而延承下来的,对它的批判实际上是对历史的批判,而对历史的批判又无法具有当下性,因为历史是过去的,已经完成的一系列行为事件。所以,国民性批判本质上是一种断代性言说,它无法放置在历史长河中加以现场重构,而只能以一种反观的视角进行理想性的规劝。即便如此,我们都不难发现,虽然"立人"思想的本质指向了启蒙

---

[1] 王杰.鲁迅的文化诗学[M].北京:中国社会科学出版社,2006:8.
[2] 鲁迅.鲁迅全集(第1卷)[M].北京:人民文学出版社,2005:58.

意识形态对个体的"人"的塑造,但从其生成的源头上来看,其实是指向某个隐形的宏大目标的。这个具有牵引作用的思想观念,在某种程度上染上了无法磨灭的民族主义色彩。"'立人'的目的是使'沙聚之邦,转成人国',更体现了文学总主题中强烈的民族意识:就其基本特质而言,20世纪的中国文学乃是现代中国的民族文学。"①事实上,这一着眼于"人"的思维方式,在某种程度上比单纯的民族国家建构思想更抓住了问题的实质。不论是狭义的民族意识,还是广义的国家观念,首先需要解决的问题定然是生于其中的人如何进行有效的自我认同。但是否可以因此而将鲁迅的"立人"思想解读成一种完全尼采式的对"超人"的呼唤呢?显然不行。在被殖民的社会历史语境中,中国几乎没有一个知识分子能够抛下民族国家的问题而进行"个体"意义上的思索。在笔者看来,鲁迅的"立人"观念实质上也是一种试图通过根源问题的解决而牵涉性地解决民族国家的建构难题。

众所周知,鲁迅的"立人"思想基于一种由小共同体的"人"到大共同体的"国"理想性放大的逻辑前提,即我们应该探讨并关注真正的"人"的形成是"人国"得以建立的前提。然而,鲁迅的民族意识和国家观念是超越了一般某种带有民族主义色彩的救亡图存命题的,他的眼光不仅将汉民族的意识置放到中华民族的意识下,同时还将中国的观念置放到世界的视野中。可以说,"鲁迅为20世纪中国民族国家的建设提出了'人国'的目标,它依赖于每一个国民('个人')的内在精神的自觉,成为真正的'人',由这样的'人'组成的'人国',也就超越了民族与国家,指向了世界与未来"②。也就是说,当我们致力于从人性本真回归的视角来认识鲁迅的"立人"思想,就会将其身后浓烈的政治意识形态忽略掉;而当我们在民族国家的言说语境中探讨"立人"思想时,无疑让我们发现了其背后的民族意识。

---

① 钱理群,黄子平,陈平原.二十世纪中国文学三人谈·漫说文化[M].北京:北京大学出版社,2004:20.
② 汪卫东.鲁迅前期文本中的"个人"观念[M].北京:人民文学出版社,2006:33.

从鲁迅留日时期所写文章的思想脉络来看,其"立人"主张的形成是基于这样一种思路:"'立国'的根本不是物质而是精神,精神的振兴必须从'个人'开始。"①可以说,在日本这样一个更容易唤起民族意识的国家里,鲁迅认识到了中华民族衰弱的本质。当革命派与维新派正在为满汉民族之争确立一种政治意义上的法则时,鲁迅却将斗争的双方置换成某种大体相似的"个体"。无论是清朝统治者、汉族维新志士,还是资产阶级革命派,他们面临的最大困境是西方民族国家对中国的绝对威胁。当"驱除鞑虏"的口号被极端地放大并有效地威胁到清政府的统治时,鲁迅看到的不仅仅是这样一种政治更迭的历史意义,同时也将某种不可排遣的疑虑潜藏在自己的思想中。他不无调侃地说:"我生长在偏僻之区,毫不知道什么是满汉,只在饭店的招牌上看见过'满汉酒席'字样,也从不引起什么疑问来。"②这种陈述,实际上是对某种狭隘的民族意识的否定。鲁迅认识到,虽然清朝政府的软弱无能让中国在西方殖民者面前呈现出前所未有的"奴性",但客观地讲,这种普遍存在于中国人思想中的"国民性"的形成却也非一日之功。在比照中,鲁迅发现:"日本国民性,的确很好,但最大的天惠,是未受蒙古之侵入;我们生于大陆,早营农业,遂历受游牧民族之害,历史上满是血痕,却竟支撑以至今日,其实是伟大的。"③也就是说,鲁迅并没有完全否认"师夷长技以制夷"的民族行进路线,但他更多地着眼于中国民众的精神改造。"是故将生存两间,角逐列国是务,其首在立人,人立而后凡事举;若其道术,乃必尊个性而张精神。"④只有国民个体的精神得到了改造,才能够成为西方启蒙主义以来的真正的"人",那么中国定当摆脱这种软弱的奴性,成为真正的强国。这个强国是由"人"组成的(不是由奴隶组成),他们"无不刚健不挠,抱诚守真;不取媚于群,以随顺

---

① 汪卫东.鲁迅前期文本中的"个人"观念[M].北京:人民文学出版社,2006:33.
② 鲁迅.鲁迅全集(第6卷)[M].北京:人民文学出版社,2005:192.
③ 鲁迅.鲁迅全集(第14卷)[M].北京:人民文学出版社,2005:410.
④ 鲁迅.鲁迅全集(第1卷)[M].北京:人民文学出版社,2005:58.

旧俗;发为雄声,以起其国人之新生,而大其国于天下"①。在此基础上形成的国家也便成为"人国"。看清楚了这一逻辑,便会发现另外一种形式的矛盾,即鲁迅的"立人"思想是立足"人"的启蒙主义,还是立足"国"的民族主义。对这一矛盾的鉴定存在着一定程度的障碍,因为鲁迅的表述是隐晦的,这种逻辑又是双向的,因为他直接触碰到一个元命题。在此命题的解决过程中,所有基于其上的问题都会迎刃而解。然而,带给我们迷惑的实际上是这样一种思想,即认为在中华民族面临被列强瓜分危机的境况下,救亡图存才是真正有价值的命题。而人的问题,似乎可以置于救亡的大旗之下。那么,另外一个研究的困境就必须澄清:在对鲁迅的"立人"思想进行整体性研究的时候,究竟需要在多大程度上将其旨归延伸到民族国家的叙述范畴中。"鲁迅的'个人'其实是'立国'的道德基础。当然,'立国'不只是以现代民族国家为目标,它还指向真正合理的'人国'的建立,鲁迅对此虽没有进行过明确的描述,但从他的有关言论可以推断,这应是一个没有压迫、没有虚伪的'诚与爱'的社会,一个个人享受自己的权利和个性的社会。"②这样的国家本质上指向某种理想的"乌托邦"式的大同社会,但却是以西方现代民族国家作为参照的。这一思想的不断发展便编织成了新文化运动向西走的激进模式,试图从根本上解决中国的现实问题,即让中国人成为世界人的一种,中国成为世界的一国。"国也者,积民而成。"③中华民族能否真正建构西方现代民族国家,最关键的因素既不是政治制度,也不是共和观念,而是国民个体是否成为真正的"人"。这一"人"的概念既与民族种性无关,也与东西方文化差异无关,在终极的目的上是指向统一意义范畴的。这种具有社会进化论思维的逻辑本着"掊物质而张灵明"④的理念,将东方与西方、传统与现代、弱与强的二元对立思维进行了精神层面的重组。这种对立长期以来被人们赋予一种物质层

---

① 鲁迅.鲁迅全集(第1卷)[M].北京:人民文学出版社,2005:101.
② 汪卫东.鲁迅前期文本中的"个人"观念[M].北京:人民文学出版社,2006:201.
③ 梁启超.新民说[M]//李华兴,吴嘉勋.梁启超选集.上海:上海人民出版社,1984:206.
④ 鲁迅.鲁迅全集(第1卷)[M].北京:人民文学出版社,2005:47.

面的意义,然而在鲁迅看来,问题依然出现在"人"的身上:"现在的强弱之分固然在有无枪炮,但尤其是在拿枪炮的人。假使这国民是卑怯的,即纵有枪炮,也只能杀戮无枪炮者,倘敌手也有,胜败便在不可知之数了。这时候才见真强弱。"[1]不难看出,鲁迅的逻辑起点永远是"人"。当涉及民族国家的问题出现时,鲁迅关注的不是极端对立的民族情绪,也不是过于决断的东西方差异,而是死死盯住人的精神世界。"中国人现在是在发展着'自欺力'。"[2]他揭示出"从未争得人的资格"的中国人思想中种种自欺欺人的"瞒或骗",让他们意识清晰地站在社会进化链条的前一环节,只有这样,民族国家才有希望。所以,鲁迅告诫国人,在民族情绪高昂地对抗异族侵略的同时,更需要"我们仔细查察自己,不再说谎的时候应该到来了,一到不再自欺欺人的时候,也就是到了看见希望的萌芽的时候"[3]。中华民族最大的劣根性就是某种自以为是的嫁接术。无论在哪个历史时期,我们面临的危机都能以一种自欺的手段得以转嫁。文学性地来看,这正是阿Q"精神胜利法"的真实演绎。当民族危机日益加重的时候,我们中国人正"兴高采烈的自以为制服异民族的时候也不少了"[4],彷佛这次即便被异族制服也不算难堪。这种国民性已经不再是我们通常意义上的奴性了,它已经指向一种笼统而含糊的民族自满情绪,而其来源正是所谓的国粹。所以我们看到,在鲁迅以"立人"建构民族国家的逻辑起点对中国民众的国民劣根性进行逐一批判的时候,必然涉及了许多相关的问题。这些问题虽然并不直接地与民族国家发生关联,但无一例外都是更为深刻的内部问题。因此,"立人"思想的着眼点其实在人,而其背景则是民族国家。

如此权衡,"立人"思想便由一个扁平的观念变成一种二维的纵横体系。这既是鲁迅"立人"观念的真实呈现,也是20世纪初中国思想文化领域无法避免的一个思维坐标。所有的问题都需要被置放在这个"以'民族

---

[1] 鲁迅.鲁迅全集(第3卷)[M].北京:人民文学出版社,2005:107.
[2] 鲁迅.鲁迅全集(第6卷)[M].北京:人民文学出版社,2005:121.
[3] 鲁迅.鲁迅全集(第3卷)[M].北京:人民文学出版社,2005:108.
[4] 鲁迅.鲁迅全集(第10卷)[M].北京:人民文学出版社,2005:193.

—世界'为横坐标,'个人—时代'为纵坐标"①的体系中方能生成完整的意义。在鲁迅看来,由"人"到"国"的建构过程是一种顺理成章的严谨逻辑,"人既发扬踔厉矣,则邦国亦以兴起"②。由此看来,鲁迅的"立人"思想"包含了比政治更广阔的内容,其中既包含了关心国家兴亡,民族崛起的政治意识,又切合文学注重人的命运及心灵的根本特性"③。反之,由"国"到"人"的建构过程则是一种本真的社会学定律,国家必须依靠人而存在,人是国家的终极意义。"这个'人国'观念是从个性主义出发加以设定的,但是,它又无疑体现了一定的社会组织化色彩,体现了一定的隶属于'人'的社会责任感。换言之,鲁迅提倡并一意坚守的个性主义与一般人所理解的个性主义不同,它是把个体与群体的自觉紧密结合在一起的。"④

总之,从鲁迅的"立人"思想中,我们不难读出其深深的爱国热情与强烈的民族意识。"列强瓜分中国的危机形势比什么都更为强烈地激起鲁迅的民族意识。"⑤有论者将鲁迅的这种民族意识命名为"文化民族主义",其思想特征"是在中国人的精神里看到了真正的危机"⑥。这种所谓的"民族主义"并没有演化为某种强烈的帝国主义或者狭隘的民族主义,而是"希求回复已失去的民族伦理性,在此基础上建立中国的自立和呼吁弱小民族的联合"⑦。然而,这种民族主义却始终缠绕着尼采式的个人主义因素。作为中国人的鲁迅,虽然有着深深的民族意识,但他并不相信不经过"立

---

① 钱理群,黄子平,陈平原.二十世纪中国文学三人谈•漫说文化[M].北京:北京大学出版社,2004:16.
② 鲁迅.鲁迅全集(第1卷)[M].北京:人民文学出版社,2005:47.
③ 钱理群,黄子平,陈平原.二十世纪中国文学三人谈•漫说文化[M].北京:北京大学出版社,2004:18.
④ 袁胜勇.鲁迅:从复古走向启蒙[M].上海:上海三联书店,2006:61.
⑤ [日]伊藤虎丸.鲁迅、创造社与日本文学:中日近现代比较文学初探[M].孙猛,徐江,李冬木,等译.北京:北京大学出版社,2005:54-55.
⑥ [日]伊藤虎丸.鲁迅、创造社与日本文学:中日近现代比较文学初探[M].孙猛,徐江,李冬木,等译.北京:北京大学出版社,2005:248.
⑦ [日]伊藤虎丸.鲁迅、创造社与日本文学:中日近现代比较文学初探[M].孙猛,徐江,李冬木,等译.北京:北京大学出版社,2005:55.

人"环节而形成的民族国家能真正有效地拯救中华民族的危亡局面。所以说,"立人"背后的民族意识,实际上"是一个民族捍卫自己的独立性,捍卫自己基本生存权利的需要"①。这一命题成为鲁迅一生文学创作的核心命题,也是在更深层意义上解读鲁迅民族意识和国家观念的切口。

"'国民',这是辛亥革命时期进步文学作者对个体生命价值的自我确认。"②正是在追求国民个体生命价值确认的意义上,"国民性"一词出现于清末的中国社会。"当时的中国人民,内受封建王朝的压迫,外受帝国主义的侵凌。反动统治者面对纷至沓来的列强,一味逆来顺受,极尽奴颜媚骨的能事。被统治的人民大众,或者愚昧无知,或者安分守己,或者忍气吞声,敢于挺身而出,倡言反抗者,为数不多。"③而国民性批判的矛头正是这些极富奴隶性的中国民众。按照刘禾的分析,"国民性"一语由英语national character日译而来,后由梁启超等晚清知识分子从日本引入中国。作为19世纪欧洲种族主义国家理论的国民性概念,把种族和民族的范畴作为历届人类差异的基本准则,借以为西方征服东方的种族及文化优势提供进化论式的理论依据。④在鲁迅那里,国民性批判是其"立人"思想的反向践行方式。如果说"立人"这一概念包含的不仅仅是一种对国民个体的最高理想,同时还有一种鉴于现实状况之上的拨正的话,国民性批判无疑是最为有效的方式。

国民性批判虽无法在逻辑上解决个体生存意义与民族罪感的双向纠葛,但这种"哀其不幸,怒其不争"式的批判方式,在某种程度上又将国民作为现代民族国家公民的基本要求,以一种恒定的驳斥性陈述确定了下来。国民性批判虽然将民族与个人之间的矛盾有意识地忽略了,但长远

---

① 王富仁,赵卓.突破盲点:世纪末社会思潮与鲁迅[M].北京:中国文联出版社,2001:61.
② 刘纳.嬗变——辛亥革命时期至五四时期的中国文学[M].北京:中国社会科学出版社,1998:267.
③ 吴奔星.论鲁迅的"国民性"思想[M]//鲍晶编.鲁迅"国民性思想"讨论集.天津:天津人民出版社,1982:99-100.
④ 刘禾.跨语际实践:文学、民族文化与被译介的现代性[M].宋伟杰,等译.北京:生活·读书·新知三联书店,2022:76.

地来看,鲁迅用以批判中国民众种种劣根性的思想武器并不是一种"超人"式的绝对个人主义,而是比照西方现代民族国家的公民个体进行一种从"鬼"到"人"的重新塑造。按"立人"思想中对真正的"人"的定义,中国民众无疑只能在"鬼"的行列中徘徊。日本学者丸尾常喜认为,鲁迅一生的主题是"'国民'各个成为'人',创造'人国'"①。至于其作品中众多的形象,实际上并不是真正的人,只不过是"形形色色缺乏'人'性的众生相——'鬼'的影像"②。然而,国民性批判在建构民族国家的意义上成为一种普遍而广泛的期待。当时的知识分子对国民性的批判,甚至存在不少过激的行为。然而,他们只能通过这样一种涅槃式的"国民"再生理想,将旧的麻木的中国民众杀死,继而迎接中国"公民"的诞生。鲁迅对国民性批判的深刻之处就在于,他不仅仅是将自我安放在启蒙阵营中,成为批判的发出者;同时还不忘自己也身处中国的社会历史语境中。对国民性的批判从某种程度上说,是对自我的批判——这无疑是个痛苦的过程,也是一个充满期待的论证过程。

其实,鲁迅的国民性批判本质上是一种对彼岸价值的追寻。他知道,试图通过国民性批判改变中国民众的思想观念,难度非常大。鲁迅起先追问:"难道所谓国民性者,真是这样地难于改变的么?"③随即便给出了答案:"民族根性造成之后,无论好坏,改变都不容易的。"④然而,鲁迅的历史眼光又让他觉得如果不在国民性问题上做些努力,中国必将面临着前所未有的巨大灾难。"虽是国民性,要改革也得改革,否则,杂史杂说上所写的就是前车。"⑤杂史上的前车无非是民族的灭亡,国民集体性地沦为奴隶,在社会进化的链条上彻底消失了所谓的中华。作为中国人的爱国之心和已萌生的民族救亡意识,让鲁迅放弃了其他顾虑,甚至较为粗略地处

---

① [日]丸尾常喜."人"与"鬼"的纠葛:鲁迅小说论析[M].秦弓,译.北京:人民文学出版社,2006:220.
② [日]丸尾常喜."人"与"鬼"的纠葛:鲁迅小说论析[M].秦弓,译.北京:人民文学出版社,2006:220.
③ 鲁迅.鲁迅全集(第3卷)[M].北京:人民文学出版社,2005:18.
④ 鲁迅.鲁迅全集(第1卷)[M].北京:人民文学出版社,2005:329.
⑤ 鲁迅.鲁迅全集(第3卷)[M].北京:人民文学出版社,2005:149.

理了个体生存意义与民族罪感之间难以厘清的纠葛,果敢而又激进地开始对中国民众集体性的国民性进行大力的批判。然而,对彼岸的追求挫折让鲁迅陷入一种悲观,他在给许广平的信中写道:"你的反抗,是为了希望光明的到来罢?我想,一定是如此的。但我的反抗,却不过是与黑暗捣乱。"[1]由此可见,即便是国民性批判这样一个具有时代意义的命题,在鲁迅的思想中也存在着诸多理想与现实、个体与民族、启蒙主义与个人主义的纠葛。本质上来看,国民性批判是"鲁迅对个体精神自由的追求,消灭一切精神奴役现象的理想,就是一种彼岸的追求,或者说是鲁迅思想中的一个终极关怀"[2]。正是本着这样一个"立人"命题衍生出来的终极目标,鲁迅的国民性批判始终在个体和民族的双向纠葛中,将批判的重心移向了对民族性格的重塑。

第二节　生命进化与历史语境的双重规劝

一、狗的话语谱系及"国民性"映射关系

(一)"狼"—"狗"—"叭儿狗"

鲁迅小说中大量出现"狗"这一意象。从其具体语境来看,小说文本中对狗的叙述话语并不完全一致,有的只简单提取狗这一概念作为小说环境描写中的某一因素。如:"有时也遇到几只狗,可是一只也没有叫。"[3]

---

[1] 鲁迅.鲁迅全集(第11卷)[M].北京:人民文学出版社,2005:80-81.
[2] 钱理群.与鲁迅相遇:北大演讲录[M].北京:生活·读书·新知·三联书店,2003:81-82.
[3] 鲁迅.鲁迅全集(第1卷)[M].北京:人民文学出版社,2005:463.

"他想了一想,前去打门,一只狗在里面叫。"① "我又曾路过西四牌楼,看见一匹小狗被马车轧得快死,待回来时,什么也不见了……"②这些句子中的"狗"虽然出现于鲁迅笔下,但实际上并无话语意义上的影射,只作为小说环境中一种必要的摹物书写。而另外一种对狗的书写方式则明显带有特殊的话语意义,它通常并不只借用狗这一概念来生成小说文本的现实意象,而将着眼点放在"狗"这一意象本身的象征意义上,给予特殊的审美关照,如"不然,那赵家的狗,何以看我两眼呢?"③,"阿Q没有说完话,拔步便跑;追来的是一匹很肥大的黑狗。"④,"只有那暗夜为想变成明天,却仍在这寂静里奔波;另有几条狗,也躲在暗地里呜呜的叫。"⑤,"我提着两包闻喜名产的煮饼,走了许多潮湿的路,让道给许多拦路高卧的狗,这才总算到了连攴的门前。"⑥。这些句子中的狗则与某种特殊的话语意义联系在一起,使它们不仅作为狗这一物态意象存在于小说中,而且与狗呈现出来的精神性格形成一种具体的映射关系。"在他的笔下,除了偶尔提及的救人的猛犬之外,大抵作为势利,忠顺而又凶狠的奴才形象出现。"⑦

从鲁迅对狗的总体认识上来看,我们不难发现,狗是作为一种退化的物种存在于当下的,具有所有退化物种的劣根性。凶残而懦弱,奸猾而伪善,欺下媚上,贪得无厌,这些精神缺陷都能在狗的身上体现得淋漓尽致。但作为身份高贵者的"宠物",狗在现实进化链条中却比其他物种更为成功。它从旷野走入了豪门,逐渐从弱肉强食的生物竞争中超脱出来,成为替主人统治其他物种的"管家"。然而,这种身份的获得是以主动背离野性精神为代价的。也就是说,狗在进化过程中逐渐失去了作为动物应有的野性,而养成了作为宠物不可或缺的种种劣质品行。鲁迅曾经多次论

---

① 鲁迅.鲁迅全集(第1卷)[M].北京:人民文学出版社,2005:541.
② 鲁迅.鲁迅全集(第1卷)[M].北京:人民文学出版社,2005:580.
③ 鲁迅.鲁迅全集(第1卷)[M].北京:人民文学出版社,2005:444.
④ 鲁迅.鲁迅全集(第1卷)[M].北京:人民文学出版社,2005:532.
⑤ 鲁迅.鲁迅全集(第1卷)[M].北京:人民文学出版社,2005:479.
⑥ 鲁迅.鲁迅全集(第2卷)[M].北京:人民文学出版社,2005:106.
⑦ 林贤治.一个人的爱与死[M].上海:东方出版中心,2006:17.

及狗的进化路线:"狼是狗的祖宗,一到被人驯服的时候,是就要变而为狗的。"① "'海乙那'是狼的亲眷,狼是狗的本家。"② 鲁迅对狗的谱系进行清理,得出"狗由狼进化而来"的科学结论。当今科学研究对狗与狼的DNA进行鉴定后肯定了这一结论,"在分子层次上,狼和狗之间则几乎没有什么改变:它们的DNA组成几乎完全相同"③。"所有的狗种都是由一种东亚狼进化而来的。"④科学研究证明,从狼到狗的进化过程中,这一物种的生理本能并没有发生多大改变,只是"学能"在其中发挥的作用,使二者呈现出截然不同的进化形态。然而,鲁迅对狗的谱系进行清理却并不着眼于认清其进化历程,相反倒是有意突出这一进化的特殊变异及其生成机制,也就是他提及的"驯服"。从中可以看出,驯化在狗的进化过程中产生了相当大的作用。正是由于接受了驯化,狗才逐渐地丧失其野性精神沦落为人类的奴隶。鲁迅恰是立足对"奴隶性"的批判,才将狼与狗的血缘关系刻意放大。从狼到狗的变化,不仅在于野性的消失,而且还存在一种自觉进化选择。也正因如此,狗还可以继续进化而成为叭儿狗!其机制也在于驯化的作用加之狗的主动选择。这是鲁迅最为痛恨的一种生物:

> 它却虽然是狗,又很像猫,折中,公允,调和,平正之状可掬,悠悠然摆出别个无不偏激,惟独自己得了"中庸之道"似的脸来。因此也就为阔人,太监,太太,小姐们所钟爱,种子绵绵不绝。它的事业,只是以伶俐的皮毛获得贵人豢养,或者中外的娘儿们上街的时候,脖子上拴了细链子跟在脚后跟。⑤

从以上描述来看,叭儿狗最大的特点是折中。它虽然是狗,却已经在进化过程中将狗的体态形貌都遗失了,而趋向于另外的物种——"猫"!这其间最大的变化是,外观上完全失却了作为"狗"这一物种的独特性。

---

① 鲁迅.鲁迅全集(第4卷)[M].北京:人民文学出版社,2005:305.
② 鲁迅.鲁迅全集(第1卷)[M].北京:人民文学出版社,2005:450.
③ 卡伦·E.兰格,罗伯特·克拉克.狗的进化[J].华夏人文地理,2006(1).
④ 所有的狗种都由东亚狼进化而来[J].今日中学生,2004(Z5).
⑤ 鲁迅.鲁迅全集(第1卷)[M].北京:人民文学出版社,2005:287-288.

如果说从狼到狗的过程是野性精神的丧失,那么从狗到叭儿狗则完全是主体性的丧失,这是一种彻底宣告自己成为奴隶的潜在方式。"人失去了自己的主体性,也就是奴隶。"[1]但正是因为叭儿狗主动放弃了自身的主体性,才使得它为"阔人,太监,太太,小姐们所钟爱",以至"种子绵绵不绝"。如果从"适者生存"的生物角度来看,狗的进化过程是物种进化的成功事例;而如果从文明发展及精神进化的角度来看,这一过程从某种程度上说又是进化的失败。由狼变成狗,再变为叭儿狗。这一过程使得狗这一物种一步步从野蛮走向文明,它的身份逐渐获得了作为驯化者的人类的认可,并通过一定方式将其从其他物种中分离出来,成为人类的"奴隶总管"。但是,这种文明身份的获得却是以自我主体性的丧失为代价的。

(二)原始人性—国民性—奴才性

从狗的谱系及其进化过程来看,大致经历了"狼"—"狗"—"叭儿狗"的不同阶段;而与之相对的作为象征对象的人类,则呈现出相似的进化历程,也即原始人性—国民性—奴才性精神退化过程。

狼的最大特点在于其野性精神。它象征着人类初始阶段的野性力量。这是一种特有的人性精神,以反抗驯化、保持自我主体性为基本特征,也就是所谓的"狼性"。这是一种原始人性,是人作为独立个体的标志。这种原始人性正是鲁迅极力赞扬的性格特质,也是鲁迅一生保持自我独立、坚持反抗一切黑暗的精神来源。"在鲁迅的笔下,'狼'是一个复合性的象征意象,一方面,它有着凶残,贪婪的本性,另一方面,它的反抗也同样是残酷,坚定的。然而,它的反抗与它的本性是密不可分的,它的茹毛饮血的本性也正是它的力量之源,显然,鲁迅是欣赏'狼'反抗的坚忍性的。"[2]鲁迅欣赏这种伟美的野性力量,并且将其当作一个强大民族必须具备的民族精神而予以肯定。尤其在当时的中国社会语境下,中华民族面临空前的危机,启蒙与救亡已经成为整个民族的话语焦点,而民众的懦弱

---

[1] 何锡章.中国现代理想人性的探求[M].武汉:湖北人民教育出版社,1986:108.
[2] 郑家建.历史向自由诗意敞开:《故事新编》的诗学研究[M].上海:上海三联书店,2005:130.

与冷漠又加剧了这一危机。那么,在此特殊的语境下,呼吁狼性就不是与人类文明相背离的进化走向,而是提倡人性回归的反思性母题。"他要借'野性的呼唤'唤回现实中(特别是中国人)已经失去了的原始生命力,要求返归人的自然本质。"[1]人类的进化过程虽然逐渐告别野蛮,步入了文明的时代,但与之相对的是,这种文明正面临着另外一种强势文明的侵入与殖民。当两种文明形成对峙局面并相互吞噬时,弱势民族的唯一出路就是反抗,拒绝沦为异族的奴隶,而这种反抗性格正是狼性的表现。"文明如华,蛮野如蕾,文明如实,蛮野如华,上征在是,希望亦在是。"[2]这是鲁迅面对"文明"与"野性"二元选择时的思维方式。他相信,野性力量才是人类文明的前一阶段,是人类进入文明的必由之路;而驯化而成的奴隶性格则预示着文明的沦亡。

由狼进化为狗,从某种程度上说,是由于人类的驯化。驯化的过程正是征服的过程。它使得原有物种的固有属性逐渐丧失,而被动养成了某些征服者特有的异质性格。由反抗到臣服,由挣扎到麻木,由希望到绝望的进化结果,以某种强势的权力固定下来,从而形成一种历史规范。也就是说,被人类驯化而成为狗的那部分狼种在历史上已经消失了。它被规范成为狗这一物种,再也不能回到原初状态而成为别的物种了。林贤治认为,"狗生即奴性,外加仿主子性"[3]。其实,这一性格特质并不是"狗"这一物种的本能,而是一种学能,是在"被驯化"的进化语境中,为了保全生存资格而获得的扭曲性格。这一驯化与征服的过程,同样适用于民族之间的较量,强势民族凭借其强大的武力征服弱势民族,并使其成为胜者的奴隶。这一过程已经成为历史的定律被规范下来,所以中华民族"国民性"的形成与历史上的异族侵略不无关系。"'国民性'一词出现于清末。当时的中国人民,内受封建王朝的压迫,外受帝国主义的侵凌。反动统治

---

[1] 钱理群.心灵的探寻[M].石家庄:河北教育出版社,2000:214-215.
[2] 鲁迅.鲁迅全集(第1卷)[M].北京:人民文学出版社,2005:66.
[3] 林贤治.一个人的爱与死[M].上海:东方出版中心,2006:18.

者面对纷至沓来的列强,一味逆来顺受,极尽奴颜媚骨的能事。被统治着的人民大众,或者愚昧无知,或者安分守己,或者忍气吞声,敢于挺身而出,倡言反抗者,为数不多。"①除此之外,长期养成的国民性格使得中华民族在面临危机时,无法形成统一的反抗力量。"沙聚之邦"内的国民大众成为精神麻木的奴隶,丧失了其野性的反抗力量,并逐渐从国家民族的大义中撤身出来,只关注自我生命的维持,生存沦落为"苟活"!"他(鲁迅)最憎恶的国民心理弱点是:卑怯,奴性,虚伪和自欺。卑怯,奴性以屈从现状;虚伪以粉饰现状;自欺以逃避现状——它们共同构成封建等级制度中超稳定的心理结构。"②这种特殊的生存方式与进化过程中的狗性有着若干相似之处,所以狗这一意象在特定语境内与"国民性"形成某种象征性的映射关系,泛指人类野性精神的缺失,堕落为奴隶而不知反抗的劣根性。

鲁迅刻意将"叭儿狗"从狗的群体中分离出来,成为一种具有独立性格特征的意象主体。叭儿狗的性格保持了狗这一物种的共性因素,但由于其"宠犬"的身份,"其地位虽在主人之下,但总在别的被统治者之上的"③。这使得它又表现出某种特殊的性格特征,即奴才性外加仿主子性。它必然成为集体性麻木的社会中一种特殊的阶级。它身为奴隶,安于做奴隶,并且在奴隶圈中成为统治阶级的管家,是联系主人和下等奴隶的中间环节。所以,叭儿狗身上必然地具备两种矛盾性的特质,即在主人面前呈现出的奴隶性与在奴隶面前呈现出的主子性。它既有作为奴隶的怯懦和卑微,又有作为主人的贪婪与凶残。林贤治指出,这一地位导致它形成了某些特有的性格,"这就决定了它的特性:一、奴性。……二、打倒一切。……三、无根性"④。然而我们不难发现,叭儿狗的"主子"

---

① 吴奔星.论鲁迅的"国民性"思想[M]//鲍晶编.鲁迅"国民性思想"讨论集.天津:天津人民出版社,1982:99-100.
② 杨义.杨义文存(第5卷)[M].北京:人民出版社,1998:507-508.
③ 鲁迅.鲁迅全集(第4卷)[M].北京:人民文学出版社,2005:319.
④ 林贤治.一个人的爱与死[M].上海:东方出版中心,2006:28.

地位,是一种虚设的幻化身份,它只有在暂时性地代理主人统治广大奴隶阶层时,才能体现出这一身份;而在主人那里,它也是奴隶,唯一的区别是它在奴隶中脱颖而出,一跃而成为"奴隶总管""以鸣鞭为唯一的业绩"[1]。其实,叭儿狗身上体现出的更多的是一种比"国民性"更为恶劣的精神疾病,即"奴才性"。鲁迅认为,奴隶与奴才并不完全相同,他们虽然都具有被奴役的共同特征,但本质上却有差异,奴隶是可能反抗的,而奴才则"万劫不复"。鲁迅在提及奴隶时说道:"倘使连这一点反抗心都没有,岂不就成为万劫不复的奴才了?"[2]从中可以看出二者的区别。"在鲁迅那里,奴才和奴隶是有着严格的区别的:奴才是'万劫不复'的,而奴隶则潜在着反抗的可能,奴隶根性是可以改造的。"[3]而叭儿狗的奴才本性使得它与社会上某一特殊群体联系了起来,成为鲁迅的批判对象,这一群体就是帮助主子统治下层民众的知识阶级。

由此可见,狗的话语谱系被鲁迅勾勒得十分清晰,并将其影射出来的社会各阶层嘴脸与之对应。在鲁迅的笔下,时而评人事,时而说狗狼,信笔写来,嬉笑怒骂中带着一份清醒者的反抗、批判与痛斥。他对狗的话语建构及小说文本中对狗的大量描写,实际上都是为了更加形象地揭露特殊时代语境下"国民性"的多副面孔,一一加以批判,由思想启蒙通过"立人"而实现向"人国"的转变。

二、生命进化与历史语境的双重规劝

鲁迅小说中对狗的描写及其话语意义的映射外延,将这一特定的意象转移到对其象征性特质的书写上来。那么,鲁迅小说中对狗的叙述以及作为国民性象征的话语意义,在当时特定的语境中具有怎样的言说价值? 或者,这种对国民性的意象描摹,究竟呈现出什么样的话语逻辑? 也

---

[1] 鲁迅.鲁迅全集(第6卷)[M].北京:人民文学出版社,2005:558.
[2] 鲁迅.鲁迅全集(第3卷)[M].北京:人民文学出版社,2005:221.
[3] 林贤治.一个人的爱与死[M].上海:东方出版中心,2006:90.

正是在对这些问题进一步追问的基础上,我们不得不面对这样一些悖论性的价值断定。

（一）进化悖论:衰弱还是强盛?

鲁迅对狗的进化过程做出了明晰的概括,即狼族中的某些特殊群体被驯化而成为狗,失去了其野性力量,沦为奴隶性的存在物;而狗族中的某些特殊群体又被主人选中成为其"宠犬"。这就是鲁迅笔下狗的谱系及其进化过程。从中我们不难看出鲁迅的立场选择,他鄙弃狗性而盛赞狼性。在鲁迅看来,由狼到狗、从狗到叭儿狗的进化过程是物种的衰退,也是向狼性回归的基本前提。作为映射对象的人类,在进化过程中逐渐丧失了其作为人的野性精神。而这种精神正是保存人种的必要因素,野性力量是原始人性的根基,是进化链条中唯一不能遗失的物种特性。但事实上,在进化过程中,人类精神的变迁最大的症结就是,这种野性精神逐渐被强力征服而丧失,人群中的某些个体借助野性力量驯化了同样具有野性精神的人,此后被征服者被动地放弃了自己的反抗性,安分守己地做奴隶。这一征服与驯化的过程也正是人类文明的发展过程。也就是说,文明的发展需要这种驯化与征服,而且注定必须有被统治者作为奴隶的形象出现在历史中。那么,这种文明发展的过程究竟是顺应进化论,还是走向了进化论的背反方向? 鲁迅前期思想受进化论影响颇为深远。他肯定进化是人类走向文明的必然过程,并相信"将来必胜于过去,青年必胜于老人"[1]。按此逻辑推理,我们有理由相信,从狼到狗的进化过程正是历史发展的必然,是从蒙昧走向文明的进化线路。"鲁迅是极其严肃地在生物发展的历史链条中审视作为高等动物的'人'的进步和堕落。"[2]然而,从鲁迅对此问题的态度中,我们发现事实并非如此。鲁迅恰恰推崇进化链条上的前一阶段而否定后一阶段,也即他肯定"过去"而否定"将来",因为狼是狗的"过去",而狗是狼的"将来"。"生物的进化,是沿着其生活方法而

----
[1] 鲁迅.鲁迅全集(第4卷)[M].北京:人民文学出版社,2005:5.
[2] 钱理群.心灵的探寻[M].石家庄:河北教育出版社,2000:221.

进的。"①"在自然界,进化并不仅仅是简单的量的增加,也并不是简单地在各层次上重复着一种性质的模式,而是不断地产生着新的质变。"②然而,将这一进化过程放置在道德言说的语境中则显得无从判断。

这就必然地出现了一种悖论式的言说困境。我们不禁要问:从狼到狗的进化过程,以及人类从野蛮的远古进化到文明的现代,究竟是符合进化论观念,还是违背了进化规律?或者可以这样发问:从野蛮人性到现代"国民性",究竟是人类这一物种进化的衰弱还是强盛?

"历史在这里似乎打了一个'旋'。"③我们可以肯定,在原始人性与现代国民性之间的演变过程中存在着诸多错位。正如从狼到狗的进化过程中,变成狗的只是一部分狼而已,狼这个物种至今依然存在。那么我们便可以说,国民性与原始人性之间也存在着这种"部分驯化"的演进关系,某一部分人在进化过程中受到强势力量的打压而逐渐臣服,导致他们人性中的野性精神丧失而沦为"不敢反抗"的奴隶,进而又有一部分奴隶主动地成为"不想反抗"的奴才。至此,国民性已经成为一个特殊性的问题。我们不能用"国民性"这个概念来涵盖所有进化到现在的人种,因为他们中的另外一些因为没有被驯化而依旧保留了原始人性中的野性精神。而这些人至今依然存在,并以某种强势的力量成为操控奴隶民族命运的主人。所以,我们不得不重新规范"国民性"这个概念。它原指某一民族集体呈现出的人性劣根,而此时我们必须做出一个界定,即某一特殊民族中的特殊个体所呈现出的不同人性劣根的概括。只有这样,我们才不至于将整个人类置入物种进化的链条而对其究竟是衰弱还是强盛做出判断。我们只需要指出,这种民族劣根性与民族本身的野性力量的丧失有着不可分割的联系。正是因为民族在历史进化过程中的被征服处境,本民族的人民集体性地呈现出奴性面貌。"进化的另一面也就是退化,在进化之

---

① 梁漱溟.中国文化要义[M].上海:上海人民出版社,2005:110.
② 汪济生.系统进化论美学观[M].北京:北京大学出版社,1987:11.
③ 陈方竞.多重对话:中国新文学的发生[M].北京:人民文学出版社,2003:270.

始,就已经包含了退化的种子。"①所以,用"国民性"一词来指涉民族内个体生命的集体症候,是与民族本身的被奴役处境伴随而生的。它是一个被本民族尚未失去反抗精神的先觉者刻意放大了的概念,由部分扩张为整体,进而上升为对某一民族历时语境与共时空间内精神状态的匿名言说。

鲁迅在一篇题为《略论中国人的脸》的文章中,曾把"西洋人的脸"与"中国人的脸"概括为如下两个公式:"人+兽性=西洋人""人+家畜=某一种人"②(实指中国人)。从他对西洋人与中国人的本质区分来看,其最大的差别在于"兽性"(野蛮的民族性格)与"家畜性"(驯顺的民族性格)之间的分野。这也成为鲁迅站在物种进化的链条上,逆向呼唤野性精神的基点。而这一基点又来自于现实的经验,西方文明的发达反衬了中国传统文化规劝下民族精神的柔弱,而强弱之间的本质根源就在于是否接受"被驯化"的历史命运。"强大之族,人性、兽性,同时发展。"③

（二）个体生存意义与民族罪感

对"国民性"概念的重新界定,本能地将民族整体与生存其中的生命个体区分开来。以往言说国民性时,通常将其作为民族的特质予以批判,它忽略了作为民众个体对此精神身份的无奈承担与屈辱认同。在一个民族面临整体性被奴役的生存危机时,生于其间的每一个生命个体都不得不被动地变更自己的生存方式,不难相信,一个民族(或国家)的强弱对本民族(或国家)人民生存方式的影响是巨大的,而同一民族在不同的历史时代,人民的精神面貌也是迥异的。鲁迅在《藤野先生》中写道:"中国是弱国,所以中国人当然是低能儿。"④这是国民弱性逻辑,是国弱导致了民弱。

总之,对某一民族国民性的言说必然涉及该民族本身的生存能力,而

---

① 郜元宝.鲁迅六讲(增订本)[M].北京:北京大学出版社,2007:81.
② 鲁迅.鲁迅全集(第3卷)[M].北京:人民文学出版社,2005:433.
③ 陈独秀.今日教育方针[M]//任建树,张统模,吴信忠编.陈独秀著作选(第1卷).上海:上海人民出版社,1993:146.
④ 鲁迅.鲁迅全集(第2卷)[M].北京:人民文学出版社,2005:317.

这种综合力量的强弱又牵动着许多主观和客观的因素,其中虽然囊括了人民大众的种种劣根性,但这不足以说明一个民族的生存危机是由该民族内民众的劣根性导致的。民族整体与民众个体之间的对立关系是不均衡的,其相互之间的影响力也大为不同,可以说,民族整体性的衰落必然导致民众个体劣根性的形成,而民众劣根性只是导致民族整体性衰落的众多因素之一。

我们可以将问题进一步衍生开来:民众的精神缺陷并不是导致民族变弱的唯一因素,但为什么危亡民族往往将民众的劣根性批判作为救亡的根本?实际上,这已经不仅仅涉及个体生存的意义而升华为民族罪感的问题了。"因为每一个中国人在某种意义上都是这整个民族的缩影。"[①]也就是说,个体生存意义与民族罪感之间的关系是人为地建构的,如果单从个体的生存意义上说,在某一特定的历史时期奴隶性格的养成也是必不可少的,至少是非常状态下保持生命延续的一种方式,我们可以不关乎道德规范而切身体验一下被奴役民族的人民大众的生存之道,苟活可以保全生命,而反抗直接导致死亡,这是生命的大限。虽然从生存意义上讲,我们认为苟活者的生命价值远远不及因反抗统治者的压迫而殒命的英雄,但从生命本身的价值来看,苟活者也无可厚非,那只是作为一种为道德规范所不齿的生存方式,本质上具备存在的可能。"'蝼蚁尚知贪生',中国百姓向来自称'蚁民'"[②],承认了苟活者存在的合理性,实际上等于承认了"国民性"批判的不合理性。既然我们认为奴隶精神是保全生命的一种简易方式,具有其存在的理由,那么将这种精神性格其视为"国民劣根性"并予以批判就具有特定的逻辑基点。这一基点不再将个体生命当作独立的生命形态予以关注而将个体放大成为民族中的一员,其潜性意义在于,个体的生存方式应该置入民族大义的坐标之内进行重估。"我之所

---

① [美]亚瑟·史密斯.中国人的德行[M].陈新峰,译.北京:金城出版社,2005:81.
② 鲁迅.鲁迅全集(第5卷)[M].北京:人民文学出版社,2005.104.

谓生存,并不是苟活。"①在此逻辑上,我们不难发现原本作为个体保全生命的求生方式就成为导致民族衰弱的精神病症了,也就是说,国民个体生命在特殊的历史语境中承担着民族的形象。

> "苟活"即是一种活命哲学,是将"人"降低为动物,是"人"的堕落与退化。鲁迅的这一思想与中国传统文化中重视"人"的生命的道德责任与价值,是存在着某种联系的;它更是反映了时代的要求。在现代中国,争取国家民族的生存、发展,占据着压倒一切的地位;"人"的个体的生存、发展必须与国家、民族的生存、发展的总体目标联系起来,才能实现其价值。离开了国家、民族的生存、发展,追求所谓个人的生存与发展,在现代中国的历史条件下,必然是一种"苟活"。②

那么,苟活这一生存方式放大到民族形象的场域中就显得病态十足了。于是,个体的生存意义与民族罪感之间形成一对矛盾,二者原本不应该成为对立体的,因为它们的评介标准完全属于两个不同的话语场,但在特殊的历史时期,两个空间场域被人为地并置在一起,成为互文性的关照对象。个体的生存方式象征了民族的形象,而民族的形象则规劝了个体生存方式的道德认同。所以,在民族面临危亡的特殊时期,个体生命的价值意义直接参与到民族形象的重塑过程中,国民性也便成为一种民族罪感。

(三)立人:"国民性"批判的逻辑基点

生命进化的单向维度在历史的特殊语境中出现了悖论,文明的发展与国民弱性的生成被人为地联系在一起。人类进化走向在此出现了分歧,究竟是保持进化方向,还是逆向追寻其野性的源头,成为特殊历史语境中的特殊价值判断。启蒙建立在救亡的前提之上,救国保种成为当务之急,所以生命进化的恒定逻辑不得不在这一具体情境中发生转变。也

---

① 鲁迅.鲁迅全集(第3卷)[M].北京:人民文学出版社,2005:54-55.
② 钱理群.心灵的探寻[M].石家庄:河北教育出版社,2000:122-123.

就是说,生命进化出现的悖论是源于这一历史语境的。而该语境下固有的价值标准会在规范内偏离中心,转向某种暂时性的道德范畴。那么,在中国现代特定的历史语境之下,国民性成为被批判的对象也就理所当然了。因为它作为生命个体的求生手段,已经不再成立而扩散为民族的精神形象,被动地承担了民族存亡之际的道德意义。

我们可以得出这样的结论:国民性不单单是国民个体的劣根性,而且象征着民族的精神状态。也正是在此话语逻辑的基点之上,才促使启蒙者反向思考拯救民族的方法,既然民族的精神劣性与国民个体紧密相连,那么拯救民族也必然地需要从开启民智着手,进而推广至民族国家。"国也者,积民而成"①,20世纪初中国最富有启蒙精神的反思者大都站在这一立场之上提出自己的观点,从章太炎的"开民智",到梁启超的"新民"思想都遵循将国民个体的精神病症当作诊治的对象。"则亦未有其民愚陋、怯弱、涣散、混浊,而国尤能立者。"②鲁迅也在此认识基础上明确提出"立人"思想:"是故将生存两间,角逐列国是务,其首在立人,人立而后凡事举。"③可见他把"立人"当作拯救民族国家的根本,只有个体人的精神得到了救治,才可能实现民族的强盛,进而达到"凡事举"理想局面。正是在此特殊的话语逻辑与历史语境之下,"国民性"才被当作中华民族国民个体身上共同具有的精神病症而广泛批判,在国民弱性的种种表现中,又以"奴性"为最,所以启蒙者的批判眼光便盯在国民的奴性思想上。虽然,鲁迅明确知道这种奴性思想的形成与历史因素密切相关,是作为历史的积淀而延承下来的,对它的批判实际上是对历史的批判,而对历史的批判又无法具有当下性,因为历史是过去的,已经完成的一系列行为事件。所以,国民性批判本质上是一种断代性言说,它无法放置在历史长河中加以现场的重构,而只能以一种反观的视角进行理想性的规劝。也正是在此

---

① 梁启超.新民为今日中国第一急务[M]//马勇.梁启超语粹.北京:华夏出版社,1993:79.
② 梁启超.新民为今日中国第一急务[M]//马勇.梁启超语粹.北京:华夏出版社,1993:79.
③ 鲁迅.鲁迅全集(第1卷)[M].北京:人民文学出版社,2005:58.

认识基础上,我们才认为国民性批判尤其是对奴性思想的批判是一种想象性的话语建构,它主动撇开历史场景而关注于当下,这种批判实际上就具有了颇多的局限性。它本能地将历史问题视为当前语境下的思想疾病进行疗治,而其评价的标准却不是历史的,而是当下的。那么,将"立人"作为思想启蒙的暂时性策略也就不难理解了,历史语境下形成的思想问题如果只简单地对思想进行批判,启蒙者不但失去了其言说的立足点,而且无法具有针对性。所以,启蒙者承担的历史使命被巧妙地进行了现实的转向,将延绵不断的历史长河进行拦截,过去和将来都被排除在言说范围之外,只进行当下的思想建构。"此后要紧的是改革国民性,否则,无论是专制,是共和,是什么什么,招牌虽换,货色照旧,全不行的。"①那么,我们不难理解20世纪初中国特殊的历史"当下性"必须对国民个体进行思想重塑与道德整合,其手段就是将个体与民族的关系突显出来,个体行为在此特殊语境之下必须成为民族整体的一个显著部分进行关注,国民弱性正是在此逻辑上成为民族弱性,进而使得国民个体行为被动地承载了民族衰弱甚至沦亡的巨大罪感。因此,对国民性的批判本质上是对这种罪感的批判而不是对国民个体自我生存方式的批判。

　　鲁迅将"立人"作为国民性批判的逻辑基点也是在中国现代特殊的历史语境之下的暂时性言说。鲁迅本身非常明确国民个体精神面貌的形成与改变都非朝夕之事,是历史的长期积淀的结果,而改革民众思想却面临着巨大的艰难。"他发现的是中国民族历史和精神性格中的'奴性',并且不幸的是,中国历史上或长或短的异族入主的结果,又正强化了中国民族精神性格中的奴性倾向。"②那么在当下语境中改革民众思想中的"奴性",实际上也就成为启蒙者的一种理想追求了,鲁迅与其他启蒙者在面对这一问题时显得非常不同。鲁迅虽然站在启蒙者的行列,主张用文艺作为立人的主要手段,"文艺是国民精神所发的火光,同时也是引导国民精神

---

① 鲁迅.鲁迅全集(第11卷)[M].北京:人民文学出版社,2005:32.
② 吴俊.暗夜里的过客:一个你所不知道的鲁迅[M].上海:东方出版中心,2006:270-271.

的前途的灯火。"①但同时,他也坚信文艺对于改革国民精神的局限性。鲁迅在与徐炳昶的通信中说到文学的启蒙作用时,强调必须从改良知识阶级入手,进而推广至民众。但他清晰地认识到这一过程的艰难:"我想,现在没奈何,也只好从智识阶级——其实中国并没有俄国之所谓智识阶级,此事说来话长,姑且从众这样说——一面先行设法,民众俟将来再谈。"②所以,我们可以看出,鲁迅的启蒙思想更加具有"当下性",它是一种断代性言说,只是为了勉励实现"立人"目标而承认的暂时性价值,与历史语境相对应来反观这种启蒙手段,实际上是存在很大不足的。而且,鲁迅的"立人"思想是以己为中枢得到推演的,他所肯定的当下性时代价值是以个体为中心的,"思想行为,亦以己为中枢,亦以己为终极:即立我性为绝对自由者也。"③作为精神自由的个体生命在面对国民大众的集体性失语状态时,必须"任个人而排众数",然而这里所指的"个人"与国民大众的个体之间有着巨大的差异,它特指具有现代精神的思想自觉者而不包括蒙昧的大众,个人与众数之间形成了一种对立关系。所以,当鲁迅将个人精神价值推演到民众立场时,他必然面临"先觉者"与"大众"之间的反噬关系,而这种反噬的结果又树立起对国民性批判的新的逻辑起点。这种批判关系的循环实际上正是启蒙思想逐步深化的过程,也是当下性问题得以走向永恒的根本路径。王得后将鲁迅的独特思想概括为:"以'立人'为目的和中心;以实践为基础;以批判'根深蒂固的所谓旧文明'为手段的关于现代中国人的哲学,或者说是关于现代中国人及其社会如何改造的思想体系。"④这实际上成为鲁迅面临所有当下性问题的思想意识与哲学范式,而作为国民性批判逻辑起点的"立人"思想,在其特定的历史语境中也发挥了一定的作用,然而其作用只是引导更多的"个人"来反思,批判"众数"的思想劣根性,本质上并没有导致民众的觉醒。

---

① 鲁迅.鲁迅全集(第1卷)[M].北京:人民文学出版社,2005:254.
② 鲁迅.鲁迅全集(第3卷)[M].北京:人民文学出版社,2005:26.
③ 鲁迅.鲁迅全集(第1卷)[M].北京:人民文学出版社,2005:52.
④ 王得后.鲁迅与中国文化精神[M].广州:花城出版社,1993:28.

三、"叭儿狗"及知识阶级的价值认同

鲁迅对狗的话语谱系的建构,有意识地突显了"狗"这一群体中某个特殊的阶级,即"叭儿狗"。它作为狗群中生命进化的成功典范,得到了驯服者与同类的认可,由此而产生了身份的特殊性与社会语境中某种受约束的话语权。它在鲁迅的作品中与直接或间接从属于政治的知识阶级对应起来,成为批判的另一焦点。"不再是全体'国民性'问题,而是突出了作为意识形态的制造者,承担者的知识分子问题。"[1]

鲁迅对知识阶级的批判,主要集中于对他们趋附于政治势力,或只注重对自我内心的关注,而不承担应有的社会责任的行为。作为在中国社会具有一定话语权的知识阶级,其行为方式与思想观念在一定程度上对下层民众及整个社会具有指向作用。鲁迅尤其看重知识阶级对于开启民智、重塑民族精神的作用。他立足中国社会的特殊语境,并通过对历史的深入体察,认识到真正能够拯救中国于危亡,引领民族走向现代的唯一出路,在政治上是改革,在思想上就是启蒙。"救国必先救人,救人必先启蒙。"[2]这是鲁迅早期形成并一以贯之的"立人"主张,而在启蒙这一环节中发挥重要作用的就是知识阶级。因为知识阶级具备启蒙者必需的学理素养与心智能力,是对社会改革起重要作用的阶层。民众的思想观念依旧受到传统伦理价值的禁锢,而丝毫没有打破的必要,只有依靠知识阶级为他们重塑一套适合于现代社会的新价值标准,思想改革才可能实现。也就是说,只有在知识阶级为广大民众设计出走向未来的希望之路,并带领民众为之前行,所有的社会改革才可能成为现实。

正是基于这样一种思想逻辑,鲁迅才自觉地坚持对国民大众的责任承担。他批评孔子的贵族立场:"孔夫子曾经计划过出色的治国的方法,但那都是为了治民众者,即权势者设想的方法,为民众本身的,却一点也

---

[1] 李泽厚.中国近代思想史论[M].天津:天津社会科学院出版社,2003:429.
[2] 李泽厚.中国近代思想史论[M].天津:天津社会科学院出版社,2003:408.

没有。"①实际上就表明了他自己的立场选择是"为民众"的。这也决定了鲁迅民间知识分子的身份,他永远站在权力者的对立面,深刻关注制度对于民众的言说方式,并以无比敏锐的眼光窥见其中的阴谋后毫不留情地戳穿。鲁迅不但自觉地站在民间的立场上对社会上各种现象进行反思与批判,并且长期以来对知识者民间身份的追寻,使得他的思想中产生了某种一元化的价值认定标准,也就是时刻作为民众的启蒙者与代言人。杨义认为,鲁迅始终本着一颗"民众代言人之心"②,并始终以此作为参照系来反观社会人生。鲁迅的这种身份体认在20世纪初的中国知识分子中间,实际上并不具有代表性,相反是一种边缘性的身份。这种身份导致鲁迅远离了权力中心,被迫成为政治之外的知识分子。然而从另一角度来看,这正是鲁迅思想得以完善并始终如一的客观条件。其实,知识分子在自觉承担启蒙责任的同时,不论是否承认,他都象征性地成为政治制度的建构者,也即他本能地成为权力中心的某种外延。"知识分子本身是权力制度的一部分,那种关于知识分子是'意识'和言论的代理人的观念也是这种制度的一部分。"③但鲁迅却始终清醒地与政治保持相当的距离。他批判各种政治知识分子,恰是站在政治之外的话语方式。鲁迅与其他知识分子最本质的区别就在于,他们具有不同的身份体认。"在鲁迅的观念中,知识分子'是大众中的一个人',而非外在于'大众'的异己力量。"④鲁迅早期思想中的"立人"概念,在此实际上产生了一定的规劝作用。他首先将自己置放在个体独立的"自由者"立场上,并"自由"地选择了权力制度中的弱者作为思想认定与价值判断的基点,以历史的眼光对统治者加之于民众身上的种种奴役进行直露的揭发。

鲁迅自我身份的认定与其他知识分子不同,使得鲁迅对启蒙群体内

---

① 鲁迅.鲁迅全集(第6卷)[M].北京:人民文学出版社,2005:329.
② 杨义.杨义文存(第5卷)[M].北京:人民出版社,1998:428.
③ [法]米歇尔·福柯.知识分子与权力[M]//杜小真编选.福柯集.上海:上海远东出版社,2002:206.
④ 钱理群.心灵的探寻[M].石家庄:河北教育出版社,2000:86.

的某些站在民众对立面的知识者进行批判。纵观鲁迅一生无数次的论战,内容不同,形式各异,但其共同点都是始终站在为民众代言的话语立场上,自觉维护处于"人"生存边缘的广大民众的利益,极力避免他们被各种光怪陆离的"现代"花样欺骗而成为"现代奴隶"。可以这样说,鲁迅是中国20世纪以来首位自觉关注民众生存状态,并尽其一生都在为改变民众生存状态而努力的自由知识分子。鲁迅与其他知识分子在身世背景、受教育方式、人生历程等方面都存在着巨大的差别。这些条件的合力作用,使得鲁迅既保持了传统文人"忧国忧民"的精神状态,同时又具备了现代知识分子"自由民主"的意识追求,而且在日本留学时期形成的"立人"思想更包含了存在主义哲学的些许精神内涵,他更多地着眼于现代社会形态下"人"的生存状态以及思想危机。胡适、梁实秋、徐志摩、罗隆基、陈西滢等"新月社"与"现代评论"派知识分子,"基本上都是欧美留学生,其社会理想无疑都带有浓厚的近代资产阶级的自由,平等,民主和人道等等西方色彩,因此对于中国的社会现实,他们似乎都以一种超然的,不切实际的眼光视之,即如他们中的长者胡适,也不例外"[①]。与他们不同的是,鲁迅始终如一地将"人"看作一个大写的整体的社会学概念,而不是将其缩小为某些具有特殊权力背景的生物学意义上的人。也就是说,鲁迅的"立人"思想虽然是以己为中枢向外延伸的,但其终极目标却不是自身,而是为数众多的普通民众。相反,站在对立面的知识分子却以"启蒙民众"作为一个口号,使自己逐渐靠近权力中心,并主动地承担了"官府帮忙与帮闲"的责任,其本质并不是将长期经历了被奴役历史的民众带向现代人的生存圈中。从某种程度上说,这类知识分子在"启蒙"的口号之下继续上演着"瞒和骗"的把戏。鲁迅曾指出,一些文人"是一向在尽'宠犬'的职分的,虽然所标的口号,种种不同,艺术至上主义呀,国粹主义呀,民族主义呀,为人类的艺术呀,但这仅如巡警手里拿着前膛枪或者后膛枪,来福枪,毛瑟枪的不同,那终极的目的却只有一个:就是打死反帝国主义即反

[①] 吴俊.暗夜里的过客:一个你所不知道的鲁迅[M].上海:东方出版中心,2006:113.

政府,亦即'反革命',或仅有些不平的人民"①,"新月博士常发谬论,却和官僚一鼻孔出气"②。这才是"瞒和骗"这场把戏的实质。

鲁迅思想的精髓之一,便是揭穿种种形式的"瞒和骗"。当然,对以精英身份自居的知识分子也不例外。这类知识分子与传统知识分子的区别在于,其拒绝将传统文化中那一套容易养成奴隶道德的伦理规范作为生存守则,但却在对待西方文化的种种态度上呈现出盲目的一面,甚至为了证明中国社会的现代化程度而进行新式的欺骗活动。如胡适参观监狱后在报纸上宣传中国民权的进步,鲁迅对此深表怀疑:"而这回胡适博士却'能够用英国话和他们会谈',真是特别之极了。莫非中国的监狱竟已经改良到这地步,'自由'到这地步;还是狱卒给'英国话'吓倒了,以为胡适博士是李顿爵士的同乡,很有来历的缘故呢?"③这番不无调侃的议论并不是针对胡适对于其监狱之行的伪饰,而在于它与鲁迅的人生体验产生了冲突。鲁迅曾经参观过所谓的"模范监狱",却发现"虽是模范监狱,而访问犯人,谈话却很不'自由',中隔一窗,彼此相距约三尺,旁边站一狱卒,时间既有限制,谈话也不准用暗号,更何况外国话"④。这是怀疑的起点,但鲁迅并没有将怀疑定格在人身攻击的层面,而是进一步探究其背后的深层机制。胡适深信在西方公开检举的制度之下,中国社会的种种阴暗面定然会消失殆尽,"光明所到,黑暗自消"⑤。但鲁迅却对这一结论依然保持着警惕。这并不是对胡适的政治态度表示否定,而是说明鲁迅对中国历史变迁与政权更迭的本质有着更为深入的了解。这种了解使得他发出"光明一去,黑暗又来"⑥反面结论。站在今天的历史语境中,我们抛开五四一代知识分子拯救民族于水火之中的拳拳之心,客观地评价他们对

---

① 鲁迅.鲁迅全集(第4卷)[M].北京:人民文学出版社,2005:319.
② 鲁迅.鲁迅全集(第14卷)[M].北京:人民文学出版社,2005:1.
③ 鲁迅.鲁迅全集(第5卷)[M].北京:人民文学出版社,2005:69.
④ 鲁迅.鲁迅全集(第5卷)[M].北京:人民文学出版社,2005:69.
⑤ 鲁迅.鲁迅全集(第5卷)[M].北京:人民文学出版社,2005:70.
⑥ 鲁迅.鲁迅全集(第5卷)[M].北京:人民文学出版社,2005:70.

于当时中国社会的认识程度与判断水平,我们不难得出这样的结论:鲁迅对中国社会世态人情本质的认识,远远超出了同时代的其他学人。如果仅从《光明所到……》一文来看,难免会发出"鲁迅针对胡适进行批判"的疑问。其实,鲁迅并不是站在个人的立场上对胡适的言论进行驳斥的。此前他曾写过另一篇相关的文章《宣传与做戏》,就针对所谓的"模范监狱"及其背后的"做戏"本质进行了有力的批判,认为中国社会普遍在"做戏","作为一个民族,中国人有一种很强的演戏的本能"[1]。而这种"普遍的做戏,却比真的做戏还要坏"[2]。这是鲁迅一贯的思路。他要揭穿的正是"中国社会普遍做戏"对于生存其间的广大民众的危害。不幸的是,以胡适为代表的知识分子不自觉地参与了帮助政府欺骗民众的活动。"他相信并主张自由主义,提倡'好人政府',但在中国现代的条件下,却不得不最终依附在独裁政权下。"[3]胡适作为五四时代十分有影响的思想者,他对西方政治制度引入中国社会发挥了巨大的作用,并身体力行地不懈努力。然而鲁迅与胡适对自我身份的体认,却存在着相当大的差别:鲁迅思想的中心始终是下层民众,虽然这些本身是"弱者"与"受害者"的民众,无时无处不给作为"保护者"的鲁迅以沉重的打击,但鲁迅始终主动地站立在民众中间,敏锐地将"民众"与其他一切阶级隔离开来,只要危及民众的生存权利,不管是什么人,什么阶级,什么政党,都将成为鲁迅批判的对象;而胡适关注的对象却是政府,饱受西方民主政治思想影响的他,一生坚信知识分子对政治的有效参与和规劝作用,认为只要将"民主""自由"等思想通过对政治的影响以制度的形式确定下来,就能达到使中国社会向西方现代模式成功转型的目标,所以他始终将权力中心放在第一位,将可能对权力中心产生影响作用的特殊个体当作关注对象,与此同时,也将民众放置在距离中心最远的地方,把他们视为被拯救的群体。可以说,鲁迅自下

---

[1] [美]亚瑟·史密斯.中国人的德行[M].陈新峰,译.北京:金城出版社,2005:1.
[2] 鲁迅.鲁迅全集(第4卷)[M].北京:人民文学出版社,2005:345.
[3] 李泽厚.中国现代思想史论[M].天津:天津社会科学出版社,2003:116.

而上的思维模式让他认定"民众"是整个链条中最关键的因素,而胡适自上而下的思维模式让他认定"精英"才是最关键的环节。这两种思维模式的产生来源于二者对自我身份的不同体认,正如钱理群指出的那样:"胡适关注的是少数精英,天才;鲁迅尽管并不否认天才,但他更关注如何培育能够生长天才的'民众';他认为这是更为基础的工作。"①

鲁迅对知识分子的批判本质上并不是因为个体之间身体的不同,而是不同的身份体认以及其行为方式产生了巨大的对立。"鲁迅对他们的反感,似乎还不仅在于他与他们在政治观点上的冲突,由不同的生活和文化背景而形成的心理差异,特别是他们之间明显不同的文化心态及其价值取向,可能也是其中的症结所在。"②知识分子参与政治,在某种程度上就参与了统治,而统治者与人民大众之间难以调和的矛盾,又迫使知识分子放弃民众利益而保护统治者的权力。这正是传统知识分子的行为方式。鲁迅批判孔子的逻辑起点即源于这一行为模式。"奴隶有两种,一种是被动任人驱使的,表现突出的是下层人民,一种是主动甘愿争当奴才,比较典型的是古代的读书人。"③尽管现代知识分子在参与政治后表现出来的行为模式与传统知识分子"登天子堂"后的行为方式有着种种不同,但本质上却是相同的,即站在统治者的立场上维护对民众的奴役这一被历史规范下来的现存秩序。"做主子时以一切别人为奴才,则有了主子,一定以奴才自命:这是天经地义,无可动摇的。"④这既是知识分子无法避免的处境,又成为政治操纵知识者话语机制的直接手段。所以鲁迅以"叭儿狗"来对应知识分子,揭露其为"主子"维护"奴隶秩序"的真实身份。而这一身份依旧无法脱离"奴隶"的本质属性,知识分子仍旧是奴才,只不过比普通的奴才更接近主人罢了。其根本特征都是顺从主人的意志,放弃自身"人"的资格,从"狗"的被奴役地位争取到"叭儿狗"的"伪主子"身份。"奴

---

① 钱理群.与鲁迅相遇:北大演讲录[M].北京:生活•读书•新知三联书店,2003:218.
② 吴俊.暗夜里的过客:一个你所不知道的鲁迅[M].上海:东方出版中心,2006:113.
③ 何锡章.中国现代理想人性的探求[M].武汉:湖北人民教育出版社,1986:101.
④ 鲁迅.鲁迅全集(第4卷)[M].北京:人民文学出版社,2005:557.

才做了主人,是决不肯废去"老爷"的称呼的,他的摆架子,恐怕比他的主人还十足,还可笑。"①这种身份具有双重表现方式,在面对主人和面对下层民众时是两种态度,也就是在主人面前呈现"狗性",而在民众面前呈现"狼性"。然而,这种狼性已经丧失了其原始野性意义,只是一种身份的象征,象征着奴才身份的特殊性。而许多时候,"叭儿狗"对待下层民众的方式往往更为恶劣,对下层民众的奴役程度甚至超过其真正的主人。"每一个破衣服人走过,叭儿狗就叫起来,其实并非都是狗主人的意旨或使嗾。""叭儿狗往往比它的主人更严厉。"②这种行为方式本身的劣根性远远超过"被奴役者"的"苟活"。它成为一种炫耀,既是对自身奴隶地位的无耻炫耀,又是对本阶级更为弱小的生命个体的屠戮。如果说"狗"只是因为自己被驯化才无法保持反抗的野性,而进入鲁迅批评视野的话,那么"叭儿狗"则是因为其"无特操"与"骑墙"的精神劣根性才被鲁迅所深恶痛绝。鲁迅对"叭儿狗"的态度,实质上是对所有"无特操"的现代知识分子的宣战,同时又宣告了这场战争的战略战术——即"痛打落水狗"!

> 这些就应该先行打它落水,又从而打之;如果它自坠入水,其实也不妨又从而打之,但若是自己过于要好,自然不打亦可,然而也不必为之叹息。叭儿狗如可宽容,别的狗也大可不必打了,因为它们虽然非常势利,但究竟还有些像狼,带着野性,不至于如此骑墙。③

也就是说,在鲁迅的意识中,"叭儿狗"身份虽然特殊,但却凝结了"狗"类中所有的劣根性,并将它们发挥到了极致。对于这类进化链条上的"特殊阶级"来说,唯一的对待方法就是消灭。因为与被压迫驯化而变为"狗"的群体(下层民众)对比来看,"叭儿狗"是主动争取到"做狗"的资格的。也就是说,这类群体与下层民众不同,本质上具有告别奴性的可

---

① 鲁迅.鲁迅全集(第4卷)[M].北京:人民文学出版社,2005:309.
② 鲁迅.鲁迅全集(第3卷)[M].北京:人民文学出版社,2005:555-556.
③ 鲁迅.鲁迅全集(第1卷)[M].北京:人民文学出版社,2005:288.

能,但他们却不甘舍弃做"伪主人"的地位。"奴隶在拒绝接受主子命令的同时,也摒弃了自己的奴隶地位。"①但这群接受了西方现代文明,有着良好知识背景的知识分子,却无法舍弃"狗"的身份而成为精神自由的"人"。这种尴尬局面的形成,与这些知识分子的身份体认态度及对参与政治的热衷有关。当然,将"叭儿狗"与这些政治知识分子对应起来也并不完全合理,"叭儿狗"的内涵与外延极为广泛,仅仅将其定义为政治知识分子,不无偏颇。鲁迅对"叭儿狗"的定义是与其主人相关联的。也就是说,"叭儿狗"有为之服务的对象,但这对象不是下层民众,而是站在民众对立面的阶级。鲁迅曾经指出:"其实我不过是泛论,说社会上有神似这个东西的人,因此多说些它的主人:阔人,太监,太太,小姐。本以为这足见我是泛论了,名人们现在那里还有肯跟太监的呢,但是有些人怕仍要忽略了这一层,各各认定了其中的主人之一,而以'叭儿狗'自命。"②由此可见,鲁迅对"叭儿狗"的批判,本质上是对"主奴"关系和谐性的批判,在鲁迅的意识里不允许存在这样一对互相认定的关系。他相信,只有保持个人精神的自由,才有可能真正争得"人"的资格。这是鲁迅的思维方式。他希望处于中国特殊社会背景下的人都朝着这样一个方向努力,但"叭儿狗"们却无法告别"主人"而走向独立的"人"的世界,因为他们的权力必须借助主人的威严才能施展出来。因此,可以这样认为:正是有了某类知识分子主动接近权力中心,才在一定的意义上生成了更多"主人",也必然将对下层民众的奴役秩序完善到最佳状态。"没人会对奴性的人掌权的权利提出任何异议。"③这已经与启蒙主题严重背离了。它本质上成为传统伦理关系变相的维护者与创新者。因此,鲁迅将他们推向了现代人性精神的审判台。

鲁迅小说中呈现出来的"狗"的话语谱系,既是小说情节塑造的必要

---

① [法]加缪.西西弗的神话:加缪荒谬与反抗论集[M].杜小真,译.西安:陕西师范大学出版社,2003:152.
② 鲁迅.鲁迅全集(第3卷)[M].北京:人民文学出版社,2005:239.
③ [法]乔治·巴塔耶.色情史[M].刘晖,译.北京:商务印书馆,2003:5.

元素，又在很大程度上形成了一种言说机制。这一机制的内涵就是把"狗"作为社会批判的某种象征物。而"狗"的种种劣根性又具有了明晰的隐喻意义，它直接与弱小民族的国民性格对应起来，成为屈辱性的精神写照。因此，我们发现在鲁迅的杂文中，对狗的书写就具有了很大的针对性，不再像小说中那样遵循文本的情节发展来安排狗的出场方式。小说的文体特征限定了狗在鲁迅小说世界中的存在方式只能是"物态"的，而杂文则以"投枪匕首"的身份进入历史批判与社会批判领域，这必然使得"狗"从"物态的"变为"意态的"。也就是说，从对"作为动物的狗"的书写转移到对"国民奴性精神"的批判。然而，从"国民性"批判的整体来看，这种对人类处于"奴隶"地位的精神病症进行的揭露与批判，虽然是必不可少的拯救方式，但本质上只是一种主导话语权力的言说方式，不具有必然的合理性。

首先，从人类进化的意义上来批判"国民性"并不具有历史的科学性。鲁迅对国民性批判的立场源于中国社会特殊的病态症候，民族面临存亡的考验，文化遭遇东/西、传统/现代的双向选择。但中国社会语境下人民大众的生存方式却远远无法与这一系列现代性命题相吻合，因为按照西方现代化的进程，生物学意义上的"人"必须具备社会学意义上的特殊内涵，即"自由""平等""民主""科学"等精神因素，只有在这些因素的统一下，人才具有现代性特征。而西方历史的经验又在一定程度上幻化了"人的崛起"这一命题对于振兴国家民族的巨大作用，当时中国的知识分子大多相信，西方的强盛在很大程度上与"人"的自觉有着密切的关系，而西方人以殖民者的身份进入中国社会，其呈现出来的精神面貌无疑又使中国的先觉者发出疑问：为什么西方民众与中国民众之间的精神面貌如此不同呢？答案是多样的，但其中最重要的一条就是现代意识的觉醒。西方民众具有一整套对于"人"的现代定义的自我意识，并能自觉地维护自己作为人的种种权利——这恰是中国民众最缺乏的！在这种西方视野下，反观中国社会的种种病症便发现其病源所在就是民众的不觉醒，而其中又以长期"被奴役"而形成的国民精神为甚。所以,国民性批判获得了先觉者的一致认同。这种批判并不是单一形态的,它与启蒙精神一起形成两股受力对象相同的合力。启蒙精神从正面宣扬西方"民主""科学"等现代思想,国民性批判从反面对影响国民走向现代化的精神性格进行最大限度的否定,二者合力共同造就了20世纪初中国社会特殊的历史语境。

鲁迅前期思想受进化论的影响深远。他相信生物界的进化走向具有历史的必然性,而生物进化的不同形态正是历史进化的积淀物。也正是在这一层意义上说,鲁迅才在"狼"—"狗"—"叭儿狗"的生物进化历程与"原始人性—国民性—奴才性"的精神变迁之间建立对应关系,并将其纳入国民性批判的统一命题中。然而,这种将生物进化与历史积淀而成的精神面貌对应起来本身,就是一种特殊语境之下的特殊言说方式。因为生物进化的轨道遵循自然规律,这种"优胜劣汰"的生存法则对于人类历史的演变不具有恒定的作用力。"历史并非是在抽象逻辑法则中演进的,并非是进化论所说的新比旧好、以新代旧的简单递进过程,历史是在多种矛盾互相制约的作用下的动态发展过程。"[1]鲁迅前期虽然相信进化论的科学性,并提出"中间物"的概念,但对于历史更迭的轨迹却用"暂时做稳了奴隶"与"想做奴隶而不得"的循环论来概括。可见,在鲁迅的意识里,把生物进化规律与历史进程中的人类精神状态对应起来,并不具有恒定的科学性。它只能成为一种特殊语境之下的暂时性言说方式,其针对的是20世纪初中国社会的"病态"语境。在这一语境之下,鲁迅果断地选择了进化链条上的前一环节,即"现代立场",并将反观对象定格为中国传统文化对于历史进化的巨大阻力——"国民劣根性"。本质上说,鲁迅的这种立场选择与其思想的"多元"性是矛盾的。他既知道将生物进化与历史进化对应起来是可以存疑的,但同时也不得不将它们对应起来,因为只有这样,对"国民性"的批判才具有合理性。也就是说,鲁迅主动回避了对

---

[1] 陈方竞.多重对话:中国新文学的发展[M].北京:人民文学出版社,2003:143.

"国民性"存在合理性的思考,而将着眼点放在"国民性"对于民族觉醒、社会进步的巨大阻力上。在这一逻辑的牵引下,"国民性"批判成为对"国民性违背进化规律"的批判,本质上已经发生了位移,从对"国民性"存在本身的关注转移到对"国民性"存在后果的焦虑。正是出于对"国民性"后果引发的社会病症的批判,鲁迅对于改造思想的急切批判出现了某种情理上的决绝。"鲁迅虽然有变革社会的强烈要求,但对于解放思想强调得比较过分,都是不妥的。"①

其次,"国民性"不是20世纪初中国社会语境下生成的精神病症,而是中国历史长期积淀而成的。因此,对"国民性"的批判本质上是一种历史批判,不具有时代的特殊性。也就是说,国民奴性精神的形成过程是历时性的,而对"国民性"批判的语境却是共时性。以对"当下"的批判来解决"历史"问题,其合法性本身就是值得怀疑的。鲁迅明确指出,"国民性"是由历史上多次遭遇其他民族的侵略而形成的,改革也不是轻易就能实现的事情。但为什么还要竭尽全力地批判"国民性"这一历史遗留问题呢? 当然,从某种程度上讲,这一行为实际上只是暂时性的能动方式,在20世纪初的中国社会语境下,民族的存亡才是最为关键的问题,其他问题都可以收束于这一问题之下。因此,具有矛盾性的逻辑机制也可以暂时性地共存,知识分子对历史的批判被暂时性地搁置起来。因为它不具有当下意义——虽然柯林伍德"一切历史都是当代史""历史就是活着的心灵的自我认识"②的观点具有相当的真理性,但实际上对历史的批判往往产生一种远离现实的幻象——而对当下的批判则可以直接警醒国民大众救国保种的责任意识,也即"开启民智"后呈现出来的人性光辉。所以,我们不难理解鲁迅为什么明知对"国民性"的批判只是"反抗绝望"的"捣乱"方式,根本上并不能真正改变国民的精神性格,但他毅然采取这种

---

① 林志浩.关于鲁迅后期改造国民性思想的质疑[M]//鲍晶.鲁迅"国民性思想"讨论集.天津:天津人民出版社,1982:32.
② [美]柯林武德.历史的观念[M].何兆武,张文杰,译.北京:商务印书馆,2003:286.

话语方式作为启蒙手段。这一逻辑悖论根源于将"历史问题"置放于"当下语境"中生成的言说尴尬。所以,我们可以得出这样的结论:对"国民性"的批判只是一种断代性救赎方式,其存在的合理性来源于将历史的进化链条切断后形成的断层。这一断层中,原有的伦理规范、评介标准以及逻辑走向都可能发生偏离,因为它对历史语境进行了有效的人为选择。20世纪初,中国社会断层中,"民族救亡"与"启蒙民众"被选中成为代表性的时代背景,它们不再与此前的历史有关(人为切断),并且无法对此后的历史产生有效的预言(想象乌托邦)。在此断层中,没有历史的概念,只有当下的意识。本质上说,这种行为机制属于暂时性的"非常态机制"。然而,切断历史后突显出来的时代特征对拯救民族被殖民者瓜分的灾难及带领国民走向现代社会具有深刻的意义,也即这种断代性的救赎方式具有其存在的合理性。"文化史表明,文化传统的链条不是由必然连续性,而是由带来生机的断层构成的。"[1] 20世纪中国社会的特殊语境,本质上就是这样一种"带来生机的断层"。在这一断层中,所有关于"国民性"批判的话语都呈现出"乌托邦"的色彩。这里所谓的"乌托邦",既指"国民性"批判的言说语境是"想象合理性"的,因为人们无法做到完全切断历史,而是将"当下"置入启蒙者的主观意愿中;同时又指借助"国民性"批判来达到建立"人国"这一思维模式本身的虚幻性。也就是说,无论如何制造历史的断层,实际并不能完全实现。因为历史本身的延续性无法否认,人们关于"历史断层"的描述不过是一种"想象乌托邦",是理论性的概念,无法真正实现。既然"当下"无法形成一个封闭的场域,"国民性"批判的不合理性也就呈现出来了,即对历史的批判无法具有当下性,这也最终导致了"国民性"批判收效甚微。

总之,通过"狗"这一意象,将"国民性"批判置放到鲁迅历史批判与社会批判的中心,具有其特殊的意义,即将中国社会转型时期巨大的精神痼疾呈现了出来,同时又对其背后的"驯化"机制进行了揭露。国民性格中

---

[1] 刘小枫.拯救与逍遥(修订2版)[M].上海:华东师范大学出版社,2007:28.

的"奴隶性"是在长期受压迫的历史语境下积淀生成的,从个体生命意义上讲,这种"驯化"而成的精神症候具有其存在的合理性。它本质上不是人类的本能,而是一种学能,是为了保存生命而被动获得的求生本领。它不应当成为一种有罪的精神特质,而是在中华民族特殊的社会语境下形成的"民族罪感"的个体承担部分。从历史语境中看,"国民性"批判也不是单纯地对个体生命所体现出来的精神状况进行批判,本质上是对历史形成机制的批判,然而这种批判无法在20世纪初的中国社会中具有"当下性"。也就是说,"国民性"批判只是一种暂时性的言说方式,它针对的并不是整个历史语境,而是"历史的断层"!"不忍现在及将来之民族,不适世界之生存而归削灭也。"①就是这一历史断层中启蒙者的思维模式。这是中国社会转型时期面临的一系列存亡选择,迫使当时的启蒙者建构一个具有封闭特征的"当下"的"断代性语境"。

在这一语境中,只有"民族救亡"与"启蒙民众"成为主旋律,其他的声音都被排除在这一场域之外。事实上,这种断代性的言说方式在20世纪初中国社会的转型过程中发挥了巨大的作用,在一定程度上促成了中国社会的现代化进程。但"国民性"批判的效果却并不明显,这种主观性颇强的话语并没有根除国民个体身上的种种"奴性"精神。从某种意义上说,当时启蒙者批判的"国民性"依旧存在于近百年之后的中国民众中。因此,我们可以判断,"国民性"批判的不合理性有二:其一,国民精神中的种种劣根性对于生存于特殊历史语境中的生命个体来说,具有求生的作用。这种"学能"至少能够保持"奴隶"的身份而不至于死亡,也即维持"苟活"的生命状态!这种"苟活"的状态本身具有合理性,它不应当成为"罪恶"的化身,因此对它的批判就具有一定程度的不合理性。其二,"国民性"批判针对的问题是源于历史的,属于历时性的问题,将其固定在20世纪初中国社会的特殊语境之下进行"当下性"批判,实际上也是不合理的。

---

① 陈独秀.敬告青年[M]//任建树,张统模,吴信忠编.陈独秀著作选(第1卷).上海:上海人民出版社,1993:132.

它既不能有效地解决历史问题,也无法在人为建构的历史断层中发挥预期的作用。

  然而,对"国民性"批判问题的再思考,必须遵循理性的历史观,也就是"触摸历史"的意识。从这层意义上讲,在当时中国社会语境之下,对"国民性"的批判具有重大的作用与深刻的意义,在一定程度上代表了现代知识分子对传统文化中劣性元素的审视态度。这种态度与传统知识分子截然相反。这又证明了20世纪初一代知识分子带领中华民族"走向现代"的种种努力。这都是历史的记忆,永远不能抹杀。"国民性"批判的合理性正在于这一特殊的历史场域。而且我们相信,"立人"思想对"人国"的建构具有指导性意义。也就是说,只要面临民族危亡的严峻局面,对这一民族国民性格中种种劣根性的批判就是必不可少的。其实,"国民性"批判并不是20世纪初中国社会的特殊命题,它具有历史的延续性。直到今天,"国民性"批判仍在继续,只不过没有以强烈的形式突显出来。"鲁迅所批判的旧的劣根性并没有在这场著名的运动中根除,而新的劣根性却又在顽强地滋生着。"①因为"国民性"批判的问题本质上就是历史问题,只要历史延绵不断,这一问题就始终处于清醒的自觉者理性批判的中心位置。

---

① 曹禧修.人性·体制·文本性思想——"铁屋子"的结构解析[J].中国现代文学研究丛刊,2006(5).

参考文献

一、著作类

[1]鲁迅.鲁迅全集[M].北京:人民文学出版社,2005.

[2]陈独秀.陈独秀著作选[M].上海:上海人民出版社,1993.

[3]孙中山.孙中山全集[M].北京:中华书局,1981.

[4]汤志钧编.康有为政论集(全二册)[M].北京:中华书局,1998.

[5]魏朝勇.民国时期文学的政治想象[M].北京:华夏出版社,2005.

[6]李长之.鲁迅批判[M].北京:北京出版社,2003.

[7][英]以赛亚·伯林.反潮流:现念史论文集[M].冯克利,译.南京:译林出版社,2002.

[8]郜元宝.鲁迅六讲(增订本)[M].北京:北京大学出版社,2007.

[9]朱竞主编.鲁迅活着[M].北京:文化艺术出版社,2005.

[10]李新宇.愧对鲁迅[M].上海:上海三联书店,2004.

[11]周作人著,止庵编.关于鲁迅[M].乌鲁木齐:新疆人民出版社,1997.

[12]袁盛勇.鲁迅:从复古走向启蒙[M].上海:上海三联书店,2006.

[13]王得后.鲁迅与中国文化精神[M].广州:花城出版社,1993.

[14]钱理群.与鲁迅相遇:北大演讲录之二[M].北京:生活·读书·新知三联书店,2003.

[15]王杰.鲁迅的文化诗学[M].北京:中国社会科学出版社,2006.

[16]朱正.鲁迅的一世纪:朱正谈鲁迅[M].武汉:湖北人民出版社,2007.

[17]吴俊.暗夜里的过客:一个你所不知道的鲁迅[M].上海:东方出版中心,2006.

[18]江晖.反抗绝望:鲁迅及其文学世界[M].石家庄:河北教育出版社,2000.

[19]朱寿桐.孤独的旗帜:论鲁迅传统及其资源意义[M].北京:文化艺术出版社,2005.

[20]王富仁.中国文化的守夜人——鲁迅[M].北京:人民文学出版社,2002.

[21]周怡,王建周.精神分析理论与鲁迅的文学创作[M].桂林:广西师范大学出版社,2005.

[22]王乾坤.鲁迅的生命哲学[M].北京:人民文学出版社,2010.

[23][美]费正清编.剑桥中华民国史(1912—1949)[M].杨品泉,等译.北京:中国社会科学出版社,1994.

[24]王跃,高力克编.五四:文化的阐释与评价——西方学者论五四[M].太原:山西人民出版社,1989.

[25]欧阳哲生.新文化的传统:五四人物与思想研究[M].广州:广东人民出版社,2004.

[26]汪晖.现代中国思想的兴起[M].北京:生活·读书·新知三联书店,2004.

[27]张岂之,陈国庆.近代伦理思想的变迁[M].北京:中华书局,1993.

[28][法]邦雅曼·贡斯当.古代人的自由与现代人的自由:贡斯当政治论文选[M].阎克文,刘满贵,译.上海:上海人民出版社,2003.

[29]王晓明.半张脸的神话[M].桂林:广西师范大学出版社,2003.

[30][美]曼纽尔·卡斯特.认同的力量[M].夏铸九,黄丽玲,译.北京:社会科学文献出版社,2003.

[31]吴雁南,冯祖贻,苏中立等主编.中国近代社会思潮(1840—

1949)(第一卷)[M].湖南教育出版社,1998.

[32]齐志航编.闻一多学术文化随笔[M].北京:中国青年出版社,2001.

[33]张永泉.在历史的转折点上:从周树人到鲁迅[M].北京:文化艺术出版社,2001.

[34]汪卫东.鲁迅前期文本中的"个人"观念[M].北京:人民文学出版社,2006.

[35]唐宝林,林茂生.陈独秀年谱[M].上海:上海人民出版社,1988.

[36]胡明.正误交织陈独秀——思想的诠释与文化的评判[M].北京:人民文学出版社,2004.

[37]梁启超.新民说·论国家//饮冰室合集·专集(第三册之四)[M].北京:中华书局,1941.

[38]李欧梵.铁屋中的呐喊[M].石家庄:河北教育出版社,2000.

[39]王富仁,赵卓.突破盲点:世纪末社会思潮与鲁迅[M].北京:中国文联出版社,2001.

[40]许寿裳.我所认识的鲁迅[M].北京:人民文学出版社,1978.

[41]邹容.革命军[M].冯小琴,评注.北京:华夏出版社,2002.

[42]孙歌.竹内好的悖论[M].北京:北京大学出版社,2005.

[43]杨东平.城市季风:北京和上海的文化精神[M].北京:新星出版社,2006.

[44]程德培,郜元宝,杨扬编.1926—1945良友小说[M].上海:上海社会科学院出版社,2003.

[45]李永东.租界文化与30年代文学[M].上海:上海三联书店,2006.

[46]周振甫选注.谭嗣同文选注[M].北京:中华书局,1981.

[47]刘梦溪主编.中国现代学术经典·严复卷[M].石家庄:河北教育出版社,1996.

[48]萧功秦.儒家文化的困境:近代士大夫与中西文化碰撞[M].桂林:广西师范大学出版社,2006.

[49]洪俊峰.思想启蒙与文化复兴——五四思想史论[M].北京:人民出版社,2006.

[50]陈思和.中国新文学整体观[M].上海:上海文艺出版社,1987.

[51][法]古斯塔夫·勒庞.革命心理学[M].佟德志,刘训练,译.长春:吉林人民出版社,2004.

[52]殷海光.中国文化的展望[M].上海:上海三联书店,2002.

[53]李泽厚.中国近代思想史论[M].天津:天津社会科学院出版社,2003.

[54]刘晔.知识分子与中国革命:近代中国国家建设研究[M].天津:天津人民出版社,2004.

[55]辜鸿铭.中国人的精神[M].黄兴涛,宋小庆,译.桂林:广西师范大学出版社,2001.

[56]殷鼎.理解的命运——解释学初论[M].北京:生活·读书·新知三联书店,1988.

[57]黄金麟.历史、身体、国家:近代中国的身体形成(1895—1937)[M].北京:新星出版社,2006.

[58]陈方竞.多重对话:中国新文学的发生[M].北京:人民文学出版社,2003.

[59]徐素华,贾红莲,黄玉顺等.三大思潮鼎力格局的形成——五四后期的思想文化论战[M].南昌:百花洲文艺出版社,2007.

[60]刘黎红.五四文化保守主义思潮研究[M].北京:中国社会科学出版社,2006.

[61]王晓渔.知识分子的"内战":现代上海的文化场域(1927—1930)[M].上海:上海人民出版社,2007.

[62]刘禾.跨语际实践——文学、民族文化与被译介的现代性(中国

1900—1937)[M].宋伟杰,等译.北京:生活·读书·新知三联书店,2002.

[63]刘纳.嬗变——辛亥革命时期至五四时期的中国文学[M].北京:中国社会科学出版社,1998.

[64]钱理群,黄子平,陈平原.二十世纪中国文学三人谈·漫说文化[M].北京:北京大学出版社,2004.

[65]郑欣淼.文化批判与国民性改造[M].西安:陕西人民出版社,1988.

[66]何锡章.中国现代理想人性探求[M].武汉:湖北人民出版社,1996.

[67]岳凯华.五四激进主义的缘起与中国新文学的发生[M].长沙:岳麓书社,2005.

[68]王德威.想象中国的方法 历史·小说·叙事[M].北京:生活·读书·新知三联书店,1998.

[69]南帆.冲突的文学[M].上海:上海社会科学院出版社,1992.

[70]严家炎.二十世纪中国小说理论资料(第二卷)[M].北京:北京大学出版社,1997.

[71]刘小枫.拯救与逍遥(修订2版)[M].上海:华东师范大学出版社,2007.

[72]何锡章.中国现代理想人性的探求[M].武汉:湖北人民教育出版社,1986.

[73]杨义.杨义文存[M].北京:人民出版社,1998.

[74]钱理群.心灵的探寻[M].石家庄:河北教育出版社,2000.

[75]梁漱溟.中国文化要义[M].上海:上海人民出版社,2005.

[76]汪济生.系统进化论美学观[M].北京:北京大学出版社,1987.

[77]林贤治.一个人的爱与死[M].上海:东方出版中心,2006.

[78]郑家建.历史向自由诗意敞开:故事新编的诗学研究[M].上海:上海三联书店,2005.

[79]陈平原.中国小说叙事模式的转变[M].北京:北京大学出版社,2003.

[80]李泽厚.中国现代思想史论[M].天津:天津社会科学院出版社,2003.

[81]孙玉石.《野草》研究[M].北京:中国社会科学出版社,1982.

[82]费孝通.乡土中国[M].上海:上海人民出版社,2006.

[83]杨念群.再造"病人":中西医冲突下的空间政治(1832—1985)[M].北京:中国人民大学出版社,2006.

[84]葛红兵,宋耕.身体政治[M].上海:上海三联书店,2005.

[85]司马长风.中国新文学史[M].香港:昭明出版社,1975.

[86]辞海(缩印本)[M].上海:上海辞书出版社,1979.

[87]汪民安主编.身体的文化政治学[M].开封:河南大学出版社,2003.

[88]胡适编选.中国新文学大系·建设理论集[M].上海:上海文艺出版社,1935.

[89]郑伯奇编.中国新文学大系·小说三集[M].上海:上海文艺出版社,1981.

[90]茅盾编.中国新文学大系·小说一集[M].上海:上海文艺出版社,1981.

[91]鲁迅编.中国新文学大系·小说二集[M].上海:上海文艺出版社,1981.

[92]李华兴,吴嘉勋编.梁启超选集[M].上海:上海人民出版社,1984.

[93]北京大学文艺美学研究会编.文艺美学(论丛)第二辑[M].呼和浩特:内蒙古人民出版社,1987.

[94]梁漱溟.东西文化及其哲学[M].北京:商务印书馆,1999.

[95]鲍晶编.鲁迅"国民性思想"讨论集[M].天津:天津人民出版社,1982.

[96]杜小真编选.福柯集[M].上海:上海远东出版社,2002.

[97]程德培,郜元宝,杨扬编.1926—1945良友散文[M].上海:上海社会科学院出版社,2004.

[98]陈思和,杨扬编.90年代文学思潮批评文选[M].上海:汉语大词典出版社,2001.

[99]哈佛燕京学社主编.儒家传统与启蒙心态[M].南京:凤凰出版传媒集团,江苏教育出版社,2005.

[100]乐黛云编.国外鲁迅研究论集(1960—1981)[M]李明滨,译.北京:北京大学出版社,1981.

[101][美]苏珊·桑塔格.疾病的隐喻[M].程巍,译,上海:上海译文出版社,2003.

[102]张首映.西方二十世纪文论史[M].北京:北京大学出版社,1999.

[103][德]尼采.权力意志——重估一切价值的尝试[M].张念东,等译.北京:商务印书馆,1991.

[104][法]米歇尔·福柯.疯癫与文明:理性时代的疯癫史[M].(2版).刘北成,杨远婴,译.北京:生活·读书·新知三联书店,2003.

[105][美]韦勒克,沃伦.文学理论[M].刘象愚,等译.南京:江苏教育出版社,2005.

[106]王富仁.鲁迅前期小说与俄罗斯文学[M].西安:陕西人民出版社,1983.

[107][法]米歇尔·福柯.知识考古学[M].谢强,马月,译.北京:生活·读书·新知三联书店,2003.

[108][瑞士]费尔迪南·德·索绪尔.普通语言学教程[M].高名凯,译.北京:商务印书馆,1980.

[109][美]亚瑟·史密斯.中国人的德行[M].陈新峰,译.北京:金城出版社,2005.

[110][法]乔治·巴塔耶.色情史[M].刘晖,译.北京:商务印书馆,2003.

[111][法]加缪.西西弗的神话:加缪荒谬与反抗论集[M].杜小真,译.西安:陕西师范大学出版社,2003.

[112][英]柯林武德.历史的观念[M].何兆武,张文杰,译.北京:商务印书馆,2003.

[113][美]詹明信.晚期资本主义的文化逻辑:詹明信批评理论文选[M].张旭东,译.北京:生活·读书·新知三联书店,1997.

[114][法]卢梭.论人类不平等的起源和基础[M].高煜,译.桂林:广西师范大学出版社,2002.

[115][德]马丁·海德格尔.存在与时间(修订本)[M].陈嘉映,王庆节,译.北京:生活·读书·新知三联书店,2006.

[116]张星烺.欧化东渐史[M].北京:商务印书馆,2000.

[117][日]伊藤虎丸.鲁迅与终末论:近代现实主义的成立[M].李冬木,译.北京:生活·读书·新知三联书店,2008.

[118][美]哈罗德·伊罗生.群氓之族:群体认同与政治变迁[M].邓伯宸,译.桂林:广西师范大学出版社,2008.

[119][德]卡尔·曼海姆.意识形态与乌托邦[M].黎鸣,译.北京:商务印书馆,2000.

[120][德]马克斯·韦伯.儒教与道教[M].洪天富,译.南京:江苏人民出版社,2003.

[121][法]卢梭.社会契约论[M].何兆武,译.北京:商务印书馆,2006.

[122][英]鲍桑葵.关于国家的哲学理论[M].汪淑钧,译.北京:商务印书馆,1995.

[123][美]丹尼尔·贝尔.社群主义及其批评者[M].李琨,译.北京:生活·读书·新知三联书店,2002.

[124]汪民安.福柯的界线[M].北京:中国社会科学出版社,2002.

[125][奥]弗洛伊德.精神分析引论[M].高觉敷,译.北京:商务印书馆,1984.

[126][英]L.T.霍布豪斯.形而上学的国家论[M].汪淑钧,译.北京:商务印书馆,2002.

[127][美]林毓生.中国意识的危机:"五四"时期激烈的反传统主义[M].穆善培,译.贵阳:贵州人民出版社,1986.

[128][美]安德森.想象的共同体:民族主义的起源与散布[M].吴叡人,译.上海:上海人民出版社,2005.

[129][英]柏林.反潮流:观念史论文集[M].冯克利,译.南京:译林出版社,2002.

[130][日]伊藤虎丸.鲁迅、创造社与日本文学:中日近现代比较文学初探[M].孙猛,徐江,李冬木,等译.北京:北京大学出版社,2005.

[131][日]丸尾常喜."人"与"鬼"的纠葛:鲁迅小说论析[M].秦弓,译.北京:人民文学出版社,2006.

[132][法]吉尔·德拉诺瓦.民族与民族主义:理论基础与历史经验[M].郑文彬,等译.北京:生活·读书·新知三联书店,2005.

二、期刊类

[1]郑坚."五四"时代的校园叙事及其现代想象[J].中国文学研究2006(4).

[2]王福湘."革命的前驱者"与"精神界之战士"——陈独秀与鲁迅比较观(一)[J].鲁迅研究月刊,2005(1).

[3]周毅,谢卫.晚清西方"国家"和"民族"概念的译介及其对陈独秀早期思想形成的影响[J].四川师范大学学报(社会科学版),2008(4).

[4]李康化.《良友》画报及其文化效用[J].上海交通大学学报,2002(2).

[5]伍联德.再为良友发言[J].良友画报,1929(37).

[6]记者.如此上海——上海租界内的国际形象[J].良友画报,1934(89).

[7]梁得所.编后话[J].良友画报,1931(58).

[8]钱理群.鲁迅和北京、上海的故事(上篇)[J].鲁迅研究月刊,2006(5).

[9]王晓明.鲁迅式的眼光[J].编辑学刊.2006(5).

[10]成仿吾.完成我们的文学革命[J].洪水.1927(25).

[11]李永东.人与城的对话:鲁迅与租界化的上海[J].湘潭大学学报(哲学社会科学版),2006(5).

[12]李欧梵,罗成琰.生命与现实的全方位审视——鲁迅的杂文(下)[J].鲁迅研究月刊,1989(9).

[13]鲁春梅.时间·人和空间·人——鲁迅前后期杂文思维向度之比较[J].语文学刊(高教版),2005(1).

[14]宋剑华.论20世纪的中国文学运动[J].中国现代文学研究丛刊,2000(2).

[15]刘纳.中国现代文学语言与传统[J].文艺研究,1999(1).

[16]杨义.鲁迅与中国文化的现代启示[J].文学评论,2006(5).

[17]庄锡华.五四新文学的文化渊源与学理反思[J].文学评论,2006(2).

[18]叶舒宪.文学治疗的原理及实践[J].文艺研究,1998(6).

[19]绛增玉.鲁迅小说中的"医学"内容和叙事[J].社会科学战线,2003(4).

[20]吴锡平.反抗隐喻的病痛——读苏珊·桑塔格《疾病的隐喻》[J].书屋,2005(1).

[21]邹忠民.疾病与文学[J].江西社会科学,2004(12).

[22]姜彩燕.疾病的隐喻与中国现代文学[J].西北大学学报(哲学社会科学版),2007(4).

[23]谭光辉.晚清小说中的疾病隐喻与中国小说的现代化进程[J].中华文化论坛,2007(2).

[24]李宗刚.新式教育下的学生和五四文学的发生[J].文学评论,2006(2).

[25]卡伦·E.兰格,罗伯特·克拉克.狗的进化[J].华夏人文地理,2006(1).

[26]所有的狗种都由东亚狼进化而来[J].今日中学生,2004(5).

[27]曹禧修.人性·体制·文本性思想——"铁屋子"的结构解析[J].中国现代文学研究丛刊,2006(5).

后 记

  对我而言,阅读鲁迅是一种思想和精神上的寻根之旅。
  所谓寻根,既饱含一种对于鲁迅先生人格与文章的崇拜之情,更多的则是通过阅读追溯自我。十岁时,我开始翻看父亲书箱里的《彷徨》一书,虽看不懂,也觉得故事无甚趣味,但却非常喜欢先生文辞与表达,也能被他独具一格的幽默与俏皮逗得大笑,良久不止。后来,除了在教科书上学习先生的文章,听老师们讲解其中的意蕴外,我也开始主动地阅读,并在作文时模仿先生的行文风格。十六岁,读到先生的《灯下漫笔》,思想的深刻与行文的酣畅令我折服。我当即模仿着先生的笔调,假模假式地写下一篇批判的小文,踌躇满志地投稿到一份报纸。有幸的是,竟还在不久之后见报了。编者评语赞许文章颇有鲁迅之风。我真是欣喜万分,至今仍历历在目。二十一岁,我在贵州遵义团溪中学支教,在学校尘封已久的图书室里,我发现了1981年版的《鲁迅全集》,如获至宝。那是我第一次读完全集,用了半年时间。那次阅读不带有任何研究的视角,纯粹只是阅读,因此也更为沉醉,沉浸式地从文章里陪伴先生走过一生!二十五岁,我师从王本朝先生学习中国现当代文学,在他的引领与鼓励下,我开始学着用研究的视角重读鲁迅。我毫不吝啬地花去自己攒了许久的九百块钱,买了一套2005年版的《鲁迅全集》。此后,又以不同的方式去阅读,但多是为写论文去引证,或是为了阐释的需要去精读。这种带有研究意味的阅读,让我从文学层面渐次走进思想的层面。我更多地感受鲁迅先生思想的深刻与沉重,感受到他为一个时代寻求出路的苦苦探索,为一群关在铁屋子里的人们不丢弃微茫的希望而彷徨与呐喊。二十九岁,在硕士论文的基础上,我出版了学习鲁迅的第一本小书。我读出了先生改造时代与国民的诸多不易,用"矛盾与困境"来描述鲁迅的民族意识和国家观念。四十岁,我已在重庆巴蜀中学工作十四年,语文课上与鲁迅先生相逢,又满怀期待地把我的阅读心得与一批批学生交流。工作之余,再读鲁迅,整理新旧文章,集成一册,是有此书。

我很怀念那些手不释卷的求学岁月,也常常想起向师友讨教交流的美好时光。我很庆幸,因为阅读,才得以遇见那些精彩的故事、伟大的思想、高尚的人格;更因为阅读,我才得以建构自己的认知系统、思维框架、审美范式。阅读给我的精神镀上了一层纯粹的色调。时至今日,每当我身处困境,那些在阅读中遇见的人与事,习得的知识与道理,总能跳出来教我从容冷静,尊重规律,恪守常识,也竭尽所能地做个好人。

感谢恩师王本朝先生。近二十年来,无论在读期间还是毕业以后,王老师给我的指引与鼓励从未离开过,他给予我的教育及启发,也早就超越了学术的范畴。他任我在自己喜欢的领域尝试着发现问题,做些许研究,在我的学习和探索遇到困难时,王老师会从很多角度给予我指导与启发。有时候,他本已讲解完毕,担心我没能领会,又换种更容易理解的方式,再教我一遍。硕士毕业后进入中学,每次与他见面,他都会教导我在专业上不断学习,做有情怀、有学识的教师。后来我从事管理工作,他又叮嘱我认真做事,宽以待人,而这些话与我父亲说予我的,如出一辙。感谢师母兰友珍老师。王老师的每一个学生,都一定是兰老师的孩子。她对我们关怀备至,慈爱有加。读书期间,因为学习不够勤奋,或是论文不够严谨,受了王老师的批评,懊悔不已时,兰老师总能在第一时间给予我包容与宽慰。她以母性的温柔,拂去我一时的情绪低落,微笑目送我一路前行。

感恩我的父母。他们教给我这一生最大的辩证法就是,微不足道的常常也是举足轻重的!父亲常说,小米颗粒虽小,却能养人一辈子。这种朴素的知足,以及对所有微不足道的敬畏,早已成为我的价值观。当我们一无所有时,我至少可以奉上最简单的真诚,来款待所有的人与事。

感谢我的妻子。她喜欢读书,喜欢感性的李娟和余秀华,也喜欢厚重的陀思妥耶夫斯基。在做饭时,也常常伴着许知远的访谈节目《十三邀》。

相识至今，十六年来，她给予我温暖的爱意与默默的支持，从未改变。

感谢我的孩子们。他们的喜怒哀乐常伴着我成长，让我好像重新长大一次。我也在自觉学习怎样周全工作与生活，做一个称职的父亲。有一天时间已晚，我催促儿子快些睡觉，他大声回答，我还在看你买的书。我问，什么书？他说《何以为父》！现在想来，依然忍俊不禁。我看书时，女儿总会挣扎着爬到我的腿上，一把合上我正在看的书，要求我陪她画画。我劝说她画画，我看书。她小嘴一嘟，厉声说，不行！我只得放下书，遵命画画。可是，等她画累了，就会转过身来，疑惑地问：爸爸，家里这么多书，你怎么不看呀？仿佛把她此前不准我看书的事情，早已忘到九霄云外。从孩子们清澈的眼神里，能洞见自己许多的遗憾与不完美。

还有许许多多的亲人、师长、朋友给予我无尽的关怀与善意。

十四年前，我来到巴蜀中学做一名语文教师。这是我人生中最重要的决定之一，如今看来，应当说是我的幸运。我在这里遇见了一个个虽然普通，却干净、透明、有趣的灵魂，既有领导长辈，也有同伴后生。他们如我一样从事教育教学工作，虽然琐屑却并不觉得厌倦，反而甘之如饴，日复一日。巴蜀文化滋养我，也包容我，让我成为如今的模样。她教会我温馨团结，求真务实，也教会我居安思危，追求卓越，敢为人先。

感谢张武军老师。二十年前，张老师给我们讲授中国现代文学课在讲鲁迅专题时，曾有学生交流阅读心得的环节。在那节课上，刚上大一的我小心翼翼地说到，我发现鲁迅小说里有许多"狗"的意象，并简要阐释了自己的看法。张老师鼓励我顺着这个发现，继续阅读鲁迅，争取能写成一篇学术文章。后来，我写出了这篇文章，如今也收入本书，成为一个重要的章节。出版社选题评审时，恰是张老师审阅我的书稿。没有他二十年前的鼓励，也许不会有那篇文章；没有他一年前的审定，也许不会有这本小书。这真是美妙的缘分。

感谢魏小娜老师。我硕士学习中国现当代文学，博士攻读教育学，这两个学科之间的差异，让我有时竟无所适从。当我惴惴不安地向魏老师求教时，她慷慨地给予我许多教育学原理和课程论上的指导。2024年除夕下午六点，本该是全家团聚，喜迎龙年的时刻，她还在耐心细致地指导我课程教学论文的写作，给我反馈修改意见。这让我愧疚万分，亦感动不已。

感谢师门中所有的兄弟姐妹。在我求学之路上，他们给予我的帮助太多太多。特别感谢杨亭、黄伟、刘志华、凌孟华、黄静、梅琳，在我再回师门求学的过程中，他们毫无保留地给我支持与帮助，让我倍感温暖，铭记不忘。

感谢本书的责任编辑段小佳先生。此书能顺利出版，全仗小佳兄的鼎力相助。从有此选题，到校对书稿，他认真负责的态度，全都呈现为书稿里密密麻麻的修改标记。我因书稿与小佳伉俪结缘，他们的真诚与负责让我感动。我因杂务缠身多次耽误了交稿与校对，给小佳兄添了不少麻烦，实在惭愧。

我小时候，故乡西周村的老屋墙上贴着一幅字，上书一联："承先世一脉真传曰耕曰读，教后人两条捷径惟忠惟诚。"此时此刻，我虽已至不惑之年，想来依然受用无穷。

宋杰

2024年3月19日